Ullstein Krimi

Ullstein Krimi
Lektorat: Martin Compart
Ullstein Buch Nr. 10315
im Verlag Ullstein GmbH,
Frankfurt/M – Berlin – Wien
Titel der amerikanischen
Originalausgabe:
Carioca Fletch

Umschlaggestaltung & Fotorealisation:
Welfhard Kraiker & Karin Szekessy

Gesamtherstellung:
Ebner Ulm
ISBN 3 548 10315 4

September 1985

Vom selben Autor
in der Reihe der
Ullstein Bücher

Toby ist verschwunden (10138)
Fletch (10238)
Gestehen Sie, Fletch! (10247)
Fletch und die Witwe (10255)
Fletch und Moxie (10268)
Flynn und der Dollarsegen (10270)
Fletch – Vermögen bringt Ärger (10279)
Fletch und der Präsidentschaftskandidat

CIP-Kurztitelaufnahme
der Deutschen Bibliothek

Mcdonald, Gregory:
Fletch in Brasilien / Gregory Mcdonald.
Übers. von Sigrid Gent. – Frankfurt/M;
Berlin; Wien: Ullstein 1985.
(Ullstein-Buch; Nr. 10315:
Ullstein-Krimi)
Einheitssacht.: Carioca Fletch <dt.>
ISBN 3-548-10315-4
NE: GT

Gregory
Mcdonald

FLETCH
in Brasilien

Übersetzt von
Sigrid Gent

Ullstein Krimi

Gloria und Alfredo Machado,
ihrer Familie und ihren Freunden
in Zuneigung und Bewunderung
gewidmet.

1

Natürlich schlugen die Sambatrommeln, Rhythmus um Rhythmus, nebeneinander, übereinander, untereinander. Besonders kurz vor Karneval vibrierte diese moderne Neunmillionenstadt am Südatlantik von den immer schneller werdenden Rhythmen der Trommeln. Von allen Seiten, jede Minute, Tag und Nacht war das Schlagen der Trommeln zu hören.

»Sie können erst dann etwas über die Zukunft der Welt erfahren, wenn Sie Brasilien verstanden haben.« Diese Art zu reden war typisch für die aparte vierzigjährige brasilianische Romanschriftstellerin Marilia Diniz. Spontan, direkt und aufschlußreich. Der Sonnenschirm über dem Tisch des Cafés an der Avenida Atlântica beschattete nur ihre Augen und ließ ihren Mund im Licht der Nachmittagssonne. Sie zuckte mit ihren schmächtigen Schultern. »Leider übersteigt Brasilien jedermanns Verständnis.«

Marilia saß Fletch gegenüber. Ihr helles Kleid wurde nur von schmalen Trägern über den blassen Schultern gehalten. Marilia Diniz war eine jener seltenen *cariocas,* die nie an den Strand gingen.

Laura Soares, die mit ihren Shorts, Sandalen, dem Sonnentop und der goldbraun getönten Haut weniger aus dem Rahmen fiel, saß rechts von Fletch. Laura ging regelmäßig an den Strand.

Fletch hatte jene Uniform an, die, wie er gelernt hatte, als normal und unauffällig galt: Shorts und Tennisschuhe.

Vor Marilia und Laura standen Gläser mit Bier, *chope* genannt. Fletch hatte das Getränk vor sich, das er allen anderen auf der Welt vorzog: *guaraná.*

»Nachdem Fletch jetzt die *Praia de Copacabana* erlebt, wird er nie wieder woanders hin wollen«, sagte Laura. »Vielleicht werde ich ihn sogar nie wieder dazu überreden können, nach Bahia zurückzukommen.«

»Nach Bahia gehe ich jederzeit zurück«, sagte Fletch. »Falls dein Vater mich läßt.«

»Er wird dich mit offenen Armen empfangen. Das weißt du doch.«

»Nein, das weiß ich nicht.«

»Die erste Wahrheit über Brasilien«, sagte Marilia, »ist seine uneingeschränkte Toleranz.«

»Toleriert Brasilien auch Intoleranz?«

»Das nehme ich doch an.« Marilia zog die Nase kraus. »Sehen Sie, Sie sind außerstande, etwas zu verstehen.«

Auf der anderen Seite der *avenida* dehnte sich kilometerlang der riesige, flimmernde Strand von Copacabana: vom Morro do Leme zu Fletchs Linken bis zu der Halbinsel zu seiner Rechten, die die Copacabana von den Stränden von Arpoador, Ipanema und Leblon trennte.

Am Strand tummelten sich zwischen fröhlichbunten Sonnenschirmen und Badetüchern Tausende von goldbraunen Körpern jeden Alters und Geschlechts in winzigen, eigentlich nichts verhüllenden Badeanzügen, die Gymnastik trieben, sich um die aufgestellten Reckstangen schwangen, auf flachen Brettern ihre Bauchmuskeln trainierten oder joggten. Soweit er den Strand übersehen konnte, zählte Fletch vierzehn laufende Fußballspiele. Kleine Kinder planschten am Rand des Wassers, während die meisten Leute, die im Wasser waren, ein diszipliniertes Schwimmtraining absolvierten. Verhältnismäßig wenige Strandbesucher ruhten sich einfach nur aus. Die Temperatur betrug dreiunddreißig Grad Celsius; es war vier Uhr nachmittags, und der Sand flimmerte stärker von der Betriebsamkeit der Leute als von der Hitze.

An den Straßenecken rechts und links von ihrem Sitzplatz trommelten Sambabands. Knaben und Männer, von vierzehn Jahren an aufwärts, schlugen auf Trommeln unterschiedlicher Größe und Tonlage ein, als wäre dies ihre unwiderruflich letzte Gelegenheit. Die Band zur Rechten trug kanariengelbe Shorts, die zur Linken scharlachrote. Jede Band wurde sogleich von Passanten umringt, die sich eine Weile ganz dem Sambarhythmus hingaben, auf dem Trottoir tanzten, den Bordstein hinauf und hinunter, zwischen den überall rücksichtslos geparkten Autos hindurch. Auch wenn ein oder zwei Trommler mal pausierten, um sich den Schweiß von Brust, Bauch, Unterarmen zu wischen und ein *chope* zu trinken, damit der Schweiß noch reichlicher floß, eine Sambaband selbst hörte nie auf zu spielen, ob sie nun durch die Straßen zog oder an einem Ort verweilte. Die Vorstellung, eine Sambaband könnte aufhören, ihre Trommeln zu schlagen, ist ebenso grauenvoll wie der Gedanke, der eigene Herzschlag könnte aussetzen.

Und alle Menschen, die auf dem Trottoir vor dem Café flanierten, von einer Straßenecke zur anderen, von einer Band zur anderen schlenderten – Geschäftsleute, die lediglich Shorts und Sandalen, gelegentlich auch Hemden anhatten und Aktentaschen bei sich trugen, Frauen in Bikinis, die Lebensmitteltüten schleppten, barfüßige Kinder, die einen Fußball vor sich hertrieben –, sie alle liefen, schleppten, rannten, während sich ihre Füße, ihre Beine, ihre Hüften, ihre Schultern unablässig im Takt der Trommeln bewegten. Dieser Bewegung im Sambarhythmus anstelle eines ganz normalen Gangs haben die Brasilianer die schönsten Beine der Welt mit jener perfekten Ausgewogenheit, jener idealen Proportion zwischen muskulösen Waden und schlanken Oberschenkeln zu verdanken. Die Horden bettelnder Kinder mit ihren weit aufgerissenen Mündern und ihren zerlumpten Shorts bewegten ihre Füße unablässig im Rhythmus der Trommeln, was die Regungslosigkeit, die Beharrlichkeit ihrer riesigen dunklen Augen nur noch erschütternder, nur noch flehentlicher wirken ließ. Um den Touristen weiszumachen, sie hätten mit der übrigen Gesellschaft nichts gemein, trugen die Café-Kellner lange schwarze Hosen, offene weiße Hemden und feste Schuhe. Doch selbst wenn sie Krümel von den Tischen fegten oder bettelnde Kinder wegscheuchten, die einen Gast zu lange belästigt hatten, behielten sie mißmutig den Sambaschritt bei.

»Cidade maravilhosa!« Fletch reckte genüßlich die Arme über den Kopf.

»Geheimnisvolle Stadt«, sagte Marilia. »Geheimnisvolles Land.«

»Im Reiseführer«, sagte Fletch, »steht etwas Ähnliches wie: ›Beim ersten Blick auf Rio de Janeiro verzeiht man Gott sofort die Aussicht, die New Jersey zu bieten hat.‹«

»Ich mag New Jersey«, sagte Laura. »Liegt das nicht bei Pennsylvania? Jedenfalls war ich der Meinung.«

»Wenn man nichts über die Zukunft der Welt erfahren kann, ohne zuvor Brasilien verstanden zu haben«, sagte Fletch, »dann würde ich gerne mehr von Brasiliens Vergangenheit erfahren. Zugegeben, ich bin ziemlich überstürzt nach Brasilien gekommen, ohne eigentlich damit gerechnet zu haben, ohne darauf vorbereitet gewesen zu sein, aber selbst seit ich hier bin, kann ich nur sehr wenig über Brasiliens Geschichte herausfinden. Sogar Lauras Vater –«

Laura kicherte und legte ihre Hand auf seinen Oberschenkel. »Brasilien hat keine Vergangenheit. Das macht uns ja gerade so geheimnisvoll.«

Marilia warf Laura einen raschen Blick zu. »Haben Sie noch nichts von *queima de arquivo* gehört?«

Ein bettelndes Kind kam heran und legte vor jeden von ihnen eine Erdnuß.

Laura lachte. »Vor einiger Zeit krachte ein brasilianisches Verkehrsflugzeug auf eine Rollbahn. Wie das ja jedem Verkehrsflugzeug mal passieren kann. Innerhalb von Minuten kreuzte eine Mannschaft auf, um die brasilianischen – wie nennt ihr das? – Insignien auf dem Flugzeug zu überpinseln. Das ist unsere Art, etwas zu verhindern, was bereits geschehen ist.«

»Das bedeutet ›verbrennt die Akte‹, sagte Marilia.

»Das bedeutet ›vertuscht es‹«, sagte Laura. »Das ist eben die brasilianische Lebensart. Deswegen sind wir ja so frei.«

»Das ist mehr als einmal passiert«, sagte Marilia. »Eine neue Regierung kommt an die Macht. Da sie alles mißbilligt, was vorher gelaufen ist, verbrennt sie die Akten der vorherigen Regierung. Zweck der Sache ist es, uns, ähnlich wie bei der Beichte, einen Neubeginn zu ermöglichen.«

»Folglich sind wir ein Volk von Anarchisten«, lachte Laura. »Wir sind alle Anarchisten.«

»Jede Geschichte eines Landes steckt voller Schandtaten«, sagte Marilia. »Brasiliens Schandtaten haben wir ausgelöscht, indem wir sie in Brand steckten und in alle Winde verstreuten.«

Aus geringer Entfernung beobachtete sie der kleine Kerl, ein Junge von ungefähr sechs Jahren, mit enttäuschtem Gesicht. Sie aßen seine Erdnüsse nicht.

Marilia setzte ihre Sonnenbrille auf die Nase und lehnte sich in ihrem Stuhl zurück. »Und Sie, Fletcher?«

Gemächlich verspeiste Fletch seine Erdnuß.

Sofort trat der kleine Junge heran und bot Fletch eine Tüte Erdnüsse zum Kauf an.

Fletch holte *cruzeiros* aus seinem Tennisschuh und gab dem Jungen ein paar Münzen, zu viele.

Er öffnete die Erdnußtüte und hielt sie Marilia hin.

Sie schüttelte den Kopf. »Betreiben Sie auch *queima de arquivo?* Sind Sie in Brasilien, um Ihre Akte zu verbrennen?«

»Viele sind das.«

»Dann wäre er ein Brasilianer«, sagte Laura. »Ein Brasilianer ehrenhalber.«

»Ist das der Grund, warum Lauras Vater Sie nicht mag?«

»Aber mein Vater mag ihn ja«, sagte Laura. »Hat ihn sehr gern. Es ist nur so, daß –«

»Ihr Vater«, sagte Fletch, »ist ein Gelehrter. Ein Universitätsprofessor. Ein Dichter.«

Jetzt stand ein Dutzend bettelnder Kinder wispernd um seinen Stuhl herum.

»Zweifellos. Otavio Cavalcanti. Ich kenne ihn gut. Laura ist beinahe meine Nichte. Sie sollte hier in Rio eigentlich bei mir wohnen.«

»Er ist Nordamerikanern gegenüber intolerant. Und ich bin Nordamerikaner.«

Auf dem Trottoir unweit des Bordsteins stand ein altes, hexenhaftes Weib. Sie stand ungewöhnlich regungslos da. Ein langes, formloses weißes Gewand hing von ihrem Hals herunter. Dunkle Tränensäcke ließen den Eindruck entstehen, als hätte sie vier dunkle Augen. Und alle vier dunklen Augen starrten Fletch an.

»Das kann man so nicht sagen«, widersprach Laura. »Fletcher kann hierher nach Brasilien kommen, sich in dieses Café setzen, *guaraná* trinken und den Frauen hinterherschauen. Aber mein Vater darf nicht mehr in die Vereinigten Staaten von Amerika einreisen, um an der Columbia University seine Poesievorlesungen zu halten. Das ist der Grund für die Intoleranz meines Vaters.«

»Ich habe deinen Vater gehört«, sagte Fletch. »Er ist ein Fürsprecher des Volkes.«

Die Frau in Weiß starrte Fletch über das Trottoir hinweg an, als wäre er vom Mond gefallen.

»Und da ist noch etwas.« Laura rutschte auf ihrem Stuhl hin und her. »Das mußt du zugeben, Fletch.«

»Was?« fragte Marilia.

»Mein Vater hat den Eindruck, daß Fletch die Verschiedenartigkeit des brasilianischen Volkes nicht sieht.«

»Es gibt keine Gleichberechtigung, die mit der brasilianischen Gleichberechtigung vergleichbar wäre«, sagte Fletch. »Mir gefällt das.«

»Es geht nicht um Gleichberechtigung...« Laura warf Marilia einen unbehaglichen Blick zu.

»O doch«, sagte Marilia.

»Mein Vater sagt, daß Fletch ständig versucht, das brasilianische Volk an Erfahrungen zu messen, die er mit anderen Völkern gemacht hat. Er kann nicht sehen, daß wir anders sind.«

»Es gibt eine Menge, was ich nicht verstehe«, sagte Fletch.

»Es gibt eine Menge, was du nicht einsehen willst.«

Fletch grinste über seinen eigenen Scherz: »Es gibt eine Menge, was ich nicht sehen kann.«

»Mein Vater –«

»Dein Vater ist Mitglied einer *Candomble«,* sagte Fletch. »So ein intelligenter Mann.«

Marilia spielte mit dem Stück Stoff, das um ihr linkes Handgelenk geschlungen war.

»Aber er hat Fletch wirklich sehr gern. Er sagt, daß Fletch überraschend offen sei, als Mensch«, sagte Laura.

»Als Nordamerikaner.«

»Sie sind eben außerstande, Brasilien zu verstehen«, sagte Marilia hinter ihrer Sonnenbrille hervor. »Brasilien hat nichts gegen Diebe. Aber die Vereinigten Staaten von Nordamerika haben etwas gegen Gelehrte und Dichter, die sich zum Fürsprecher des Volkes machen.«

»Bin ich denn ein Dieb?« fragte Fletch. Die alte Hexe, die ihn vom Trottoir aus anstarrte, hielt ihn zweifellos für etwas Außergewöhnliches.

»Sie sagten doch, Sie wären ziemlich überstürzt hergekommen.«

»Richtig.«

»Sie sagten doch, daß Sie nicht damit gerechnet hätten, hierherzukommen.«

»Auch richtig.«

»Sie machen Geschäfte mit Teo da Costa.«

»Wieder richtig.«

»Teodomiro da Costa ist ein guter Freund von mir. Wie ich hörte, werde ich euch beide heute abend beim Dinner in seinem Haus treffen.«

»Prima.«

»Teodomiro da Costa handelt erfolgreich mit harten Währungen, dem Dollar zum Beispiel, die er gegen *cruzeiros* oder gegen harte Waren wie Smaragde und Gold eintauscht. Er ist damit sehr reich geworden.«

Beim Wort *cruzeiros* drängten sich die kleinen Kerle noch dichter um Fletch und erhöhten die Tonlage ihres flehentlichen Geflüsters.

»Ich dachte, er wäre Taxi gefahren«, sagte Fletch.

»Teodomiro da Costa fährt kein Taxi.«

Fletch angelte noch mehr Geld aus seinem Tennisschuh und gab es Laura, damit sie den Kellner bezahlte. Wenn Laura zahlte und dabei brasilianisches Portugiesisch sprach, war die Rechnung gelegentlich um neunzig Prozent niedriger. Dem kleinsten der bettelnden Kinder schenkte er ein paar *cruzeiros*.

»Marilia«, sagte Laura. »In Brasilien hat ein Mann keine Vergangenheit mehr. Sie wurde verbrannt.«

»Von mir aus kannst du Fletchers Vergangenheit ruhig verbrennen«, sagte Marilia. »Dagegen ist nichts einzuwenden. Aber, Laura, ich möchte nicht erleben, daß du deine Zukunft verbrennst.«

»Es gibt auch keine Zukunft«, sagte Laura. »Es gibt das Klavier.«

»Die Brasilianer sehnen sich nach einer Zukunft«, sagte Marilia.

»Vergangenheit... Zukunft«, murmelte Fletch.

»Was ich gesagt habe, stimmt nicht«, sagte Laura.

»Sie wohnen im Yellow Parrot?« fragte Marilia.

Das Hotel Yellow Parrot lag an der Avenida Atlantica und war als eines der teuersten bekannt.

»Yellow Parrot, der gelbe Papagei«, sagte Fletch. »Sie müssen doch zugestehen, daß manche Dinge in Brasilien keinen Sinn ergeben.«

»Fletch ist in Ordnung«, sagte Laura und fügte dann etwas in schnellem Portugiesisch hinzu. »Mein Vater mag ihn sehr.«

Von rechts kam eine Frau den Bürgersteig entlang, schlängelte sich vorsichtig um die in ihren kanariengelben Shorts schwitzenden Musiker herum und durch die Tänzer hindurch. Eine Nordamerikanerin, ohne Frage aus den Vereinigten Staaten, ohne Frage erst kürzlich angekommen, bekleidet mit einem hellgrünen Seidenkleid, das bei jeder ihrer Bewegungen ihre Figur umschmeichelte, und hohen grünen Pumps, dazu Sonnenbrille und Handtasche, die törichterweise wie ein Statussymbol an ihrem Unterarm baumelte: die Kaiserin von Kalifornien.

Laura legte ihre Hand auf Fletchs Unterarm. »Alles in Ordnung, Fletch?«

»Mein Gott! Ich meine, warum nicht?«

»Du bist plötzlich ganz blaß geworden.«

»Laß mich los.« Fletch stieß ihre Hand fort.

Er duckte sich blitzschnell unter den Tisch und begann seine Tennisschuhe neu zu schnüren.

Sofort waren die sieben oder acht Köpfe der kleinen Kerle bei ihm unterm Tisch, um zu sehen, was er da tat.

Lauras Kopf tauchte ebenfalls unterm Tisch auf. »Fletch! Was ist los?«

»Estou com dor de estomago!«

Die Kerlchen stöhnten mitfühlend: »Ooooooohh!«

»Du hast keine Magenschmerzen!« sagte Laura.

»Estou com dor de cabeça!«

»Ooooooohh!«

»Du hast keine Kopfschmerzen!«

»Febre... náusea... uma insolação...«

»Ooooooohh!«

Lauras entspannt unter dem Tisch ausgestreckten Beine waren eine wahre Augenweide. Auch Marilias Beine sahen trotz ihrer Blässe gar nicht so übel aus. Der Anblick munterte ihn auf.

»Fletcher! Was ist los mit dir? Warum bist du auf einmal unter dem Tisch?«

»Diese Frau. Diese Frau in Grün, die gerade vorbeigeht. Sieh jetzt nicht hin.«

Die kleinen Kerle blickten aufgeweckt zwischen Fletch und Laura hin und her, als verstünden sie, was da vor sich ging.

»Na und? Was ist mit ihr?«

»Sie hält mich wahrscheinlich für den Mörder ihres Mannes.«

2

»Janio!« Mit einem furchterregenden Rauschen brach das alte Weib in ihrem langen weißen Kleid durch das dichte Gebüsch und baute sich in dem kleinen Vorgarten des Hotels Yellow Parrot vor ihnen auf. Ihr Arm, ihr arthritisch verkrümmter Zeigefinger waren auf Fletchs Gesicht gerichtet. *»Janio Barreto!«*

Fletch wich einen Schritt zurück, packte Lauras Arm.

Die alte Hexe machte einen Schritt nach vorn, ihr Finger fuchtelte vor Fletchs Gesicht herum. *»Janio Barreto!«*

Dabei hatte er geglaubt, sie hätten sich recht geschickt verhalten. Sie hatten Marilia in dem Café zurückgelassen, waren erst einen halben Häuserblock nach rechts und durch die Sambaband an dieser Ecke hindurchgelaufen, ohne auf die Gesten zu achten, die sie zum Bleiben und Mittanzen aufforderten, waren dann nach rechts abgebogen und wieder nach rechts auf die Avenida Copacabana eingebogen, die sie ein paar Häuserblocks entlangliefen, um dann an der Straße direkt gegenüber dem Hotel noch einmal nach rechts abzubiegen und vorsichtig, erst nach allen Seiten Ausschau haltend, um die Ecke und den kurzen Weg über das Trottoir in den Vorhof des Hotels zu eilen. Sie mußten den Strandeingang zum Hotel benutzen, da Fletch kein Hemd anhatte.

Das alte Weib hatte er völlig vergessen.

Und nun versperrte sie ihnen den Weg ins Hotel.

»Janio Barreto!« zeterte sie und fuchtelte weiter mit ihrem verkrümmten Finger vor Fletchs Gesicht herum. »Janio Barreto!«

Laura trat vor, legte ihre Hand auf den Ärmel der alten Frau und redete besänftigend auf sie ein. Fletch hörte das portugiesische Wort für *Mutter* aus Lauras Worten heraus.

»Janio Barreto!« insistierte das alte Weib und deutete wieder auf ihn.

Laura redete erneut leise auf die Frau ein.

Der uniformierte Portier eilte durch den Haupteingang des Hotels und durch den Vorhof auf Fletch zu. »Gibt es ein Problem, Sir?«

»Nein. Ich glaube nicht. Das heißt, ich weiß es nicht.«

Die beiden Frauen unterhielten sich leise.

»Geben Sie ihr etwas Geld«, sagte der Portier. »Um der Barmherzigkeit willen.«

Die alte Hexe redete jetzt schnell auf Laura ein und schielte dabei immer wieder zu Fletch. Sie war ziemlich groß und ziemlich schlank und offensichtlich gut zu Fuß, da sie vor ihnen zum Hotel gelangt war und sie abgefangen hatte. Ihre mageren Hände ließen ihre Finger noch deformierter aussehen. Ihre braunen Augen waren riesenhaft, klar und stechend; ihr Gesicht hatte mehr Furchen als ausgedörrte, verbrannte Erde. Dünnes, eisengraues Haar zuckte um ihren Kopf wie ein fotografierter Blitz. Ihre hohe, brüchige Stimme drang durch etliche geschwärzte Zähne.

Fletch hörte jetzt die portugiesischen Wörter für *Ehefrau, Ehemann, Vater, Söhne, Tochter, Boot.*

Während sie der alten Frau zuhörte, begann Laura, Fletch lange argwöhnische Blicke zuzuwerfen. Blicke, die verunsichert schienen – jedoch nicht durch die Worte der alten Frau, sondern durch irgend etwas, das Fletch betraf. Sie betrachtete ihn, als hätte sie ihn noch nie zuvor oder zumindest noch nie von dieser Seite gesehen.

Mit diskret abgewandtem Gesicht hörte auch der Portier zu.

»Was sagt sie?« fragte Fletch.

Laura wartete, bis die alte Frau ihren Satz beendet hatte.

»Sie sagt, du seist Janio Barreto.«

»Wer? Was?«

»Janio Barreto.«

»Na schön, was auch immer . . . wer auch immer, ich bin's nicht. Laß uns gehen.«

Laura reckte das Kinn ein paar Zentimeter vor. »Sie sagt, du bist es.«

Wieder sagte die alte Hexe etwas, offensichtlich wiederholte sie, was sie schon mal gesagt hatte, irgend etwas über ein Boot.

Laura blickte Fletch ohne ein Lächeln in die Augen und sagte: »Sie sagt, du seist ihr Ehemann.«

»Ihr Ehemann? Na, großartig.«

Laura wiederholte mit energischer Stimme: »Sie sagt, du seist Janio Barreto, ihr Ehemann.«

Laura hatte jetzt die Hände der alten Frau sanft und beschützend mit ihren Händen umschlossen.

»Aber gewiß doch«, sagte Fletch. »Natürlich. Völlig klar. Sie ist nicht die erste, die das behauptet, weißt du. Beziehungsweise nicht die zweite. Frag sie mal, ob sie sich schon einen Anwalt in Kalifornien genommen hat, wegen des Unterhalts.« Der Portier, der alles mit angehört, alles verstanden hatte, drehte den Kopf und glotzte Fletch an. »Sag ihr, sie müßte sich erst mit ihrem Anwalt in Verbindung setzen.«

Er lächelte dem Portier zu.

Doch der Portier lächelte nicht zurück.

»Du bist ihr Ehemann, Janio Barreto«, sagte Laura.

»Na, hoffentlich reicht sie die Unterhaltsklage unter diesem Namen ein. Was hat das alles zu bedeuten? Was geht hier eigentlich vor, Laura?«

»Du bist vor siebenundvierzig Jahren gestorben, als du ein junger Mann warst, etwa so alt wie heute. Als du der junge Ehemann dieser Dame warst.«

»Allmächtiger Strohsack.«

»Du verkörperst – wie soll ich das ausdrücken? – Janio Barretos Aura. Sein anderes Ich. Sein eigenes Ich.« Laura lächelte. »Sie freut sich, dich zu sehen.«

»Kann ich mir vorstellen.« Da stand er in dem kleinen Vorhof des Hotels, umgeben von dichten, dunkelgrünen Büschen, hörte die auf der *avenida* vorüberfahrenden Autos, hörte die Stimmen spielender Kinder und natürlich das Schlagen der Sambatrommeln und spürte plötzlich, wie ihm ein kalter Schauer über den Rücken lief und seinen ganzen Körper mit einer Gänsehaut überzog. »Laura ...«

Laura, die immer noch sanft die Hände der Frau umschloß, sagte: »Mit dieser Frau hast du zwei Söhne und eine Tochter. Jetzt natürlich schon erwachsen. Sie haben selbst bereits Kinder. Sie möchte, daß du sie kennenlernst.«

»Laura, sie will Geld. Ich lade mir doch keine brasilianische Großfamilie auf den Hals.«

Der Portier glotzte Fletch unverwandt an.

»Du warst Seemann«, sagte Laura. »Du hast deinen Lebensunterhalt auf dem Meer verdient.«

Die alte Frau hatte sich herumgedreht, blickte Fletch in die Augen, präsentierte sich ihm.

Leise sagte Laura: »Sie will dich umarmen.«

»Laura! Mein Gott ...« Unwillkürlich wich Fletch ein Stück seitlich zurück. Auf den Wangen der alten Frau glitzerten Tränen. Laura hatte die Hände der alten Frau losgelassen. Fletch spürte, wie sich ein Zweig von einem der Büsche in seinen nackten Rücken bohrte. »Laura, was hat das zu bedeuten? Was tust du da?«

Die alte Frau trat vor Fletch, hob ihre Arme, schlang sie um seinen Hals, näherte sich ihm mit sanften, zärtlichen Augen.

»Laura!«

Der Portier hob die Hand, als wolle er den Straßenverkehr anhalten. »Warten Sie, Sir. Das ist noch nicht alles.«

Die alte Hexe preßte ihre tränenfeuchte Wange gegen Fletchs Wange. Sie roch grauenvoll nach Bratenfett und Fisch und tausend anderen Dingen. Ihr Körper drückte sich an seinen Körper.

Am liebsten hätte er die Luft angehalten, sich übergeben. Die Zweige der Büsche bohrten sich in seinen Rücken.

»Der wesentliche Punkt ist...«, Laura hatte den Kopf gesenkt, sprach mit respektvoller Stimme, »...daß du vor siebenundvierzig Jahren, als du ein junger Mann warst, in einem anderen Leben, ermordet wurdest.«

Aus tiefster Kehle hustete Fletch über die Schulter der alten Frau.

Dann hob Laura den Blick zu Fletch empor, ihre braunen Augen huschten von seinem linken Auge zu seinem rechten und wieder zurück zu seinem linken. »Und nun mußt du deiner Familie sagen, wer dich ermordet hat!«

Der Portier, der Fletch ebenfalls nicht aus den Augen ließ, nickte feierlich.

Mit einem tiefen Blick in Fletchs Augen sagte Laura: »Eins ist völlig klar: Du wirst nicht eher zur Ruhe kommen, bis du das getan hast.«

3

»Eins ist völlig klar«, sagte Fletch, als er, ein Handtuch um die Hüften geschlungen, aus dem Badezimmer kam, »daß mir völlig unklar ist, wieviel logisches Denken ich von dir erwarten kann.«

»Ich denke sehr logisch.«

Nackt und schlank lag sie lang ausgestreckt quer auf den zerwühlten weißen Laken des Bettes und las die *Newsweek.* Ihr welliges dunkles Haar fiel ihr übers Gesicht. Die späte Nachmittagssonne, die durch den Rolladen vor dem Balkon fiel, vertiefte den Goldton ihrer Haut.

»Laura Soares«, sagte er. »Aus São Salvador da Bahia de Todos os Santos. Klavierstudium an der Universität von Bahia, dann zwei Jahre am Londoner Konservatorium.«

»Das Londoner Konservatorium hat mir nicht gefallen. Die haben da kaum Verständnis für brasilianische Musik. In einem Konservatorium wird die Musik nämlich konserviert, weißt du? Musikalische Entfaltung ist da nicht gefragt.«

»Gibt gelegentlich Konzerte. Tochter von Otavio Cavalcanti, Gelehrter und Poet. Mutter züchtet Orchideen und fotografiert.«

»Meine Mutter zieht Blumen und fotografiert sie anschließend. Zum Zeitvertreib.«

Fletch zog den Rolladen weiter hoch. Ihr Zimmer lag an der Rückseite des Hotels mit Blick auf den Wirtschaftshof. Im gegenüberliegenden Gebäude konnte Fletch durch hohe Fenster einen Mann beobachten, der ein Zimmer anstrich. Seit ihrer Ankunft im Yellow Parrot hatte der mit Unterhemd und Shorts bekleidete Mann den ganzen Tag über bis weit in den Abend hinein ununterbrochen dieses Zimmer angestrichen, ein ganz gewöhnliches Zimmer, wie es schien, wenn auch recht geräumig. Entweder war der Mann ein pedantischer Anstreicher, oder er hatte nichts Besseres zu tun.

Fletch stand einen Augenblick schweigend da.

Er war schnurstracks unter die Dusche gegangen. Sein ganzer Körper hatte nach der alten Frau gerochen. Sein Gesicht war salzig von ihren Tränen gewesen, sein Nacken klebrig von ihren Liebkosungen.

Er hatte sich gerade sorgfältig eingeseift, als der Duschvorhang zurückgezogen wurde und Laura zu ihm in die Wanne stieg. Sie half ihm beim Waschen, zwang ihn sogar, sich in die Wanne zu knien und vornüberzubeugen, damit sie ihm den Nacken schrubben konnte. Sie kniete sich vor ihn in die Badewanne, das Duschwasser strömte ihr wie eines Kaskade über Kopf, Schultern, Brüste. Er machte sich daran, ihre Oberschenkel mit seiner Zunge zu säubern.

Nachdem sie sich selbst und das Bett zu den Klängen der Sambatrommeln, die durch das Fenster drangen, völlig durcheinandergebracht und eine Weile bewegungslos dagelegen hatten, bis der Schweiß getrocknet war und er fröstelte, war er nochmals unter die Dusche gegangen.

»Fragen . . .«, sagte er vom Fenster her.

»Unsere Ernährung sollte zur Hälfte aus Kohlehydraten bestehen«, las die schlanke, nackte Laura aus ihrer Zeitschrift vor.

»Liest du etwa einen Artikel über gesunde Ernährung? Die hast du nicht nötig.«

»Meine Mutter wird sich freuen, wenn ich ihr von den Kohlehydraten erzähle. Spreche ich ›Kohlehydrate‹ richtig aus?«

»Nein, aber ich versteh's trotzdem.«

»Meines Wissens haben sie in London nie über Kohlehydrate

gesprochen. Jedenfalls habe ich das Wort noch nie gehört. Pasta!«

»Hast du denn keinerlei Fragen?« fragte er.

»Über Pasta?« Sie blickte immer noch nicht von ihrer Zeitschrift auf.

»Über die Frau in dem grünen Seidenkleid. Ich erzählte dir doch, daß sie mich wahrscheinlich für den Mörder ihres Mannes hält. Sie ist hergekommen, um mich aufzuspüren.«

»Na und?«

»Du hast mir bisher keinerlei Fragen darüber gestellt.«

»Das gehört zu deiner Vergangenheit. Jeder kann eine Geschichte erfinden und behaupten, das sei die Vergangenheit.«

»Bist du denn gar nicht neugierig?«

»Nur, was die Zukunft betrifft. Wie spät ist es?«

Er sah auf seine Uhr, die auf der Kommode lag. »Gleich sieben.«

»Wir dürfen nicht zu pünktlich bei den da Costas zum Dinner erscheinen. Das wäre unhöflich gegenüber den Bediensteten. Sie hätten dann zuviel auf einmal zu tun und würden nervös.«

»Ich habe aber Fragen.«

»Gut möglich. Schließlich bist du Nordamerikaner.«

»Dein Vater heißt mit Nachnamen Cavalcanti, du Soares.«

»Das ist Vergangenheit, mein bester Fletcher.«

»Da komm' ich nicht mit.«

»Es hat damit zu tun, wer den Namen in der Vergangenheit trug. Und den vergißt man dann. In diesem Artikel steht, daß man viel mehr Huhn und Fisch und weniger rohes Fleisch essen sollte. Von Reis und Bohnen steht nichts drin. *Feijoada . . .«*

»Hast du eventuell die Absicht, mit mir über diese alte Frau zu sprechen?«

»Vergiß sie, wenigstens für den Moment. Sie ist keine *Yemanjá.«*

»Und ich bin nicht Janio Barreto. Oder wer auch immer.«

»Sie behauptet das aber. Sie hat dich wiedererkannt. Sie sagt, sie hatte dich eingehend beobachtet, während wir in diesem Café saßen. Hast du sie eigentlich bemerkt?«

»Ja.«

»Sie sagte, du hättest genau die gleichen Beine wie ihr Mann, die gleiche Bauchmuskulatur vom Einholen der Fischernetze, die gleiche Proportion zwischen Schultern und Hüften. Dein Nabel, sagte sie, hätte genau die gleiche Einkerbung.«

»Laura . . .«

»Nun, sie sollte es doch eigentlich wissen.«

»Ich habe noch nie in meinem Leben Fischernetze eingeholt.«

»Du hast die Muskeln von Janio Barreto.«

»Laura, nur wenige Brasilianer sind von Natur aus so hell wie ich.«

»Manche schon. Janio Barreto zum Beispiel. Eure Kopfformen sind identisch, sagt sie, eure Augen.«

»Ich hatte auch mit dem Mann der Frau im grünen Kleid Ähnlichkeit.«

»Mit Ähnlichkeit hat das nichts zu tun. Sie sagt, du seist Janio Barreto, ihr Ehemann.«

»Der vor siebenundvierzig Jahren ermordet wurde.«

»Genau.«

»Bin ich ein Geist? Meint sie das?«

»Zum Teil. Nein, du bist du. Du bist Janio Barreto. Sieh mal, du bist doch nach Brasilien gekommen. Jetzt verstehst du auch warum, nicht wahr?«

Fletch holte tief Luft. »Wie heißt die alte Frau?«

»Idalina. Idalina Barreto.«

»Was mich beunruhigt, ist, daß du ihr zugehört hast. Der Portier –«

»Warum denn nicht?« Laura blätterte die Seite der Zeitschrift um. »Schließlich hatte sie ja etwas zu sagen.«

»Laura, der wahren Vergangenheit scheinst du keinerlei Beachtung zu schenken. Und trotzdem hörst du dir diesen Unsinn an.«

Sie studierte irgendeine Gesundheitstabelle in der Zeitschrift. »Was ist schon wahr?«

»Was hältst du für wahrer?«

»Bananen sind gut für Kalium«, sagte sie. »Ich glaube, das wußte ich schon.«

»Du willst mich nichts erklären lassen und willst mir nichts erklären.«

»Vergiß Idalina Barreto, so gut du kannst, für den Moment wenigstens.«

Sie schleuderte die Zeitschrift beiseite und sah Fletch an, der zwischen Fenster und Kommode stand.

»Wie schaffen wir's nur, einander kennenzulernen?« fragte er.

Sie rollte sich mehr auf den Rücken und streckte ein Bein und einen Arm in die Luft. »Indem du deine Banane mit mir teilst.«

Er lachte.

»Ich brauche mehr Kalium.«

»Kaliumglukonat, hoffe ich.«

»Komm, komm, Janio. Ich möchte noch ein bißchen mehr von deinem Kalium.«

»Ich bin nicht Janio.«

»Janios Kalium. Dein Kalium. Pflücke deine Banane und füttere mich mit deinem Kalium.«

»Du bist verrückt.«

»Komm, komm, mein Janio. Sie ist reif. Ich sehe, daß sie reif ist. Ich werde sie mit meinen Zähnen schälen. Laß mich deine Banane kosten.«

»Wo ist mein Schuh?« Es tat ihm leid, daß er sich mit seinen langen weißen Hosen auf den Fußboden knien mußte, um unter dem Bett nach seinem Schuh zu suchen.

Laura, die gerade aus dem Badezimmer kam, blieb wie angewurzelt stehen. Sie hatte gebadet und ihr Haar gerichtet und ebenfalls weiße Leinenhosen und eine offene weiße Bluse übergezogen.

»Wieso liegt dieser Stein unter unserem Bett?«

Fletch, der jetzt auf seinem Hintern saß, zeigte ihr den kleinen behauenen Stein, den er unter dem Bett gefunden hatte. »Das ist eine Kröte. Jedenfalls sieht's so aus.«

»Ach«, sagte sie.

»Wieso liegt eine Steinkröte unter unserem Bett?«

»Das Zimmermädchen wird sie dort liegengelassen haben.«

»Das Zimmermädchen läßt unter unserem Bett eine Steinkröte liegen?«

»Leg sie wieder zurück«, sagte Laura. »Vielleicht ist es wichtig für sie.«

4

»Mein Vater ist hier!« Laura schüttete drei Teelöffel Zucker in ihren *cachaça.* »Ich höre seine Stimme.«

Aus Höflichkeit nahm sich Fletch ein Glas *cachaça* von dem Silbertablett, das ihm ein Diener hinhielt. *Cachaça* ist ein aus Zuckerrohrsaft hergestellter Brandy. In Brasilien gilt es als höflich, seinen Gästen *cachaça* anzubieten. Und von den Gästen ist es höflich, den *cachaça* anzunehmen. Fletch hatte ihn schon mit wenig Zucker, mit viel Zucker, ohne Zucker probiert, sich aber an den Geschmack von *cachaça* nicht gewöhnen können.

Mit seinem Glas *cachaça* in der Hand folgte er Laura auf die Terrasse hinaus.

Teodomiro da Costas Haus wirkte irgendwie, als hätte man es auf den Kopf gestellt. Kam man von der Straße herein, ging man zunächst eine Treppe zu den Schlafräumen und einem kleinen Privatwohnzimmer hinunter, stieg dann eine Treppe zu dem großen, mit prachtvollen Gemälden und anderen *objets d'art* reichlich ausgestatteten Wohnraum hinauf und dann noch eine Treppe zu einem riesigen Empfangssalon mit einer komplett eingerichteten Bar. Der Empfangssalon führte auf eine stattliche, mit grünen, roten und gelben Dschungelpflanzen dekorierte Terrasse hinaus, hoch über der Avenida Epitacio Passoa gelegen und mit Blick auf die wahrhaft wunderschöne Lagune Rodrigo de Freitas.

Jetzt war im Empfangssalon ein langer Tisch mit Kristall und Silber für zwölf Personen gedeckt worden.

Teodomiro da Costas Währungs- und Waren-Tauschgeschäft florierte. Fletch hatte sein Geld bei ihm investiert.

Auf der Terrasse begrüßten sich Laura und Otavio mit Umarmungen und Küssen und einem Wortschwall in brasilianischem Portugiesisch.

Anschließend schüttelte Otavio Fletch wortlos die Hand.

»Boa noite«, sagte Fletch.

»Otavio ist hier, um sich mit seinem Verleger zu treffen«, sagte Laura. »Er wohnt ganz in der Nähe, bei Alfredo und Gloria. Hast du sie schon kennengelernt? Alfredo ist ein phantastischer Mann, ein echter Brasilianer, unwahrscheinlich vital und unwahrscheinlich großzügig. Und Gloria ist eine phantastische Frau, ausgesprochen warmherzig und unwahrscheinlich charmant, mit einer großen weiblichen Seele.«

»Sind sie auch hier?«

Laura sah sich unter den anderen Leuten auf der Terrasse um. »Ich sehe sie nicht.«

»Sie bereiten sich auf den Caneção-Ball morgen abend vor«, sagte Otavio. »Ich brauche mich nicht vorzubereiten. Dichter sind von Geburt an maskiert.«

»Und deine Mutter?« fragte Fletch Laura. »Ist sie nicht von Bahia mitgekommen?«

»Ach, meine Mutter«, sagte Laura. »Orchideen kann man nie alleine lassen.«

»Sie sind schlimmer als Kinder«, pflichtete Otavio bei.

»Jedenfalls schlimmer, als ich war«, sagte Laura.

Teodomiro da Costa kam quer über die Terrasse auf sie zu. Er war ein stattlicher Sechziger mit dem Haupt eines weißköpfigen Seeadlers. »Fletch, wie schön, daß Sie wieder zurück sind. Haben Sie sich in Bahia gut amüsiert?«

»Ja, natürlich.«
»Fein. Zum Dinner gibt's *vatapá,* ein typisches Gericht aus Bahia.«
Fletch lächelte und nahm Lauras freie Hand. »Ich habe dort Freunde gefunden.«
»Cavalcanti ist aber mein Freund.« Teo küßte Laura auf die Wange. »Und Laura ebenfalls.«
Otavio sagte: »Wir sind alle Freunde.«
Teo nahm Fletchs *cachaça* und stellte das Glas auf dem Tablett eines gerade vorüberkommenden Dieners ab, dem er etwas sagte.
»Ich habe Ihnen einen Screwdriver bestellt«, sagte er dann zu Fletch.
»Sagt man im Portugiesischen auch Screwdriver dazu?«
Teo lachte. »Ich habe ihn Orangensaft mit Wodka und Eis getauft.«
»Ich muß mir die Worte dafür merken.«
»Kein Problem.«
»Damit ich es runterrasseln kann. Ganz souverän.«
»Kommen Sie. Ich möchte Sie mit da Silva bekannt machen.« Gemächlich führte Teo Fletch am Ellbogen über die Terrasse. »Ist Laura mit Ihnen oder mit ihrem Vater gekommen?«
»Mit mir.«
»Ah! Sie Glückspilz.« Dann stellte Teo Fletch einem etwa sechzigjährigen Geschäftsmann vor, Aloisio da Silva.
Silva sagte sofort: »Sie müssen mich unbedingt in meinem Büro besuchen. Ich habe eine neue Computeranlage. Die allermodernste. Digital. Aus Ihrer Heimat.«
»Das würde mich sehr interessieren.«
»Bestimmt. Sie müssen mir verraten, was Sie davon halten.«
Der Diener brachte Fletch seinen Screwdriver.
»Vielleicht ist Ihnen ja auch schon mein neues Gebäude aufgefallen, das gerade hochgezogen wird. Wie lange sind Sie schon in Rio?«
»Ich war zunächst drei Wochen hier, dann zwei Wochen in Bahia. Seit drei Tagen bin ich zurück.«
»Dann ist Ihnen mein Gebäude vielleicht doch noch nicht aufgefallen?«
»Rio ist eine so lebendige Stadt.«
»Natürlich. Es liegt im Centro. In der Nähe der Avenida Rio Branco.«
»Richtig, mir ist da ein neues Gebäude aufgefallen, das gerade hochgezogen wird. Sehr groß.«
»Sehr groß. Sie müssen unbedingt mal kommen und es mit mir besichtigen. Das wird Sie sicher sehr interessieren.«

»Mit Vergnügen.«

»Es ist wirklich erstaunlich, was Computer ausmachen, wenn man den Bau eines Gebäudes plant.«

Marilia Diniz erschien mit ihrem Glas *cachaça.* Sie küßte Aloisio und Fletch auf die Wange.

»Geht's Ihnen gut, Aloisio?«

»Natürlich.«

»Reich?«

»Natürlich.«

Marilia verblüffte Fletch immer wieder aufs neue. Sie mußte die einzige Person in Rio sein, deren Gesicht nicht sonnengebräunt war. Sie betrachtete die Menschen aus einer anderen Perspektive.

»Marilia«, sagte Fletch. »Es ist uns etwas passiert, nachdem wir Sie verlassen hatten.«

»In Rio passiert immer irgend etwas.« Sie nippte an ihrem *cachaça.* »Hört mal. Teo hat einige neue Bilder. Er hat versprochen, sie uns nach dem Dinner zu zeigen.«

»Otavio, vielleicht können Sie mir helfen, etwas zu verstehen.«

»Ja?«

Fletch und Otavio Cavalcanti standen allein am Rand der Terrasse und betrachteten das Mondlicht auf der Lagune. Otavio trank Scotch mit Wasser.

In Brasilien dürfen selbst berühmte Gelehrte und Dichter mit ihrem Vornamen angeredet werden.

»Sagt Ihnen der Name ›Idalina Barreto‹ etwas?«

»Nein.«

»Sie ist keine berüchtigte Exzentrikerin?«

»Nicht, daß ich wüßte.«

Laura stand auf der anderen Seite der Terrasse und unterhielt sich mit den Vianas.

»Ich frage mich, ob es sich vielleicht um Hokuspokus handelt.«

»Um was?«

»Um einen Schwindel. Einen Bluff.«

»Ach so. Bluff.«

»Heute nachmittag wurden Laura und ich von einer alten Frau angesprochen, möglicherweise so eine Art *macumbeira,* in ein langes weißes Gewand gehüllt, ein altes Weib. Sie behauptete, Idalina Barreto zu heißen.«

Auf der Terrasse waren die Sambatrommeln nur schwach zu hören.

»Ja und?«

»Sie behauptete, daß ich ihr Ehemann sei.«

Otavio wandte den Kopf, um Fletch anzusehen.

»Ihr verstorbener Ehemann. Janio Barreto. Ein Seemann. Vater ihrer Kinder.«

»Aha . . .«

»Dieser Janio wurde ermordet, als er jung war, in meinem Alter, vor siebenundvierzig Jahren.«

»Aha.«

»Hören Sie mir eigentlich zu?«

»Natürlich.«

»Sie verlangt von mir, daß ich ihr den Namen meines Mörders nenne.«

Otavio bedachte Fletch mit dem gleichen Blick wie Laura und der Portier vor dem Hotel Yellow Parrot. Dann kreisten seine Augen um Fletchs Kopf.

»Wollen Sie mir helfen, das alles zu verstehen?«

Otavio nahm sich einen Drink. »Was gibt es da zu verstehen?«

Während des Dinners an dem langen Tisch unterhielten sie sich über die magischen, so ungemein kraftspendenden Ingredienzen vieler brasilianischer Gerichte, über die Unmengen von Zucker, die gewöhnlich in den Kaffee und den *cachaça* gelöffelt werden, über die Süße des *cachaça* überhaupt, über das *dendê*-Öl in der *vatapá,* die als Hauptgericht serviert wurde. Das alkoholfreie Getränk *guaraná* ist ebenfalls kraftspendend. Die Indianer schrieben ihm eine blutreinigende Wirkung zu. Fletch hatte herausgefunden, daß es gegen Müdigkeit half.

Weiter unten am Tisch sagte Laura gerade: »Bananen sind auch sehr gesund. Sie enthalten Kalium.«

Dann erkundigte sich Marilia nach den Bildern, die Teo gekauft hatte.

»Ich werde sie euch nach dem Dinner zeigen. Aber vielleicht möchte uns Laura zuvor etwas vorspielen.«

»O bitte«, sagte die Viana-Gattin.

»Gern.«

»Danach werde ich sie euch zeigen«, sagte Teo.

Aloisio da Silva fragte Fletch: »Haben Sie schon das Museu de Arte Moderna besichtigt?«

»Ja.«

»Ich könnte mir vorstellen, daß Sie das Gebäude sehr interessiert hat.«

»Oh, gewiß. Es ist ein wundervolles Gebäude. Und ich habe dort vorzüglich zu Mittag gegessen.« Die Leute am Tisch verstummten. »Es gab nur wenige Gemälde zu sehen, als ich da war.«

»Ach, richtig«, sagte Marilia.

»Ich hatte eigentlich das Gebäude gemeint«, sagte Aloisio.

»Es hat dort gebrannt...«, sagte Teo.

»Alle Gemälde fielen den Flammen zum Opfer«, sagte die Viana-Gattin. »Jammerschade.«

»Nicht alle. Ein paar blieben verschont«, sagte Viana.

Aloisio blinzelte seinen Teller an. »Ich hatte eigentlich gemeint, daß Sie das Gebäude interessiert haben dürfte.«

Fletch fragte: »War dieser Museumsbrand auch ein Fall von *queima de arquivo?«*

Die Unterhaltung bei Tisch verstummte endgültig.

Vom Kopfende des Tisches blickte Teodomiro da Costa zu Fletch hinunter. Seit einer Virusinfektion vor ein paar Jahren war da Costas linkes Augenlid ständig halb heruntergeklappt, ein Zustand, der sich verschlimmerte, wenn er müde war oder jemanden damit beeindrukken wollte. Im Moment wollte er Fletch beeindrucken.

»Ich meine, für die Künstler jeder Generation«, unterbrach Fletch das Schweigen, »kann es doch eigentlich nur von Vorteil sein, wenn die Vergangenheit ausgelöscht wird und sie wieder ganz neu beginnen können. Ich meine, vielleicht hilft ihnen das.«

Danach dauerte es eine geraume Weile, bis die Unterhaltung wieder richtig in Gang kam.

»Laura gehört zu Ihnen, wie ich sehe. Das freut mich.« Viana saß neben Fletch auf dem Sofa im Wohnzimmer. Sie warteten darauf, daß Laura Soares Klavier spielte. »In Rio müssen Sie sich vor den Frauen sehr in acht nehmen.«

»Man muß sich überall vor den Frauen in acht nehmen.«

»Das ist wahr. Aber insbesondere in Rio.« Er schlürfte seinen Kaffee. »Sogar ich. Eines Nachts, ehe ich mich versah, tanzte ich mit einer von ihnen. Einem Mann, wenn Sie wissen, was ich meine. Einem entsprechend operierten Mann. Man wird ja viel leichter hereingelegt, als man sich vorstellen kann.«

»In Brasilien ist eben nicht alles so, wie's den Anschein hat«, sagte Fletch.

»Man wird ja so leicht hereingelegt.«

Selbstverständlich spielte Laura zunächst etwas von Villa Lobos und anschließend einige ihrer eigenen Arrangements von Milton Nascimentos Kompositionen, wobei es ihr irgendwie gelang, seine romantische Sentimentalität, seine folkloristische Strenge und seine sich kontinuierlich steigernden, komplizierten, rätselhaften Melodienfolgen miteinander in Einklang zu bringen. An der Längsseite des Raumes döste Otavio Cavalcanti in einem tiefen Lehnsessel über seiner Kaffeetasse. Dann spielte Laura Arrangements einer anderen, ausgeprägt folkloristischen brasilianischen Musik, die Fletch nicht wiedererkannte.

Obwohl Lauras Studium am Londoner Konservatorium sicherlich ihrer Spieltechnik zugute gekommen war, spielte sie keins der musikalischen Werke, die sie dort gelernt hatte.

Nachdem alle außer Otavio, ihrem Vater, applaudiert hatten, sagte Laura: »Nicht besonders gut.« Sie lächelte Fletch zu. »Ich habe in den letzten beiden Wochen wenig geübt.«

»Wir sind hergekommen, um Ihre neuen Gemälde zu besichtigen, Teo!« verkündete der junge Mann, der als erster den Empfangssalon betrat. Zu einem weißen offenen Hemd und weißen Leinenhosen trug er ein lindgrünes Cape, einen grünen Piratenhut und grüne Schuhe. Es dauerte keine Sekunde, bis seine Augen Fletch auf der anderen Seite des Salons entdeckt hatten.

»Ich habe auf euch gewartet«, sagte Teo von der Bar her.

Ganz plötzlich waren sie da, vier junge Männer in kostspieliger, perfekt sitzender und individuell zusammengestellter Garderobe, die gravitätisch und erwartungsvoll in den riesigen Empfangssalon in der obersten Etage des Hauses einzogen, wie eine Theatergruppe, die eine Bühne betritt. Alle bis auf einen besaßen den geschmeidigen Körper und federnden Gang, den man bei Fechtern, Akrobaten oder Turnern erwarten würde. Der vierte hatte mehr Gewicht und mattere Augen, schien ein wenig betrunken und bewegte sich unsicher.

»Toninho!« juchzten die Frauen.

Die Viana-Gattin bedeckte ihn mit Küssen.

»Tito! Orlando!« Niemand schien zunächst den vierten jungen Mann begrüßen zu wollen, bis schließlich jemand sagte: »Norival! Wie fühlen Sie sich?«

Tito war vollkommen in Schwarz gekleidet. Hemd und Hosen saßen ihm wie eine zweite Haut am Leib. Kein Fältchen, keine Naht waren zu sehen.

Orlando trug weiße Leinenhosen mit blauen Seitenstreifen und auf den Schultern blaue Epauletten.

Norival war nicht minder kostspielig angezogen, doch wirkten die erdbraunen Taschen auf seinen hellgrünen Hosen und seinem hellgrünen Hemd irgendwie weniger reizvoll.

Die Gäste hatten die vier jungen Männer, von denen drei ungewöhnlich gut aussahen, umringt, unterhielten sich auf portugiesisch mit ihnen und lachten. Auch Laura hatte sich entfernt, um jeden von ihnen zu umarmen und zu küssen.

Fletch bestellte eine *guaraná* bei dem Barkeeper.

Der lange Tisch im Empfangssalon war abgeräumt und aus dem Salon entfernt worden.

An einer Wand waren einige Bilder mit der Rückseite zum Zimmer auf den Boden gestellt worden.

Dort, wo der Raum am besten beleuchtet war, hatte man eine Staffelei aufgebaut.

In diesem Licht vor der Staffelei stand jetzt Toninho und gestikulierte mit den Armen, wodurch sein grünes Cape in dieser Beleuchtung aussah, als schlüge es Wellen. Gleich, was er sagte, die Leute um ihn herum lachten darüber. Selbst seine Kameraden Tito, Orlando und Norival schienen ihn bezaubernd zu finden.

Lauras Augen strahlten selig, als sie zu Fletch zurückkehrte.

»Wer sind sie?«

»Die Tap Dancers. Man nennt sie die Tap Dancers. Sie sind aber bloß miteinander befreundet und heißen einfach nur so.«

»Sind sie denn Steptänzer?«

»Du meinst von Beruf?«

»Ja.«

»Nein.«

»Sänger?«

»Nein.«

»Trickkünstler?«

»Sie sind einfach nur Freunde.«

»Elegant, finde ich.«

»Sind sie nicht umwerfend?«

Mit ausgestreckter Hand kam Toninho auf sie zu, um Fletch zu begrüßen.

»Toninho«, sagte Laura selig. »Das ist I. M. Fletcher.«

»O ja.« Toninhos Augen funkelten wie Edelsteine und brodelten wie kochendes Wasser. »Janio Barreto. Ich bin Toninho Braga.«

»Sie wissen darüber Bescheid?« Fletch schüttelte ihm die Hand.

Toninho warf die Arme so vehement in die Höhe, daß sein Cape über die Schultern nach hinten flog. Es war ihm deutlich anzusehen, daß er seinen Auftritt genoß; im Vertrauen auf seine männliche Ausstrahlung mokierte er sich möglicherweise über Eleganz und elegantes Gehabe. »Die ganze Welt weiß darüber Bescheid.«

Teo da Costa gesellte sich zu der Gruppe.

Laura sagte Toninho etwas auf portugiesisch. Toninho antwortete kurz, und sie lachte.

»Fletcher«, raunte Teo da Costa, »im Laufe des morgigen Tages oder so würde ich mich gerne mal mit Ihnen unterhalten. Privat.«

»Selbstverständlich.«

»Ihr Vater ist nicht hier. Hat keinen Einblick in Ihr Leben . . .« Teo sprach mit diskret abgewandtem Gesicht.

»Selbstverständlich, Teo. Es wird mir ein Vergnügen sein.«

»Los, Teo!« rief Toninho aus. »Die Bilder! Wir sind hier, um Ihre neuen Bilder zu betrachten.«

Teo stellte ein Gemälde nach dem anderen auf die Staffelei und ließ seine Gäste sie studieren und genießen. Die Bilder waren von Marcier, Bianco, Portinari, Teruz, di Cavalcanti und Virgulino. Die meisten waren klar, ja sogar kühn in der Linienführung und leuchteten in den kräftigen Farben der Erde. Fletch gefiel besonders eines, das eine Mutter mit Kind, und ein anderes, das ein Kind mit Vogelkäfig darstellte. Alle Rhythmen, Farben, Gefühle und Mysterien Brasiliens kamen, wie Fletch meinte, in diesen Bildern zum Ausdruck.

Später setzte sich Fletch neben den schläfrigen Otavio Cavalcanti aufs Sofa.

»Gefallen Ihnen die Bilder?« fragte Otavio.

»Sehr.«

»Besser als das Museumsgebäude?« lächelte Otavio. »Sie sind Nordamerikaner, und daher erwarten alle, daß Sie sich für Gebäude und Computer und andere Maschinen begeistern.«

»Ja.«

»Nachdem das Museum wieder nichts weiter als ein wunderschönes Gebäude ist, besitzt Teo jetzt vielleicht die beste Sammlung.«

»Er sollte sich vor Feuer in acht nehmen.«

Darauf gab Otavio keine Antwort.

»Vielleicht könnten Sie mir etwas erklären«, sagte Fletch zu Otavio. »Als ich mich heute abend anzog und nach meinem Schuh suchte, entdeckte ich einen kleinen behauenen Stein unter meinem Bett.«

Otavio zog eine Augenbraue in die Höhe.

»Ein kleiner Stein. In Form einer Kröte. Eines Frosches.«

Otavio seufzte.

»Welchen Grund könnte das Zimmermädchen haben, eine Steinkröte unter mein Bett zu legen?«

Langsam und schwerfällig wuchtete sich Otavio Cavalcanti aus dem Sofa, ging zur Bar und holte sich einen Scotch mit Wasser.

»Los, komm.« Laura tanzte im Sambaschritt durch den Raum und streckte Fletch die Hände entgegen. Er saß allein auf dem Sofa und hatte gerade an die *Ilha dos Caicaras* gedacht. Er fühlte sich selbst wie die *Ilha dos Caicaras,* eine kleine Insel in der Lagune. »Ich habe genug gearbeitet. Ich habe ein kleines Konzert gegeben. Laß uns mit den Tap Dancers mitgehen.«

»Wohin gehen sie?«

Otavio trank allein an der Bar.

»Ins Seven-oh-six. Toninho möchte, daß wir mitkommen. Um die Musik zu hören. Zu tanzen.«

»Alle?«

»Nur du und ich. Und die Tap Dancers.«

Fletch stand auf. »Warum kann ich es nicht lassen, deinem Vater Fragen zu stellen? Toller Gelehrter. Bis jetzt habe ich noch keine einzige Antwort erhalten.«

Laura warf ihrem Vater an der Bar einen schnellen Blick zu. »Los, komm. Wenn du dumme Fragen hast, werden dir die Tap Dancers dumme Antworten darauf geben. Ihr werdet prima miteinander auskommen.«

5

»Toninho muß jedesmal einen Auftritt inszenieren«, sagte Laura in dem schummrigen Nachtklub. »Ich glaube, er macht das absichtlich.«

»Glaubst du das wirklich?« spottete Fletch.

Fletch und Laura waren in seinem kleinen zweisitzigen MP-Cabriolet von da Costas Haus direkt zum 7-0-6 gefahren.

Die Tap Dancers waren in ihrem schwarzen, viertürigen Galaxie entschwunden.

An der Tür sprach Laura mit einem jungen Kellner, und umgehend wurden drei Zweiertische für sie zusammengerückt. In dem Club spielte natürlich eine Band, die natürlich ohne Unterbrechung weiterspielen würde. Laura und Fletch hatten sich kaum am Tisch niedergelassen, als ein Kellner auch schon eine Flasche Whisky mit einem beschrifteten Klebestreifen an der Längsseite brachte und dazu einen Krug Wasser, einen Kübel mit Eis und eine Menge Gläser.

»Was hast du dem Kellner erzählt?« fragte Fletch durch den Lärm der Trommeln.

»Daß die Tap Dancers kommen.«

»Sind sie denn so berühmt?«

»Alle lieben die Tap Dancers.«

»Sie sind umwerfend.«

»Ja, das kann man sagen.«

In diesem Augenblick erschienen sie in der Tür. Jeder hatte eine Katzenmaske vor dem Gesicht. In ihrer Begleitung waren vier Mädchen.

Obwohl sie keinen einzigen Laut von sich gaben, war bald jeder auf sie aufmerksam geworden. Sie begannen, an den Wänden rauf und runter und an den Tischen entlang zu schnuppern, steckten ihre Nase in den Haartuff einer ausländischen Dame, schnüffelten neugierig an allem herum, bis sie ihren eigenen Tisch gefunden hatten.

Selbst der Mann, der gerade sang, lachte. Sein Gelächter, das mitten in einem Lied durch den Verstärker dröhnte, klang hinreißend.

Als die katzenhaften Tap Dancers endlich ihren Tisch gefunden und sich gesetzt hatten, klatschten sogar diejenigen Beifall, die gerade tanzten.

Einer der vier zwängte sich neben Fletch und nahm seine Maske ab. Toninho. Da es, wie er mittlerweile erfahren hatte, in Brasilien so Sitte war, bedankte sich Fletch artig für den gelungenen Streich.

Fletch sagte: »Laura hat Sie in Verdacht, daß Sie diese großen Auftritte absichtlich inszenieren.«

Mit einem Gesicht, das selbst in dieser fast dunklen Umgebung leuchtete, setzte Toninho lächelnd seinen Piratenhut ab. »Was macht Spaß?«

»Was macht denn Spaß?« fragte Fletch zurück.

»Bewegung.« Toninho betrachtete seine auf dem Tisch liegende Hand. »Schauen Sie her«, sagte er. Er streckte seinen Ringfinger in die Höhe und senkte ihn wieder. »Das macht Spaß.« Dann streckte er den Ringfinger, den kleinen Finger und den Daumen in die Höhe und senkte sie wieder. »Das macht noch mehr Spaß.« Dann wurde seine Hand auf dem Tisch plötzlich ungeheuer lebendig, die Finger vibrierten, vollführten ihren eigenen ekstatischen Tanz, die Hand selbst verwandelte sich in eine Art tollwütigen Hasen, der seinen eigenen wilden Takt beizubehalten versuchte. Toninho sah lachend zu. »Das macht am meisten Spaß.«

»Haben Sie schon mal Erfahrungen mit Paralyse gemacht?« fragte Fletch. »Waren Sie schon mal gelähmt?«

Toninhos riß seine großen braunen Augen auf. »Ich bin mir bewußt, daß ich es eines Tages sein werde.«

Die Mädchen wurden vorgestellt, doch konnte Fletch wegen der lautstarken Musik keinen ihrer Namen richtig verstehen. Sie waren sichtlich froh und beeindruckt, daß sie dabeisein, so gute Musik hören und an dem Scotch partizipieren durften. Fletch schätzte, daß die Tap Dancers keine zehn Minuten benötigt hatten, um diese Mädchen aufzutreiben.

»Toninho«, sagte Fletch. »Welchen Grund könnte ein Hotelzimmermädchen haben, mir eine kleine, aus Stein gehauene Kröte unters Bett zu legen?«

»Eine Kröte?«

»Einen Frosch.«

»Unter Ihrem Bett war ein Frosch?«

»Ja. Er ist immer noch da.«

»Woher wissen Sie das?«

»Ich entdeckte ihn, als ich nach meinem Schuh suchte.«

Toninhos Augen zwinkerten. »Was haben Sie damit gemacht?«

»Ihn zurückgelegt.«

»Das ist gut.« Daraufhin legte Toninho sein Cape ab und führte eines der Mädchen auf die Tanzfläche.

Eine Zeitlang tanzten alle. Die Musik war phantastisch. Oder besser gesagt: Fletch tanzte. Die Brasilianer dagegen, Laura eingeschlossen, denen der Rhythmus der Musik ohnehin im Blut steckte und die sich ohnehin ständig im Rhythmus der Musik bewegten, ließen ihrem brasilianischen Naturell einfach auch auf der Tanzfläche freien Lauf, gaben sich völlig der Musik hin.

Ein junges Mädchen in Lederjeans und einem enganliegenden T-Shirt, das vergeblich den Bund der Jeans zu erreichen versuchte, begann zu singen. Sie war außergewöhnlich gut. Alle setzten sich wieder an den Tisch, um ihr zuzuhören.

Der Klebestreifen an der Whiskyflasche war in 0,03-Liter-Striche eingeteilt, nach denen der Kellner später die fehlende Whiskymenge berechnen und die Rechnung ausstellen konnte. Die Mädchen der Tap Dancers waren mit fröhlichem Eifer dabei, den Whiskypegel stetig zu senken.

Die Band spielte ohne Unterbrechung weiter, als das Mädchen das

Mikrophon in die Halterung zurücksteckte. Alle erhoben sich, um ihr begeistert zu applaudieren, und tanzend verschwand sie im dunklen Hintergrund des Nachtklubs.

Eines der Tap-Dancers-Mädchen, das Laura angestarrt hatte, fragte schließlich auf portugiesisch: »Sind Sie nicht Laura Soares, die Pianistin?«

»Ich spiele Klavier.«

Tito saß Fletch gegenüber.

»Wieso wußtet ihr Burschen eigentlich über Janio Barreto Bescheid?« fragte ihn Fletch.

»Darüber, daß Sie Janio Barreto sind?« schien Tito ihn korrigieren zu wollen.

»Über diesen Zwischenfall heute nachmittag.«

»Wieso sollten wir denn nicht darüber Bescheid wissen?«

Auch Tito hatte ein hübsches und glückliches Gesicht, doch seinen Augen fehlte das Funkeln von Toninhos Augen.

»Wie haben Sie davon erfahren?«

Tito beugte sich über den Tisch. »Wir sind sehr gespannt auf Ihre Enthüllungen.«

»Worüber?«

»Über die Gründe für Ihren Tod. Über Ihren Mörder.«

»Tito, Tito. Werde ich denn niemals eine vernünftige Antwort bekommen?«

»Verraten Sie mir eins, Janio.«

»Nennen Sie mich nicht Janio.«

»Fletch. Wieso, glauben Sie, sind Sie ausgerechnet nach Brasilien gekommen?«

»Ich bin ein Zeitungsmann aus Kalifornien. Ich hatte ein Flugticket.«

»Und wie sind Sie an dieses Flugticket gekommen?«

»Irgendwie zufällig.«

»Begreifen Sie jetzt?«

»Nein. Gar nichts.«

»Schauen Sie sich in diesem Raum um.« Ohne den Kopf zu bewegen, ließ Tito seine Augen erst ganz nach links schnellen und bewegte sie dann langsam in gerader Linie ganz nach rechts. Diese absolute Beherrschung seiner Augenmuskeln hatte etwas Unheimliches. »Sehen Sie hier noch andere Leute wie Sie?«

»Was meinen Sie damit?« Der Raum war überwiegend mit jungen Brasilianern besetzt, dazu ein paar ältere Argentinier und die ausländische Dame mit dem großen Haartuff und dem kleinen Begleiter.

»Andere Zeitungsleute aus Kalifornien, die ›ein Flugticket hatten‹ und ›irgendwie zufällig‹ hierherkamen?«

»Tito ...«

»Nein. Sie sind der einzige hier.«

»Warum wurde ich nur geboren?«

»Auch das vielleicht.« Tito lehnte sich zurück. »Nun, da Sie wissen, was Sie tun müssen, werden Sie nicht eher zur Ruhe kommen, bis Sie es getan haben.«

»Was muß ich denn tun?«

»Uns verraten, wer Sie ermordet hat. Mord ist das schwerwiegendste aller Verbrechen.«

»Tito ...«

Eine Clique von Mädchen schleppte Tito zum Tanzen.

Fletch goß sich schließlich einen Scotch mit Wasser ein und lehnte sich zurück.

Dann tanzten er und Laura eine Zeitlang.

Sehr spät in der Nacht fand er sich neben Norival am Tischende sitzend wieder, der ihm mit mühsam offengehaltenen Augen und schwerer Zunge nicht nur von allen möglichen im Südatlantik vorkommenden Fischarten erzählte, sondern ihn obendrein auch noch darüber ausfragte.

Langsam dämmerte es Fletch, daß Norival ihn für Janio Barreto hielt, der fünfzig Jahre zuvor in diesen Gewässern gefischt hatte.

Fletch entschied, daß es Zeit zum Aufbruch war.

Als er sich erhob, sagte er zu Norival: »In fünfzig Jahren hat sich in diesen Gewässern viel verändert.«

Er ging zur Tanzfläche, klatschte Orlando ab und fragte Laura, ob sie aufbrechen könnten.

Als sie vor dem Nachtklub auf dem Trottoir standen, rief Toninho hinter ihm her. Fletch drehte sich um.

Toninho rief noch einmal: »Fletch«, kam jedoch nicht näher, sondern blieb in der Nähe des Eingangs zum 7-0-6 stehen.

Laura setzte sich in den MP.

Fletch ging zu Toninho zurück.

Bald würde der Tag heraufdämmern.

»Fletch.« Toninho wölbte seine Hände um Fletchs linkes Ohr und führte seine Lippen an die Wölbung. »Eine Frau legt einen Frosch unters Bett, damit ihr der Liebhaber nicht davonläuft.«

Fletch wich zurück. »Dann war es also gar nicht das Zimmermädchen?«

»Sind Sie etwa der Liebhaber des Zimmermädchens?« Toninho lachte und schlug sich mit der Hand auf den Oberschenkel. »O Fletch!« Er packte Fletch an der Schulter und schüttelte ihn. »Seien Sie doch froh.« Dann lachte er erneut. »Zumal es üblicherweise ein lebender Frosch ist!«

6

»Keine Ruhe.«

»Logisch.«

Es war das dritte Mal in einer halben Stunde, daß er aus dem Bett stieg.

Das erste Mal war er ins Badezimmer gegangen und hatte Mineralwasser getrunken. Dann hatte er versucht, sich so dicht an Laura zu kuscheln, daß er mit seiner vollen Vorderseite ihre gesamte Rückseite berührte. Sie hatte tief geatmet, schlief fest. Beim zweiten Mal hatte er seinen Kopf durch die Vorhänge gesteckt und gesehen, daß ein neuer Tag angebrochen war. Nirgendwo brannten elektrische Lampen. Wieder im Bett, hatte er sich auf den Rücken gelegt, die Hände über der Brust gefaltet, als läge er in einem Sarg, und tief zu atmen versucht. Selbst zu dieser frühen Stunde waren von irgendwo in der Stadt Sambatrommeln zu hören.

Jetzt zog er seine leichten Joggingshorts an.

Laura hob den Kopf aus dem Kissen und sah ihn an.

»Ich werde ein bißchen am Strand entlanglaufen«, sagte er. »Bevor der Sand zu heiß wird.«

»Ist gut.«

»Ich kann nicht einschlafen.«

»Ich weiß«, sagte sie. »Armer Fletch.«

Sie legte ihren Kopf wieder in die Kissen zurück.

7

»Kannst du mich zu einer Tasse Kaffee einladen?«

Joan Collins Stanwyk.

Eine Zigarette rauchend, wartete sie auf ihn an einem kleinen Tisch im Vorhof des Yellow-Parrot-Hotels, als er von seinem Strandlauf zurückkam. Drei zerdrückte Zigarettenstummel lagen im Aschenbecher.

Ihr Blick wanderte über den Schweiß, der auf seinen Schultern, seiner Brust, seinem Bauch, ja sogar auf seinen Beinen glänzte.

Da er seinen Strandlauf mit einem Sprint beendet hatte, atmete er jetzt heftig.

»Das ist das mindeste, was ich für dich tun kann«, sagte er.

Zwei Meilen den Strand hinauf hatte Fletch eine Schar Männer in orangefarbenen Jacken gesehen, die wie ein Suchtrupp ausgeschwärmt waren und den Strand säuberten, und Fletch war bis zu ihnen gelaufen und dann wieder zurück. Da er keine Schuhe anhatte, war er etlichen *macumba*-Feuern ausgewichen, die noch von der Nacht zuvor schwelten. Etliche leere Brieftaschen hatten an seinem Weg gelegen, gestohlen, geplündert und achtlos weggeworfen. Selbst zu dieser Tageszeit waren schon viele Jogger am Strand unterwegs. Und eine Gruppe Brasilianer, alle bei weitem über sechzig, hatte barfuß eine volle Partie Fußball im Sand gespielt.

Auf dem Rückweg über die Avenida Atlântica brannte der Straßenbelag schon fast unerträglich heiß unter seinen nackten Fußsohlen, obwohl es noch nicht einmal sieben Uhr war.

Die Bar, zu der die mittlere Tür an der Frontseite des Hotels Yellow Parrot führte, war natürlich geschlossen. Fletch drückte auf die Serviceklingel neben der Tür.

»Mal sehen, ob das jemanden herbringt.« Er setzte sich gegenüber von Joan an den kleinen Tisch und kreuzte seine glitschigen Arme über seiner glitschigen Brust.

Die Morgensonne warf helle Streifen in den Vorhof, der an drei Seiten von dichten, mannshohen Büschen umgeben war.

An diesem Morgen bot Joan Collins Stanwyk nicht den üblichen makellosen Anblick der Kaiserin von Kalifornien. Sie trug einen leichten, lohfarbenen Hosenanzug mit einer weißen Seidenbluse und Sandalen. Ihr Haar war nicht so untadelig wie sonst frisiert. Ihr Gesicht sah abgehärmt aus, ihren Augen fehlte der Schlaf. Vielleicht hatte sie noch unter der Zeitverschiebung zu leiden, vielleicht hatten ihr auch ihre Martinis und Zigaretten und natürlich auch ihre junge Witwenschaft zugesetzt.

»Wie geht es dir?« fragte er.

»Es ging mir schon besser.«

»Bist du hergekommen, um mich aufzuspüren? Ich meine, nach Rio?«

»Natürlich.«

»Wie hast du herausgekriegt, wohin ich bin?«

»Hast du vergessen, daß Collins Aviation eine eigene Sicherheitsmannschaft hat? In der Mehrzahl pensionierte Polizisten, die sehr erfolgreich im Aufspüren sind? Allerdings nicht immer schnell genug, wie ich zugeben muß.« In der Ironie ihrer Bemerkung schwang kein Humor mit. »Und hast du vergessen, daß ich geboren, aufgezogen und ausgebildet wurde, um einen Job zu erledigen? Und daß ich darin ziemlich gut bin?«

Sie war die Tochter von John Collins, der aus seiner kleinen Autowerkstatt in Kalifornien ohne fremde Hilfe ein riesiges Flugzeugunternehmen aufgebaut hatte. Ehefrau, nun Witwe, von Alan Stanwyk, dem ehemaligen Hauptgeschäftsführer dieses Unternehmens. Prominente Dame der Gesellschaft, unermüdliche Gastgeberin sowohl für ihren Vater als auch für ihren Mann, berühmte blonde, langbeinige, tennisspielende kalifornische Schönheit, die sich ihrer Funktion in dieser Welt der flotten Autos und faden Partys sehr wohl bewußt war und vor noch gar nicht langer Zeit Fletch damit verblüfft hatte, wie gut sie funktionierte beziehungsweise zu funktionieren versuchte.

»Ich hab's nicht vergessen.«

Ein Kellner tauchte auf.

Fletch bestellte Kaffee für Joan und *guaraná* für sich selbst.

Sie sagte: »Du siehst ungeheuer attraktiv aus, so in Schweiß gebadet. Du hast die gleiche Figur, wie Alan sie hatte, aber deine Haut glänzt wesentlich mehr.«

Er versuchte, mit dem Zeigefinger den Schweiß von Brust und Bauch zu schaben. »Ich habe kein Handtuch dabei. Ich bin gerannt. Ich –«

Mit einem leichten Kopfschütteln brachte sie ihn zum Schweigen. Ihre Augen schienen wie mit einem rauchigen Schleier überzogen. Er sah eine Frau vor sich, die, vermutlich zum erstenmal, hatte erfahren müssen, wie ihr Leben, ihre gesamte Welt durch gewisse Ereignisse völlig aus den Fugen geriet.

»Falls du wegen einer umfassenden Erklärung hergekommen bist –«

Sie unterbrach ihn. »Ich brauche deine Hilfe.« Ihre Hand zitterte, bis sie die Finger an ihre Wange gelegt hatte und die Stelle vor dem Ohr massierte. »Wir wollen im Moment mal vergessen, warum ich herkam. Es ist schon ironisch genug, daß du der einzige Mensch bist, den ich in Rio kenne, und ich dich um deine Hilfe bitten muß.« Ihre Stimme war sehr leise.

Sie gewann ihre Fassung wieder, während der Kellner ihr den Kaffee und Fletch den Krug *guaraná* mit einem Glas servierte.

»Ich wußte, daß du hier bist«, sagte Fletch. »Ich habe dich gestern auf der *avenida* gesehen. Du hattest ein grünes Seidenkleid an. Und trugst eine Handtasche.«

»O ja«, sagte sie bitter.

»Ich habe mich vor dir versteckt.« Er goß sich seinen *guaraná* ein. »Ich war einfach so überrascht, dich zu sehen. Wie hast du herausgefunden, wo ich wohne?«

»Ich habe einfach alle Luxushotels angerufen und nach einem Mister Irwin Maurice Fletcher gefragt. Schließlich war mir ja bekannt, daß du dir das Feinste vom Feinen leisten kannst.« Wieder fehlte ihrer Ironie der Humor, was Fletch nicht wunderte. »Ich ging einfach die Liste der First-Class-Hotels durch. Als ich hier, im Yellow Parrot, nach dir fragte, riefen sie in deinem Zimmer an. Keine Antwort. Damit wußte ich, wo du wohnst.«

»Warum sitzt du frühmorgens um halb sieben hier im Vorhof und wartest auf mich?«

»Es blieb mir nichts anderes übrig. Es war das Nächstliegende, das einzige, was ich tun konnte. Nach der fürchterlichsten Nacht... ging ich vom Hotel hierher. Als ich noch einen Block entfernt war, sah ich dich aus dem Hotel zu deinem Lauf starten und die Straße überqueren. Ich war nicht in der Verfassung, hinter dir her den Strand entlang zu rennen.«

»Nein.«

»Ich bin ausgeraubt worden«, sagte sie.

»Oh.«

»Du sagst das so ungerührt. Als hättest du es gewußt.«

»Ich habe es vermutet.«

»Wieso?«

»Weißt du nicht Bescheid über Rio?«

»Nicht genug, fürchte ich.«

»Ein wunderbares Fleckchen Erde.«

»Grauenvoll«, sagte sie.

»Hast du das Bedürfnis, mir die Einzelheiten mitzuteilen?«

»Das klingt, als ob sie dir längst bekannt wären.«

»Ich glaube schon.«

»Zweimal ausgeraubt.«

»Kein Rekord.«

»Vollständig ausgeraubt.« Eine Träne zeigte sich in ihrem Augenwinkel.

»Bekehrt«, sagte er.

»Gestern abend, nachdem ich herausgefunden hatte, in welchem Hotel du wohnst, überlegte ich, ob ich herkommen und in der

Hotelhalle kampieren sollte, bis du auftauchen würdest, aber nach allem, was ich über das Nachtleben von Rio gehört hatte, schien mir das nicht sehr sinnvoll.«

»Nein.«

»Zumindest nicht bei einem so strammen, wohlhabenden, attraktiven jungen Mann.«

Zuerst wollte Fletch auf diese Ironie gar nicht reagieren. Doch dann sagte er: »Ich war nicht im Hotel.«

»Darum ging ich selbst aus. Machte einen Spaziergang. Genau hier entlang.« Sie deutete auf die *avenida* hinter der Hecke. »Setzte mich in ein Café, trank etwas, beobachtete die Leute, hörte den Trommeln zu. Spazierte weiter, in ein anderes Café, trank etwas. Konnte die Rechnung nicht bezahlen. Meine Brieftasche war weg.«

»Ja.« Sein schlichtes »ja« klang Fletch wie ein Echo von Otavio Cavalcanti. *Ja. Natürlich. Was gibt es da zu verstehen?*

»Meine Handtasche war weg. Mein ganzes Bargeld. Meine Kreditkarten.« Jetzt standen ihr die Tränen in beiden Augen. »Mein Paß.«

»Das geht allen so, von denen ich gehört habe«, sagte er.

»Meine Halskette war weg!« Sie schien völlig fassungslos. »Eine Diamantnadel, die ich an meinem Kleid trug!«

»Ja.«

»Am meisten erregt mich, daß Bilder von Alan, die in meiner Brieftasche waren, weg sind. Von Alan und Julia.« Julia war ihre kleine Tochter. »Denk jetzt, was du willst, aber ich brauche diese Bilder von Alan. Sie sind unersetzlich.«

Tränen kullerten über ihre Wangen.

Fletch sagte: »Ja.«

Sie langte nach einer Handtasche, die nicht da war. »Verdammt! Ich habe nicht einmal ein Taschentuch.«

Fletch hob bedauernd seine nackten Schultern. »Und ich kann dir nicht mal einen Ärmel bieten.«

Sie schniefte.

»Ich erklärte dem Kellner, so gut ich konnte, daß ich ihn nicht bezahlen könnte. Daß man mich bestohlen hätte. Daß ich heute zurückkommen und ihn bezahlen würde.« Joan Collins Stanwyk schniefte wieder. »Fletch, ich schwöre, daß mich während des ganzen Spaziergangs niemand auch nur berührt hat. Niemand hat mich angerempelt. Wie haben sie meine Kette bekommen? Die Nadel von meinem Kleid abgemacht? In meinem Kleid war nicht einmal ein Riß. Ich habe nichts gespürt!«

»Brasiliens Zukunft«, sagte Fletch, »liegt in der Chirurgie.«

»Ich ging zum Hotel zurück.«

»Und da war in dein Zimmer eingebrochen worden.«

»Woher weißt du das?«

»Du sagtest doch, daß du zweimal beraubt worden bist.«

»Alles!« sagte sie. »Alles außer meinen Kleidern. Meine Schmuckkassette, meine Reiseschecks.«

»Alles.«

»Alles. Ich habe nichts mehr. Heute morgen habe ich keinen einzigen Dollar, keinen *cruzeiro,* keine Kreditkarte, kein Schmuckstück mehr.«

Fletch sagte: »Ja.«

»Ich ging sofort hinunter zum Hotelgeschäftsführer. Dem stellvertretenden Geschäftsführer um diese Nachtzeit. Er begleitete mich ins Zimmer, gluckste und gackerte und flatterte herum wie ein aufgeregtes Huhn, meinte, daß die Diebe über den Balkon gekommen sein müßten, beschimpfte mich, daß ich die Balkontür nicht abgeschlossen hatte – gütiger Himmel, ich wohne im neunten Stock. Die Nacht war warm.«

»Er übernahm also keine Verantwortung.«

»Ich verbrachte Stunden mit ihm in seinem Büro. Er sagte, ich hätte alle meine Wertsachen im Hotelsafe lassen müssen. Angeblich hatten sie mir einen Zettel in die Hand gedrückt, als ich eincheckte, auf dem das stand. Er schleppte mich in mein Zimmer zurück und zeigte mir das Schild an der Innenseite der Tür, auf dem mir dringend geraten wird, die Balkontüren zu verschließen und meine Wertsachen im Hotelsafe zu deponieren. Wir gingen wieder in sein Büro. Ich füllte Listen aus mit den Dingen, die fehlten. Ich bat ihn immer wieder, die Polizei zu verständigen. Aber aus irgendeinem unerfindlichen Grund hat er die Polizei nie verständigt.«

»Kein Grund, sie zu behelligen.«

»Was meinst du damit?«

»Sie kennt die Geschichte auch schon.«

»Fletch, man hat mich beraubt. Um Dinge im Wert von mehreren tausend Dollar. Geld, Schmuck, meine Kreditkarten.«

Wieder schniefte Joan Collins Stanwyk.

»Die Polizei wüßte das alles schon.«

»Willst du mir helfen?«

»Selbstverständlich.«

Sie rang die Hände in ihrem Schoß. »Ich fühle mich so gedemütigt.«

»Verunsichert?«

»Ja.«

»Entblößt?«

»Ja!«

»Total hilflos ohne all deine Besitztümer?«

»Ja doch, ja!«

Fletch lehnte sich zurück. Die Luft hatte seinen schweißbedeckten Körper getrocknet. »Ich glaube, das gehört zum Zweck der Übung.«

»Wovon redest du denn da?«

»Wer bist du?«

»Ich bin Joan Collins Stanwyk.«

»Kannst du das beweisen?«

Ihre Augen irrten über den Steinboden des Vorhofs. »Um die Wahrheit zu sagen, nein. Keine Kreditkarten. Keine Scheckbücher. Kein Paß.«

»Was ist das für ein Gefühl?«

»Was soll was für ein Gefühl sein?«

»Das, was du jetzt gerade bist?«

Ihre Augen verengten sich. »Ich bin nicht zur Psychotherapie zu Ihnen gekommen, Mister I. M. Fletcher.«

»War nur eine Randbemerkung. Wird nicht extra berechnet.«

»Ich brauche Geld.«

»Warum?«

»Ich will aus diesem verdammten Hotel heraus. Ich will meine Rechnung bezahlen und aus diesem verdammten Hotel heraus. Ich habe nicht mal Taxigeld.«

»Alles schön und gut. Aber warum rufst du nicht zu Hause an? In Kalifornien? Bei deinem Vater?«

»Er ist gerade auf seiner Yacht. Der *Colette*. Versucht sich zu erholen, von Alans –«

»Und du bist hierhergereist, um nach mir zu suchen.«

Sie zuckte die Achseln. »Zur Erholung.«

»Um deinen Job zu erledigen, wie du das nennst.«

»Ja.«

»Nur nicht schlappmachen. Joan Collins Stanwyk bleiben, ob's stürmt oder schneit.«

»Wirst du mir helfen? Ich will weg –«

»Verrat mir eins. Deine Familie hat doch Büros, die vollgestopft sind mit Leuten, die auf dich aufpassen. Sicherheitsleute. Anwälte. Finanzverwalter. Warum hast du denn die nicht angerufen?«

Sie senkte den Kopf. Nach einer Weile sagte sie leise: »Es ist doch Samstag. In Kalifornien ist noch nicht mal Samstagmorgen.«

Er lachte. »Und du kannst nicht warten? Lieber kommst du zu mir, den du bis nach Rio de Janeiro verfolgt hast, als zu warten, bis Daddys Büros geöffnet haben?«

»Ich will raus aus diesem Hotel. Dieser Mann hat mich dermaßen geärgert.«

»Es ist ungeheuer wichtig für dich, daß du unter diesen Umständen mit jemandem redest, der weiß, wer du bist.«

Sie blinzelte ihn an. »Was?«

Er legte die Unterarme auf den Tisch. »Mich hat man auch ausgeraubt. Brieftasche, Bargeld, Führerschein. Meine Armbanduhr. Meine schöne Timex-Uhr. Nur meinen Paß nicht.«

»Innerhalb der ersten vierundzwanzig Stunden, die du hier warst?«

»Innerhalb der ersten sechs Stunden. Man wird gewarnt, aber man kann es nicht glauben. Man muß es am eigenen Leib erfahren. Es ist eine Bekehrung.«

»Was meinst du mit *Bekehrung*?«

»Du wirst dazu bekehrt, den Hotelsafe zu benutzen, alles Geld, das du im Augenblick brauchst, im Schuh bei dir zu tragen. Und vor allem keinen Schmuck anzulegen. Nicht mal eine Uhr.«

»Fletcher, ich habe mehrere tausend Dollar verloren, alles, was ich bei mir hatte.«

»Du hast deine Identität verloren.«

»Ja. Das auch.«

»Du hast deine Vergangenheit verloren.«

»Ja.« Joan Collins Stanwyk starrte finster auf die Büsche.

»Fühlst du dich jetzt freier?«

Nun sah sie ihn finster an. »Was?«

»Jetzt bist du ein ebenbürtiges Mitglied der Gesellschaft, verstehst du.«

»Leute, die mir mein Eigentum gestohlen haben, sind keine ebenbürtigen Mitglieder der Gesellschaft.«

»O doch. Diebstahl ist weit verbreitet. Komm mal einen Moment her, ja?«

Er stand vom Tisch auf und stellte sich in die Öffnung der Hecke.

Einen Moment später stand auch sie auf und stellte sich neben ihn.

Gemeinsam blickten sie quer über den Bürgersteig, auf dem die Menschen ihrer täglichen Arbeit zustrebten, quer über die breite Straße, auf der sich die Taxis und Pendler stauten, zum Strand hinüber, der sich mit schlendernden, laufenden, hüpfenden, turnenden, schwimmenden Menschen jeden Alters zu füllen begann.

Von weiter unten an der Straße konnte man Trommeln hören.

»Siehst du vielleicht irgendwo ein Paar lange Hosen?« fragte er.

»Sehr wenige Hemden«, sagte sie.

»Keine Brieftaschen. Keine Ausweise. Keine Statussymbole: kein Schmuck.« Er betrachtete ihren lohfarbenen Hosenanzug, die Seidenbluse, die hochhackigen, zehfreien Sandalen. »Sie haben lediglich ihren Körper, ihre Augen, ihre Arme, ihre Beine, ihre Rücken.«

»Und ihre Finger, ihre verdammten Finger.«

»Ich glaube, daß man uns eine Lektion erteilt hat.«

»Bist du Brasilianer geworden? In nur einem Monat?«

»Kein Gedanke. Solange ich nicht mittags barfuß über diese *avenida* spazieren kann, wird aus mir kein *carioca.*«

Sie drehte sich um und ging zum Tisch zurück. »Für mich klingt das, als wolltest du ihren gemeinen Diebstahl mit einem logischen, phantastisch intellektuellen, politischen Motiv erklären.« Sie setzte sich an den Tisch. »Aber vermutlich hast du allen Grund dazu.«

»Wozu?«

»Verständnisvoll zu sein.«

»Ich kenne da eine Dame . . .« Auch Fletch setzte sich wieder an den Tisch. »Sie schreibt Romane. Ich bezweifle zwar, daß ich es richtig kapiert habe, aber sie erzählte mir, daß es hier irgendein uraltes Ritual, ein religiöses Ritual gibt, bei dem Zeremonienmeister nur solche Opfergaben zulassen, die zuvor gestohlen wurden.«

Joan Collins Stanwyk seufzte. »Lassen wir das. Ich bin beraubt worden. Ich brauche Hilfe. Wenn ich nicht so verzweifelt wäre, wäre ich nicht zu dir gekommen.«

»Das denke ich mir.«

»Würdest du bitte mit mir zur Polizei gehen?«

»Wenn dein Seelenheil davon abhängt.«

»Ich muß das anzeigen.«

»Das wird nichts nützen.«

»Fletcher, man hat mich beraubt, um mehrere tausend Dollar –«

»Du mußt eine Gebühr bezahlen.«

»Was?«

»Wenn du der Polizei einen Raub anzeigen willst, mußt du eine Gebühr bezahlen.«

»Man muß der Polizei Geld geben, damit man ihnen erzählen darf, daß man beraubt wurde?«

»Bedeutet eine Menge Schreibarbeit für sie.«

Sie schluckte. »Mehr ist das nicht? Nur Schreibarbeit?«

»Ja. Denke schon. In den meisten Fällen.« Er scharrte mit den Beinen seines Stuhles über den Steinboden. »Du bist gewarnt, siehst du. Raub ist hier nichts Außergewöhnliches. Das läßt sich nicht leugnen. Aber in New York, Mexico City und Paris ist das ja auch nichts Außergewöhnliches.«

Sie mußte jetzt gegen die Sonne anblinzeln, um ihn zu sehen. Ein Sonnenstrahl fiel durch eine Lücke in der Hecke. »Aber hier, sagst du, tun sie dir einen Gefallen, wenn sie dich ausrauben.«

»So könnte man's auch interpretieren.«

»Ein philosophisch motivierter Diebstahl also.«

»Man hält es nicht für ein allzu großes Verbrechen, dich von deinen Habseligkeiten zu befreien, deiner Identität, deiner Vergangenheit. Was dir gehört, gehört auch ihnen, gehört mir, gehört uns . . .«

Ihr bleiches Gesicht war wie versteinert, ihr Kiefer angespannt.

Er sagte: »Ich versuche ja nur, dich aufzumuntern.«

»Fletcher, würdest du mir etwas Geld geben? Ihr ganzer Kopf zitterte. »Die Quelle dieses Geldes wollen wir im Moment mal außer acht lassen.«

»Selbstverständlich. Ich werde dir etwas in dein Hotel bringen. Aber zuerst muß ich aus diesen nassen Shorts raus und duschen, und dann muß ich die Leutchen hier dazu bewegen, den Hotelsafe zu öffnen.«

»Sehr gut.«

Als sie stand, sah sie sehr blaß aus und schien zu schwanken. Sie schloß die Augen für einen Moment.

»Bist du in Ordnung?«

»Es wird schon wieder.«

»In welchem Hotel wohnst du?«

»Dem Jangada.«

»Sehr feudal.«

»Bring viel Geld mit.«

»Wir werden zusammen frühstücken. In deinem Hotel.«

»Ja«, sagte sie. »Komm mit dem Geld direkt auf mein Zimmer. Zimmer neunhundertzwölf.«

»Mach ich.« Es würde nicht das erste Mal sein, daß er eines ihrer Schlafzimmer betrat.

Er begleitete sie zu der Lücke in der Hecke.

»Ich würde dich ja gern in einem Taxi zurückschicken«, sagte er grinsend, »aber ich habe keine Schuhe an.«

Abweisend sagte sie: »Ich möchte lieber zu Fuß gehen.«

8

Niemand antwortete, als er an die Tür von Zimmer 912 pochte.
Er klopfte lauter.
Die Tür blieb geschlossen.
Er klopfte erneut und legte dann sein Ohr an die Tür. Er konnte nichts hören.
In seinem eigenen Zimmer im Hotel Yellow Parrot hatte Fletch so leise wie möglich geduscht und frische Shorts, ein Hemd, Tennissokken und Tennisschuhe angezogen. Laura schlief immer noch. Er hinterließ ihr eine Nachricht: *Ich bin ins Hotel Jangada gegangen, um mit jemandem zu frühstücken, den ich kenne.*
Die kurze Strecke zwischen den Hotels hatte er in seinem MP zurückgelegt.
Nachdem er vergeblich an Joan Collins Stanwyks Zimmertür im Hotel Jangada geklopft hatte, fuhr er wieder ins Foyer hinunter und rief über das Haustelefon im Zimmer an.
Niemand meldete sich.
An der Rezeption fragte er den Empfangschef: »Bitte, welche Zimmernummer hat Joan Collins Stanwyk? Mrs. Alan Stanwyk?«
Der Empfangschef zog seine mit Plastikschildchen versehene Liste zu Rate. »Neunhundertzwölf.«
»Sie ist doch noch nicht abgereist, oder?«
Der Empfangschef schielte auf seine Liste. »Nein, Sir.«
»*Obrigado*. Wo ist Ihr Frühstücksraum, bitte?«
Joan Collins Stanwyk war nicht im Frühstücksraum. Sie war auch nicht in der Bar, die bereits geöffnet hatte.
Auf der Terrasse des Hotel Jangada gab es zwei Schwimmbäder, eins mit Morgensonne und eins mit Nachmittagssonne. An dem einen Pool sonnten sich bereits ein paar Leute, an dem anderen saßen ein paar im Schatten und frühstückten. Zwei fette bleiche Männer hatten ihre Köpfe über Bloody Marys zusammengesteckt.
Joan Collins Stanwyk war nirgendwo zu sehen.
Im neunten Stock klopfte Fletch erneut an ihre Zimmertür.
Vom Foyer aus rief er erneut in ihrem Zimmer an.
Am Empfang hinterließ er ihr eine Nachricht. *Kam her, um wie verabredet mit dir zu frühstücken. Kann dich nirgendwo finden. Bist du eingeschlafen? Ruf mich bitte im Yellow Parrot an. Sollte ich nicht dort sein, hinterlasse eine Nachricht. Anbei Taxigeld. – Fletch.*
»Würden Sie das bitte für Mrs. Stanwyk hinterlegen? Zimmer neunhundertzwölf.«

»Gewiß, Sir.«

Fletch sah zu, wie der Empfangschef den verschlossenen Umschlag in das Fach für Zimmer 912 steckte.

»Teo? *Bom dia.«* Fletch telefonierte vom Jangada aus.

»*Bom dia,* Fletch. Wie geht's Ihnen?«

»Ihre neuen Bilder haben mir sehr gefallen. An sie zu denken, ist eine wahre Labsal.«

»Für mich auch.«

»Wann möchten Sie mich sehen?« Drei an einer Ölbohranlage arbeitende Nordamerikaner in groben Bluejeans verließen den Aufzug, stakten durch die Hotelhalle und schnurstracks in die Bar.

»Jederzeit. Sofort wäre günstig.«

»Ich soll gleich kommen?«

»Wir trinken zusammen Kaffee.«

9

»Sie möchten doch Kaffee, oder?«

»Ich glaube, den habe ich jetzt nötig.«

Ein Diener hatte Fletch nach unten in den kleinen Wohnraum der Familie da Costa geführt. In Schlafanzug, Morgenrock und Hausschuhen, die Brille auf der Nase, saß Teo in einem bequemen Sessel und las *O Globo.*

»Ereignisreiche Nacht verbracht?« Teo faltete die Zeitung zusammen.

»Wir sind ins Seven-oh-six gegangen. Mit den Tap Dancers.«

»Ein Wunder, daß Sie überhaupt etwas geschlafen haben.«

»Ich habe kein Auge zugetan.«

Teo, der sich erhoben hatte, nickte dem Diener zu, der sich daraufhin zurückzog.

»Dafür sehen Sie aber recht munter aus. Als ob Sie joggen gewesen wären.«

»War ich auch.«

Über Teos blasierte Miene huschte ein Ausdruck von Besorgnis.

Fletch sagte: »Mir war nicht nach Schlafen zumute.«

»Setzen Sie sich«, sagte Teo. »Beunruhigt Sie irgend etwas?«

Fletch, der Platz genommen hatte, sagte: »Nun ja, ich hatte mich mit einer Bekannten aus Kalifornien zum Frühstück verabredet. Als ich ins Hotel kam, war sie nicht da.«

»Vielleicht ist sie an den Strand gegangen.«

»Ich hatte mich erst eine knappe Stunde, bevor ich in ihr Hotel ging, mit ihr verabredet. Sie könnte eingeschlafen sein.«

»Ja, bestimmt. In Rio geraten Tag und Nacht sehr schnell durcheinander. Besonders, wenn es auf den Karneval zugeht.«

Der Diener brachte zwei Tassen Kaffee.

Teo schlürfte ihn im Stehen. »Die Leute nehmen das zwar nicht zur Kenntnis, aber Brasiliens zweitgrößter Exportartikel ist Tee.«

Nachdem der Diener gegangen war, fragte Fletch: »Sie wollten mit mir sprechen, Teo. Privat, sagten Sie.«

»Über das, was Sie machen.«

»Was mache ich denn?«

»Was werden Sie machen?«

»Ich verstehe Sie nicht.«

»Brasilien ist nicht Ihre Heimat.«

»Ich fühle mich sehr wohl hier.«

»Was würde Ihnen auf dieser Welt am meisten Spaß machen?«

»Auf der Avenida Atlântica in Copacabana sitzen, *churrasco* essen, *guaraná* trinken und mir den Gang der Brasilianerinnen, von jung bis alt, ansehen. Laura beim Klavierspielen zuhören. Gelegentlich nach Bahia fahren. Joggen, schwimmen. Zu den Trommeln auf und ab hopsen. Die Menschen gernhaben. Ich lerne gerade ein wenig Portugiesisch, ein paar Wörter.«

»Beabsichtigen Sie, in Brasilien zu bleiben?«

»Darüber habe ich noch nicht nachgedacht.«

»Wie lange sind Sie jetzt schon hier? Sechs Wochen?«

»So ungefähr.«

»Sie haben ein Auto gekauft. Sie sind Laura begegnet.« Teo schlürfte seinen Kaffee. »Haben Sie irgendwelche Pläne?«

»Eigentlich nicht.«

Teo stellte seine Tasse samt Untertasse auf einen Tisch. »Ein junger Mann sollte aber Pläne haben. Und Sie sind ein junger Mann, ein sehr kräftiger junger Mann sogar, soweit ich sehen kann. Sie sind attraktiv. Sie haben Köpfchen. Aufgrund des Geschäfts, das wir zusammen getätigt haben, weiß ich, wieviel Geld Sie besitzen. Ich weiß zwar nicht, woher dieses Geld stammt, aber ich weiß, daß Sie kein Verbrecher sind.«

»Danke.«

»Ich spreche nur deswegen mit Ihnen, Fletch, weil ich sechzig bin und Sie erst Mitte Zwanzig sind. Ihr Vater ist nicht hier ...«

»Ich weiß es zu würdigen.«

»Ohne ein Ziel in den Tag hineinzuleben ist nicht gut für einen jungen Mann.«

»Wollen Sie damit sagen, daß ich Brasilien verlassen sollte, Teo?«

»Brasilien ist ein problematisches Land, selbst für Brasilianer.« Teo kratzte sich den Handrücken und lachte. »Vor allem für Brasilianer.«

»Geht es hier um Laura, Teo?« Fletch hielt Teos Blick fest. »Hat Otavio Cavalcanti Sie gebeten, mit mir zu sprechen?«

Teo klappte sein Augenlid weiter herunter, um Fletch zu beeindrucken. »Brasilien ist nicht so, ist nicht intolerant.«

»Otavio schon.«

Teo lachte. »Otavio Cavalcanti ist einer der liberalsten Menschen, die wir haben. So liberal, daß er nicht nach New York gehen und an einer Universität seine Poesievorlesungen halten kann.«

»In manchen Dingen ist er liberal. Aber was seine Tochter angeht...?«

»Und welche Meinung haben Sie von Otavio?«

»Er ist ein großer Gelehrter und Dichter, der meine Fragen nicht beantwortet.«

»Brasilien ist schwer zu verstehen.«

»Hat Otavio gestern abend mit Ihnen gesprochen, Teo?«

»Ja«, gab Teo zu. »Das hat er. Aber das ist es nicht, was mir Sorgen bereitet.«

»Laura hat einen Frosch unter unser Bett gelegt.«

»Ich weiß«, sagte Teo. »Otavio hat es mir erzählt. Sie wissen, was das bedeutet?«

»Mittlerweile ja.«

»Sehen Sie, Sie wissen nichts über Brasilien. Können vielleicht gar nichts über Brasilien wissen. Hier gibt es so vieles, was auf die Nagos und die Bantus, besonders auf die Yorubas zurückgeht. Sie können kein Gespür dafür haben.«

»Saravá Umbanda!«

»Was haben Sie gemacht, bevor Sie hierherkamen? Waren Sie nicht Journalist?«

»Ich habe für eine Zeitung gearbeitet.«

»Dann sollten Sie sich vornehmen, wieder für eine Zeitung zu arbeiten. Kaufen Sie sich eine eigene kleine Zeitung, irgendwo, wo Sie gerne leben möchten. Lernen Sie, mit der neuen Kommunikationstechnologie umzugehen. Verfolgen Sie den Kurs weiter, auf dem Sie einmal waren.«

Fletch saß einen Augenblick schweigend da.

Dann trank er seinen Kaffee aus.

»Teo, Sie haben doch von diesem Janio Barreto ... dieser Geschichte gehört, oder? Daß ich jemand sein soll, der hier vor siebenundvierzig Jahren ermordet wurde –?«

»Ja. Man hat mir gestern abend davon erzählt. Die Geschichte beunruhigt mich.«

»Warum?«

»Weil ich fürchte, daß Sie das alles möglicherweise nicht verstehen.«

»Natürlich verstehe ich das alles nicht. Aber vielleicht könnten Sie mir ja dabei helfen.«

»Ich bin überzeugt, daß diese Frau – wie hieß sie doch noch?«

»Idalina. Idalina Barreto.«

»Ich bin überzeugt, daß diese Frau es vollkommen ehrlich meint mit dem, was sie glaubt. Da steckt kein Hokuspokus, kein Betrug dahinter. Da ist kein Bluff dabei, wie Sie gestern abend vermuteten.«

Oben im Haus wurde ein Staubsauger in Betrieb gesetzt.

»Teo, sind Sie persönlich denn bereit zu glauben, daß an dieser Geschichte etwas Wahres dran ist?«

»Sie meinen, ob ich Sie für die Inkarnation eines Geistes halte?« Teo lächelte. »Nein.«

Fletch sagte: »Puh!«

»Ich fürchte, daß Sie nicht wissen werden, was Sie damit anfangen sollen.«

»Was sollte ich denn damit anfangen?«

Teo zögerte lange. »Das weiß ich eben auch nicht. Brasilien ist eine der modernsten Nationen der Welt...« Seine Stimme verlor sich.

»Ich glaube, ich verstehe, was Sie meinen, Teo.« Fletch erhob sich. »Ich verspreche, darüber nachzudenken.«

»Es ist ja nur, weil Ihr Vater nicht hier ist.«

»Ich werde über einen Plan nachdenken.«

Als sie sich voneinander verabschiedeten, hielt Teo Fletchs Hand eine Weile fest. »Die Tap Dancers«, sagte er. »Ihrem Vater wäre es bestimmt nicht recht, wenn Sie Steptänzer auf Lebenszeit würden.«

10

»Laura?«

Die Vorhänge waren geöffnet. Das Zimmer war aufgeräumt worden. Fletch stieß die angelehnte Badezimmertür ganz auf.

»Laura?«

Auf der Kommode lag eine Nachricht für ihn.

Fletch–
Otavio hat angerufen. Er fühlt sich zu erschöpft, um zum Karneval in Rio zu bleiben. Er möchte zu Hause in Bahia sein. Er sagte, daß er sich heute morgen zu erschöpft fühle, um allein durch den ganzen Karnevalstrubel zu fahren. Darum werde ich ihn auf der Fahrt nach Bahia begleiten.

Am Sonntag bin ich sicher wieder zurück. Genieße den Caneção-Ball heute abend, auch wenn ich nicht dabei bin. Für den Fall, daß es Dir ohne mich zu einsam wird, habe ich dir Jorge Amados *Dona Flor und ihre zwei Ehemänner* dagelassen – ein berühmter brasilianischer Klassiker. Und ich werde Dir ein Geschenk aus Bahia mitbringen – etwas, das Du gut gebrauchen kannst.

Ciao,
Laura

In dem Haus gegenüber war der Mann immer noch dabei, das Zimmer anzustreichen.

Das Telefon klingelte.

»Janio?«

»Nicht hier im Moment.«

»Ist Fletcher da?«

»Ja. Glaube ich wenigstens.«

»Toninho Braga, Fletch.«

»Wie geht's? Haben Sie geschlafen?«

»Wir dachten, daß Sie vielleicht gerne den Tag mit uns verbringen möchten. Wir wollen in die Berge fahren, wir kennen da ein nettes Plätzchen. Laura kann ja einkaufen gehen.«

»Laura ist mit ihrem Vater nach Bahia gefahren.«

»Das ist prima. Dann kommen Sie also mit? Ein sehr amüsantes, sehr erholsames Plätzchen. Während des Karnevals sollte man sich unbedingt mal entspannen.«

»Toninho, ich habe noch kein Auge zugetan. Ich habe einen Strandlauf gemacht.«

»Das ist ein sehr erholsamer Ort. Da können Sie nach dem Lunch schlafen.«

»Teo da Costa erwartet mich heute abend zum Caneção-Ball.«

»Oh, zum Ball werden wir früh genug zurück sein. Wir gehen auch hin.«

»Wer ist ›wir‹?«

»Nur Tito, Norival, Orlando und ich. Wollen uns für ein paar Stunden von den Frauen erholen.«

»Ich glaube, ich sollte zu schlafen versuchen.«

»Sie verstehen nicht.«

»Ich verstehe überhaupt nichts.«

»Wir sind hier unten in der Halle, warten auf Sie.«

»Toninho!«

»Werden Sie kommen?«

Fletch betrachtete das frisch bezogene Bett. *»É preciso terno?«*

Das war ein Touristenscherz. In Brasilien braucht man nie einen Anzug.

»Sie brauchen gar keine Kleidung. Haben Sie Geld?«

Fletch fühlte das Bündel *cruzeiros* in der Hosentasche, das er für Joan Collins Stanwyk aus dem Hotelsafe genommen hatte. »Ja.«

»Gut. Bringen Sie Ihr Geld mit. Wir werden ein Spielchen machen und Ihnen das Geld abknöpfen.«

»Einverstanden.«

»Kommen Sie sofort herunter?«

»Ja.«

»Versprechen Sie's.«

»Also gut. Ich werde sofort unten sein.«

Da er gerade am Telefon war, rief Fletch das Hotel Jangada an und fragte nach Zimmer 912.

Dort meldete sich niemand.

Er holte eine volle Literflasche Mineralwasser aus dem Badezimmer.

Bevor er das Hotelzimmer verließ, sah Fletch unter dem Bett nach.

Der Frosch war immer noch da.

11

»Bum, Bum«, sagte Toninho.

Der schwarze viertürige Galaxie parkte auf dem Trottoir dicht an der Hecke vor dem Hotel Yellow Parrot, und um ihn herum standen, nur mit Shorts und Sonnenbrillen bekleidet, die Tap Dancers. Norival, dem als einzigem der Bauch über den Hosengürtel hing, hielt eine Dose Bier in der Hand.

»Bom dia, Fletch«, sagte Tito.

»Tem dinheiro?«

Tito grinste. *»É para uso pessoal.«*

Vor dem Hotel, halb auf der Straße, halb auf dem Gehweg, schlug eine Sambaband in der prallen Samstagmorgensonne mit aller Kraft auf ihre Trommeln ein. Sie hatte sich um einen kleinen alten Pritschenwagen gruppiert, der nachlässig mit teils purpur und rot gefärbten Palmwedeln dekoriert war. Auf der Ladefläche des Lieferwagens, den Blick rückwärts gewandt, thronte mit einladend ausgestreckten Armen, großen, glänzenden Augen und freundlichem Lächeln ein riesiges schwarzes Pappmaché-Monster. Ein nur mit Flittertanga und winzigen Brusthaftschalen bekleidetes Mädchen saß auf dem Kopf des Monsters und ließ seine Beine über sein Gesicht baumeln. Natürlich hatte sie prachtvolle Beine, einen flachen Bauch und volle Brüste. Das lange schwarze Haar fiel ihr übers Gesicht. Unweit des Lieferwagens tanzte ein hochgewachsener Mann, in ein langes schwarzes Abendkleid gehüllt und das Gesicht mit kirschrotem Rouge geschminkt, ekstatisch zum Rhythmus der Trommeln. Ein neunjähriges Mädchen tanzte ebenfalls in einem schwarzen Abendkleid, während es eine Zigarette paffte. Ein nacktbeiniger Mann mittleren Alters tanzte, während er seine Aktentasche festhielt. Fünfzig oder sechzig Leute mochten es sein, die um die Kapelle herumtanzten.

»Bum, bum, paticum bum«, saggte Toninho.

Fletch warf seine Plastikwasserflasche auf den Rücksitz des Galaxie.

»Senhor Barreto«, sagte der Portier leise.

Mit einer einzigen geschickten Bewegung zog Tito Fletch das Tennishemd über den Kopf und aus.

Orlando tippte mit dem Zeigefinger gegen Fletchs Brust. »Seht doch mal! Haut!«

»Er hat eine Haut?« fragte Norival staunend.

Tito bohrte zwei Fingerknöchel in Fletchs Rücken. »Und Muskeln!«

»Er ist da?« fragte Norival. »Leibhaftig da?«

»Senhor Barreto!« sagte der Portier. »Mister Fletcher.«

»Bum, bum«, sagte Toninho.

Hinter dem Portier drängte sich, großäugig, hochgewachsen und imposant in ihrem weißen Gewand, Idalina Barreto durch die Menge. Zu beiden Seiten hielt sie ein Kind an der Hand. Drei ältere Kinder folgten in ihrem Schlepptau. Die Kinder sahen einigermaßen sauber aus, doch die Baumwollkleider der Mädchen waren entweder zu groß oder zu klein. Das eine Bein des mit Shorts bekleideten zehnjährigen Jungen war vom Knie ab aus Holz.

»Janio Barreto!« kreischte die alte Hexe über den Lärm der Sambatrommeln hinweg.

»Ah«, sagte Toninho feierlich. »Ihre Frau Gemahlin.«

Der Portier zog sich ein paar Schritte zurück.

Tito reichte Fletch sein zu einem Ball zusammengerolltes Hemd. Fletch schleuderte es in den Wagen.

Die Alte schnatterte hastig drauflos. Sie stellte ihm die Kinder vor.

»Sie sagt, das wären ihre Urenkel, Janio«, erklärte Tito. »Kriegen Sie ihre Namen mit? Der Junge heißt Janio.«

Fletch legte einem der kleinen Mädchen die Hand auf den Kopf.

Zum ersten Mal lächelte Idalina Barreto.

Als Fletch sich rasch auf den Rücksitz des schwarzen Galaxie verkrümelte, wurde ihre Stimme schrill. Sie drängte sich nach vorn.

Toninho setzte sich hinters Steuer. »Wollen Sie Ihre Frau Gemahlin denn nicht um Erlaubnis für ein kleines Spielchen bitten?«

Orlando nahm auf dem Beifahrersitz Platz. Von der anderen Seite stieg Tito zu und setzte sich in die Mitte neben Fletch. Norival zwängte sich auf den linken Rücksitz.

Durchs Fenster drückte Fletch zweien der Kinder Geld in die Hand.

Toninho ließ den Motor an. *»Bum, bum«,* sagte er.

Obwohl sich der Wagen bereits in Bewegung gesetzt hatte, wich die Alte nicht von Fletchs Fenster. Ihre Stimme schrillte durch den Wagen.

»Oh, diese Weiber«, sagte Tito.

Kurz darauf rumpelte der Wagen von der Bordsteinkante und reihte sich in den Verkehr auf der *avenida* ein.

Durch den Innenrückspiegel starrte Toninho Fletch an.

Auf dem Boden vor der Rückbank lagen etliche Bierdosen.

»Bum, bum, paticula bum«, sagte Toninho, während er den Wagen durch den Verkehr steuerte.

»Carnival.« Orlando rekelte sich auf dem Vordersitz. »Herrlich.«

Toninho schüttelte betrübt den Kopf. »Wenn ich mir vorstelle, daß Sie einfach so wegfahren und Ihre Frau Gemahlin und die Urenkelchen allein zurücklassen! Nur um sich beim Glücksspiel zu amüsieren! Was ist bloß aus der heutigen Jugend geworden!«

»Um chopinho?« Norival streckte Fletch eine Dose Bier entgegen.

»Jetzt nicht.«

Da der Verkehr gerade stockte, reichte Norival einem Kind, das nicht älter als zwölf war, das Bier durchs Fenster. Dann öffnete er eins für sich selbst.

Nicht weit von ihnen entfernt zwängte sich ein großer moderner Bus durch den Verkehr. Alles, was man durch die Fenster des Busses sehen konnte, waren nackte, braune Oberkörper, die wie Fische im Netz zappelten: Arme, die durch das Innere des Busses ruderten, Füße, die vermutlich im Rhythmus auf den Fußboden stampften, Gesichter, die hocherhoben irgendein Lied schmetterten. Aus dem Bus war eine Trommel geworden, auf die über hundert Fäuste, über hundert Füße von innen einschlugen. Doch diese Zweckentfremdung des Busses schien weder seiner modernen Pracht zu schaden noch seine beschwingte Fahrt durch den dichten Verkehr zu behindern.

Der Galaxie bog schließlich in eine Nebenstraße ab und konnte eine kurze Strecke lang beschleunigen, ehe sie wieder auf eine andere Sambaband stießen, die fast die ganze Straße blockierte. Eine zierliche siebzigjährige Lady mit rotem Kleid und roten Schuhen und einer am Unterarm baumelnden roten Plastikhandtasche tanzte mit vollkommenen kleinen Schritten von vollkommener Grandezza selbstvergessen zu der Musik.

Während der Wagen an der Sambakapelle vorbeikroch, rief Toninho den Musikern durchs Seitenfenster zu: *»Bum, bum, paticum bum, prugurundum!«*

Einige, die ihn hörten, winkten.

»Bum, bum, paticum, prugurundum«, versuchte Fletch zu wiederholen. »Was ist das?«

»Ein altes Karnevalslied«, sagte Tito und holte sich ein Bier vom Fußboden.

Norival schluckte bereits sein drittes Bier, seit er im Wagen saß.

»Was hat es zu bedeuten?«

»Nichts.«

Nach einiger Zeit waren sie von der Stadt erlöst, und der Wagen begann die engen, kurvenreichen Bergstraßen hinaufzuklettern. Vorstadtvillen verbargen sich hinter Mauern und Hecken, und je höher sie hinaufkletterten, um so luxuriöser wurden sie.

Alsbald mußte Norival herausgelassen werden, um einige der Büsche zu wässern. Danach nahm er das nächste Bier in Angriff.

Ab und zu konnte Fletch durch das dichte Grün der Hecken einen Blick auf Christus den Erlöser erhaschen, jene dreißig Meter hohe und über tausend Tonnen schwere Statue, die eine halbe Meile oberhalb Rios auf dem Corcovado in den Himmel ragt und mit weit augestreckten Armen die ganze Welt willkommen heißt und segnet. Schon unzählige Male hatte Fletch die Geschichte über jenen argentinischen Fischer gehört, der, nachdem er tagelang draußen in der *Baia de*

Guanabara vergeblich darauf gewartet hatte, daß ihn die Statue hineinwinkte, seinen Fischfang schließlich heim nach Argentinien segelte.

Einmal sagte Toninho auf englisch: »Sie werden bald entdecken, daß sich die brasilianische Musik nicht nur auf den *bossa nova* von Vinicius de Moräes und Tom Jobim beschränkt.«

»Der ist für den Export.« Norival leckte am Deckel seiner Bierdose.

»Vielleicht ist brasilianische Musik für Außenstehende zu schwer zu verstehen«, sagte Tito.

»Vielleicht, weil die Trommeln auch die Melodie beisteuern«, sagte Fletch. »Die Leute sind es nicht gewöhnt, die Melodie aus den Trommeln herauszuhören.«

Die meiste Zeit diskutierten die Tap Dancers darüber, welche Sambaschule wohl die Karnevalsparade gewänne. Über dieses Thema wird in Brasilien ebenso heftig, ebenso leidenschaftlich diskutiert wie in anderen Teilen der Welt über den möglichen Gewinner der Fußballweltmeisterschaft oder der Präsidentschaftswahl.

Jede der großen *favelas,* wie die Slums in Rio de Janeiro heißen, stellt alljährlich zur Karnevalsparade eine komplette Sambaschule vor, zu der außer einem neuen Lied und riesigen, geschmückten, raffiniert ausgedachten Festwagen Hunderte von ausgebildeten, erfahrenen Schlagzeugern und Tausende von Menschen in prächtigen, sorgfältig abgestimmten Kostümen gehören. Die Karnevalsparade, das ist der totale Wettstreit zwischen Klang, Melodie, Text und Rhythmus; zwischen prunkvollen Festwagen, strahlend schönen Kostümen, der physischen Schönheit der Tänzer, der unvorstellbaren Schnelligkeit der *capoeira*-Tänzer; zwischen Originalität und Vitalität; zwischen Herzen und Sinnen der Menschen aus jedem der Slums.

Alle Bewohner einer *favela* arbeiten das ganze Jahr über an ihrer *favela*-Darbietung. Sie wachen sorgfältig über die Qualität ihres neuen Liedes, bringen dann viele Nächte und jedes Wochenende damit zu, es einzustudieren, zu spielen, zu singen, zu tanzen und auf den Straßen dafür zu werben; sie entwerfen die Kostüme für Männer und Frauen und nähen alle, ein jedes komplizierter als ein Hochzeitsstaat, mit der Hand; sie entwerfen und bauen den Festwagen ihrer Sambaschule, der in der Regel so groß ist wie ein stattliches Haus. Jede freie Minute und jeder gesparte *cruzeiro* werden dazu verwandt, jede einzelne Darbietung der *favela* so wundervoll, so überwältigend für Ohr und Auge, Herz und Sinne, so erregend wie nur möglich zu gestalten.

Und da der Wettstreit sehr streng beurteilt wird, löst er natürlich stets heftige Auseinandersetzungen aus.

Während Fletch zuhörte, wie sich die Tap Dancers darüber stritten, welche Schule in diesem Jahr das beste Lied, die, soweit sie ihnen bekannt waren, vermutlich besten Kostüme und Wagen, die besten Trommler und Tänzer zu bieten hatte, welche Schule im letzten und vorletzten Jahr gewonnen hatte und welche hätte gewinnen können, hörte er Namen und Melodiefetzen der Lieder, die man jetzt überall, auf den Straßen, im Radio und Fernsehen, hören konnte. Bereits Monate vor dem Karneval wird das jeweils neue Lied einer Sambaschule der Öffentlichkeit wie ein Wahlkampfversprechen angepriesen und wie ein politisches Programm oder Waschmittel beworben. Die Tap Dancers diskutierten nacheinander über jede einzelne der verschiedenen Sambaschulen, angefangen bei der ältesten, *Mangueira,* bis zu einer der jüngsten, *Imperio da Tijuca*; von einer der mehr traditionellen, *Salgueiro,* bis zu der überwältigenden Schlagzeugergruppe der *Mocidade Independent de Padre Miguel.* Toninho schien *Portela* für die diesjährige Gewinnerin zu halten, beurteilt nach dem Lied, das diese Schule anbot, und nach den Kostümen, soweit er sie kannte. Orlando fand, daß *Imperatriz Leopodinese* das bessere Lied hatte. Tito war der gleichen Meinung wie Toninho. Norival trank sein Bier, rülpste und sagte nur: *»Beija-Flor.«*

Fletch wischte sich mit seinem zusammengerollten Hemd den Schweiß von der Haut.

Ins Englische überwechselnd, sagte Toninho und sah dabei in den Innenrückspiegel: »Fletch, Sie sollten Santos Lima die Daumen drücken.«

»Dann will ich das auch tun.« Norival beugte sich vor und schielte Fletch an. »Aber warum eigentlich?«

»Weil Sie früher dort gewohnt haben. Das war Ihr Zuhause. Dort hat Janio Barreto gelebt. Und dort wurde er ermordet.«

Einen Moment lang herrschte Stille im Wagen.

Dann begann Orlando das Lied zu summen, das *Imperio da Tijuca* in diesem Jahr anbot.

»Orlando! Toninho!«

In den Bergen waren sie einen tiefschattigen Weg hinuntergefahren und auf den sonnenüberfluteten Parkplatz vor einem alten baufälligen Plantagenhaus eingebogen.

Sogleich tauchte auf der Vorderveranda des Hauses eine gewaltige, gut dreihundert Pfund schwere Frau auf, die ihre Arme genau wie Christus der Erlöser in einer entweder begrüßenden oder wehklagenden Pose ausgestreckt hatte.

»Allmächtiger«, sagte Fletch, als er sie durch das Autofenster erspähte.

Orlando und Toninho waren vorne ausgestiegen und öffneten die Fondtüren.

Auf der anderen Seite des Wagens hing Norival apathisch in seinem Sitz.

Fletch stieg auf seiner Seite aus dem Wagen. Die Bergluft strich kühlend über seine Haut; doch die Sonne brannte immer noch.

Um die Ecke des Hauses erschien ein mageres junges, nur mit Shorts bekleidetes Mädchen mit Augenhöhlen wie in einem Totenkopf.

»Tito?« rief die Frau.

Grinsend stieg Tito aus dem Wagen.

Auf der anderen Seite hievte sich Norival aus dem Fond, hastete zu den nicht weit entfernten Büschen und erleichterte sich.

Dann tauchte hinter der gewaltigen Statuenimitation eine echte Statue, eine *mulata* auf, ein gut einen Meter fünfundneunzig großes, vollkommen proportioniertes Mädchen, ein aufsehenerregendes Exemplar der Gattung Mensch: breite Schultern, schmale Taille, lange Beine, Brüste, die so groß und so voll waren wie aus der Luft betrachtete Berge im Landesinnern Brasiliens, und Augen, die größer waren als Fäuste und schwärzer als eine mondlose Nacht. Ihr langes schwarzes Haar flatterte. Ihre Haut hatte die Farbe und Struktur flüssigen Kupfers. Nur mit geschlitzten Shorts und hochhackigen Schuhen bekleidet, bewegte sie sich wie eine Göttin, die keine große Eile hat, hinauszugehen und den Samen der Gattung Mensch über einem Acker auszustreuen. Dieses aufsehenerregende Geschöpf, diese lebende Statue lächelte ihnen entgegen.

Fletch schluckte schwer.

»Ihr habt mir ja einen Neuen mitgebracht!« schrie die fette, ältere Frau auf englisch. »Ist er Nordamerikaner? Was für ein hübscher Kerl!«

»Er hat spezielle Probleme, Dona Jurema«, lachte Toninho. »Und spezielle Bedürfnisse!«

»Mein Gott«, sagte Fletch. »Wo bin ich?«

Tito boxte Fletch auf den Bizeps. »Auf einer anderen Ebene des Himmels.«

»Wieder ein Bluff«, sagte Fletch. »›Wir kennen da ein nettes Plätzchen in den Bergen.‹ Ihr Burschen habt mich in ein Bordell verschleppt.«

Beide nur mit einem um die Hüften geschlungenen Handtuch bekleidet, saßen er und Toninho in Liegestühlen im Schatten unweit des Schwimmbads. Die Hinterfront des Plantagenhauses war sogar noch verwahrloster als die Vorderfront. Die Fassadenfarbe blätterte ab. Die rückwärtige Tür hing schief in den Angeln. Die Blumenrabatten waren jahrelang nicht gepflegt worden. Im Swimmingpool wuchsen Lilien.

»Sehr erholsam«, sagte Toninho. »Ich sagte, es wäre sehr erholsam hier.«

»Und weshalb sind die vielgeliebten Tap Dancers auf ein Bordell angewiesen?«

»Braucht denn nicht jeder Mensch ein paar unkomplizierte Verhältnisse? Zur Entspannung.«

Beim Betreten des Plantagenhauses hatte die üppige Dona Jurema mit ihrem vulkanischen Lachen, ihren lavaartigen Fettschichten jeden von ihnen, als er an ihr vorüberkam, liebevoll getätschelt. Die jüngere Frau, Eva, die innerhalb des Hauses noch mehr Ähnlichkeit mit einer Amazone hatte, stand glücklich lächelnd daneben. Sie hatten die verlodderte Eingangshalle durchquert, waren dann durch einen großen, säuerlich riechenden Ballsaal, den man in eine Kneipe umgewandelt hatte, gegangen und schließlich durch die rückwärtige Tür hinaus ins Freie.

Wieder in der Sonne, ließen alle Tap Dancers ihre Shorts zu Boden fallen und stürzten in den Swimmingpool. Von Dona Jurema und Evas Lächeln ermuntert, war Fletch ihrem Beispiel gefolgt.

Fünf weiße Handtücher warteten auf sie, als sie aus dem Wasser stiegen. Ihre Shorts lagen ordentlich gestapelt auf einem Tisch in der Nähe der Tür.

Der magere Teenager brachte ein Tablett mit fünf Gläsern *cachaça* und einer Zuckerschale.

Norival stürzte seine *cachaça* in einem Zug hinunter, bestellte noch eine und ließ sich erschöpft in einen Liegestuhl an der Längsseite des Pools plumpsen.

Tito zog gewissenhaft und ohne Rücksicht auf die Lilienpolster seine Bahnen durch den Pool.

Orlando ging ins Haus.

»Wie heißt doch gleich dieser neumodische nordamerikanische Ausdruck?« fragte Toninho. »Zwischenmenschliche Beziehungen. Es ist furchtbar ermüdend, wenn man andauernd zwischenmenschliche Beziehungen pflegen muß, insbesondere mit Frauen. Die hiesigen Frauen erwarten so was Tiefschürfendes wie die Pflege zwischenmenschlicher Beziehungen nicht.«

Dona Jurema zwängte sich durch die Hintertür und ließ sich wie ein großer Sack voll Glas die Treppe herunter.

»Es ist ja so lieb von euch, Toninho, daß ihr hergekommen seid«, sagte sie. »Viele der Mädels sind noch gar nicht aufgestanden. Es ist ja so heiß heute, und heute nacht war ja so viel los. Etwas später werden wir euch einen Lunch bringen.«

»Dieser Mann hier –« Toninho legte seine Hände auf Fletchs Unterarm. »Dieser Mann hat spezielle Bedürfnisse.«

Jurema strahlte Fletch an. »Es wäre eine Sünde, wenn er Schwierigkeiten hätte.«

»Schwierigkeiten hat er eigentlich nicht«, sagte Toninho. »Oder, Fletch?«

»Nur mit dem *cachaça*.« Er stellte sein Glas auf den sonnenverbrannten Rasen.

»Ein besonderes Bedürfnis kannst du sicher befriedigen, Jurema.«

Die Frau, die Arme in die Seiten gestemmt, zuckte mit den Schultern, als ob die Erde bebte. »Wir können jedes Bedürfnis befriedigen. Also, wir hatten mal einen General von der Air Force hier –«

»Toninho«, sagte Fletch. »Ich habe keine besonderen Bedürfnisse.«

»Aber ja doch«, sagte Toninho. »Ein ganz besonderes Bedürfnis. Ich bin Ihr Freund, und mir ist sehr daran gelegen, daß Ihr besonderes Bedürfnis befriedigt wird.«

»Ich brauche nichts weiter als Schlaf«, sagte Fletch, lehnte sich in seinem Stuhl zurück und schloß die Augen.

»Ich weiß, was Sie brauchen.« Feierlich sagte Toninho: »Mein Freund braucht eine Leiche.«

Fletch riß die Augen auf. Sein Kopf schnellte hoch. »Was?«

»Ich sagte, daß Sie eine Leiche brauchen. Zum Zwecke des Beischlafs.« Zu Jurema sagte er: »Mein Freund hat das große Bedürfnis, eine Leiche zu bumsen.«

Jurema lachte nicht. Sie antwortete Fletch in schnellem Portugiesisch. Ihre Augen, ihre Mimik, ihre Stimme verrieten die Geschäftsfrau.

»Denn«, sagte Toninho, »mein Freund ist selbst eine Leiche. Teilweise jedenfalls. Ein Teil von ihm hat seit siebenundvierzig Jahren keine Frau mehr gehabt. Wenn wir die Wahrheit von ihm erfahren wollen, müssen wir also erst einmal sein zweites Ich wecken.«

»Toninho!« sagte Fletch.

»Das ist wahr«, sagte Toninho zu Jurema.

Jurema beugte sich von hinten über Fletchs Liegestuhl, legte ihre Hände auf seinen Brustkorb und verlagerte einen nicht unerheblichen Teil ihres Gewichts darauf. Mit ebenso festem Druck führte sie ihre Hände über seinen Magen, unter sein Handtuch bis hinunter zu seinen Lenden und hob sie dann an.

Sie brach in schallendes Gelächter aus. »Er scheint recht lebendig zu sein. Wenn der andere Teil von ihm auch so gesund ist...«

Eine kühle Brise strich über Fletch hinweg. Er brachte sein Handtuch wieder in Ordnung.

»Du erkennst das Problem«, sagte Toninho hoheitsvoll. »Nun denn. Wie kannst du meinem Freund helfen?«

»Toninho. Hören Sie auf damit. Das ist makaber.«

»Eine Leiche für meinen Freund, ja? Etwas Junges, Totes und Hübsches.«

»Toninho, das ist überhaupt nicht komisch.«

»Wahrscheinlich bis zum Dienstag«, sagte Jurema. »Während des Karnevals sind solche Leichen immer erhältlich.«

»Sieh zu, daß du eine gute findest«, sagte Toninho.

Jurema watschelte ein Stückchen weg, und während sie Toninho irgend etwas auf portugiesisch erzählte, beugte sie sich auf einmal, so unglaublich das auch war, vornüber und zupfte ein Unkraut aus dem verbrannten Rasen, wobei ihr das Blut in den Kopf schoß. Dann wuchtete sie sich die Treppe hinauf und ins Haus hinein.

»Am Dienstag«, sagte Toninho. »Am Dienstag wird sie eine für Sie haben.«

»Toninho, ich hoffe, daß dies nur wieder einer Ihrer Späßchen ist.«

Unvermittelt und ohne die Stimme zu verändern, sagte Toninho: »Ihr Freund, Teodomiro da Costa, ist ein beachtenswerter Mann.«

»Ich traf ihn heute morgen.« Fletch betrachtete das Sonnenlicht, das auf Titos Schultern funkelte, während er schwamm. »Er hat mir einen Rat gegeben, den ich beachte. Besonders im Moment.«

»In diesem Land, wissen Sie, werden siebzig Prozent des Handels von der Regierung betrieben. Um in eigener Regie erfolgreich sein zu können wie Teo, muß man wirklich Außergewöhnliches leisten. Sagen Sie mal, da gibt es doch in Nordamerika ein Auto mit einem schräg eingebauten Sechszylinder-Motor. Können Sie mir den beschreiben, bitte?«

Fletch erzählte Toninho, was er über die schräg eingebaute Sechszylinder-Maschine wußte und daß sie eine besonders lange Lebensdauer hätte. Und wie er so an diesem Samstagmorgen da oben in den Bergen oberhalb Rio de Janeiros saß und in die Sonne blinzelte, merkte er auf einmal, daß er zu schielen begann. Soviel *cachaça* hatte er doch gar nicht getrunken. In einem Moment redete Toninho ernsthaft über Nekrophilie und im nächsten genauso ernsthaft über eine schräge Sechszylinder-Maschine.

Das junge Mädchen brachte Norival den dritten *cachaça.*

»Tja«, sagte Toninho. »Norival ist ein *arigó.* Ein Einfaltspinsel, ein ungehobelter Kerl, aber ein prima Kumpel. Wenn er nicht aus einer reichen, angesehenen Familie stammte, wäre er ein *arigó.* Sein Bruder, Adroaldo Passarinho, ist genauso wie er, in jeder Beziehung. Sieht genauso aus, benimmt sich genauso. Sein Vater hat Adrealdo in eine Schweizer Schule geschickt, in der Hoffnung, daß wenigstens einer aus dieser Familiengeneration mal nicht ganz so doof ist. *Arigó.*«

Tito kletterte aus dem Pool und ließ sich, naß wie er war, auf den nackten Bauch ins Gras fallen.

Dann wollte Toninho mit großer Ernsthaftigkeit und in allen Einzelheiten etwas über diesen neuen Roboter wissen, von dem er in der Zeitschrift *Time* gelesen hatte und der angeblich fähig war, einhunderttausend verschiedene Befehle zu verstehen und zu befolgen. Ein in Mailand konstruierter und in Phoenix aus japanischen Einzelteilen zusammengebauter Roboter. Welcher Art war der Computer, der ihn steuerte? Wie waren die Verbindungsstücke konstruiert, und wie viele davon gab es? Was würde der Roboter sagen, wenn er widersprüchliche Befehle erhielt? Würde der Roboter eher als ein menschliches Wesen wissen, wann er seinen Geist aufgibt?

In sein Handtuch gewickelt, ein frisches Glas *cachaça* in der Hand, stand Orlando auf der hinteren Treppe des Plantagenhauses. Er sang. Von den vier Tap Dancers besaß Orlando die kräftigsten Muskeln. Seine Stimme war tief und gut.

O canto de minha gente
Assediando meu coração
Semente que a arte germinou
E o tempo temperou
Amor, o amor
Como é gostoso amar.

Norival hob seinen Kopf aus dem Liegestuhl und zischte ärgerlich. Selbst von weitem konnte man Norivals glasige Augen erkennen. Sein Kopf fiel wieder zurück.

»Tja, unser *arigó* hat noch nie seinen Rausch von der Nacht zuvor auskuriert«, sagte Toninho.

»Was ist das für ein Lied?« fragte Fletch.

»Ein altes Karnevalslied. Mal sehen.« Toninho schloß die Augen, um zu übersetzen. Fletch bemerkte erst jetzt, wie lang Toninhos Wimpern waren. Sie ruhten auf seinen Wangen. »Das Lied meines Volkes läßt mein Herz höher schlagen. Die Kunst hat den Samen gesät und die Zeit ihn reifen lassen. Liebe, Liebe, wie köstlich ist es zu lieben.«

»Ein schönes Lied.«

»Oh, gewiß.«

Orlando schlenderte mit seinem Glas *cachaça* zu ihnen hinunter.

»Orlando«, sagte Toninho. »Führt Fletch den *capoeira* vor. Du und Tito. Macht eure Sache gut. Tötet euch gegenseitig.«

Tito, der immer noch neben dem Pool lag, hob den Kopf und sagte: »Du, Toninho.«

»Eine Vorstellung zu Ehren der Götter«, sagte Toninho.

Orlando sah in sein Glas. »Ich habe etwas getrunken.«

»Ihr werdet euch schon nicht weh tun«, sagte Toninho.

»Du und Orlando«, sagte Tito aus dem Gras.

»Es ist wichtig, daß Janio die *capoeira* aus nächster Nähe sieht«, sagte Toninho. »Dann wird er sich erinnern.«

Das Glas immer noch in der Hand, ging Orlando zu Tito und stellte sich mit seinen nackten Füßen auf Titos Hintern. In dieser Stellung leerte er sein Glas, beugte sich dann vornüber und setzte es auf dem Rasen ab. Dann begann er langsam Titos Rücken hinaufzuspazieren.

»Ich kann nicht mehr atmen!« sagte Tito.

»Aber reden kannst du, oder?« fragte Toninho.

»Ich kann auch nicht mehr reden.«

Dann strampelte er sich frei, wobei er Orlando zur Seite schleuderte, und sprang auf die Füße.

Mit seinem rechten Bein holte er weit aus und zielte mit dem Fuß auf Orlandos Kopf.

Orlando duckte sich erfolgreich, drehte sich zur Seite und schmetterte Tito seinen Fußrücken in die Flanke, gegen seine Rippen. Orlandos Handtuch fiel zu Boden.

»Wach auf«, sagte Orlando.

Im Nu hatten Tito und Orlando den richtigen Rhythmus gefunden, sich auf den Rhythmus des anderen eingestellt. Akrobatisch, tückisch, rhythmisch, als schlügen Trommeln den Takt dazu, und mit atemberaubender Schnelligkeit zielte jeder der beiden mit Tritten auf des anderen Kopf, Schultern, Magen, Schritt, Knie, und jeder Tritt verfehlte sein Ziel nur um Haaresbreite. Mal mit gestreckten, mal mit angewinkelten Beinen, mal mit angespannten, mal mit gelockerten Muskeln duckten sie nur knapp den Angriff des anderen ab, wichen sie einander aus, drehten sie sich herum und wirbelten um die eigene Achse, mal blitzten ihre Vorder-, mal ihre Rückseiten in der Sonne, und das Haar auf ihren Köpfen schien Mühe zu haben, mit diesen wilden Bewegungen Schritt zu halten. Mit diesem schnellen, akrobatischen Tanz hätten sie sich leicht gegenseitig töten können.

Eva war in den Garten gekommen und sah ihnen mit blitzenden Augen zu. Die Gesichter einiger anderer Frauen tauchten an den oberen Fenstern des Plantagenhauses auf. *Alle lieben die Tap Dancers ... sie sind umwerfend.*

»Merken Sie sich ...«, sagte Toninho gerade. »Diese Kunstfertigkeit wurde von den jungen Sklaven als Verteidigung gegen ihre Herren entwickelt. Für gewöhnlich übten sie sich nachts darin, zu Trommeln, damit sie, falls ihre Gebieter auf der Suche nach einer Frau vom großen Haus herunterkamen, vorgeben konnten zu tanzen. Dank der – wie heißt das Wort auf englisch? – Rassenmischung wurden solche Kunstfertigkeiten letztlich nicht benötigt ...«

Es machte laut *Klack!*, Tito torkelte seitwärts und ging fast zu Boden. Ein harter Schlag von Orlandos Fußrücken, der allerdings noch wesentlich härter hätte ausfallen können, hatte ihn am Kopf getroffen.

»Ich habe dir doch gesagt, du sollst aufwachen«, sagte Orlando reumütig.

Kaum hatte er sich wieder gefangen, stürmte Tito wie ein Bulle auf Orlando los und genau in seine Magengrube hinein. Orlando fiel auf den Rücken, Tito auf ihn drauf. Lachend, schwitzend, keuchend rangen sie miteinander auf dem Rasen. An einem Punkt waren ihre Leiber, ihre Arme und Beine so ineinander verschlungen, daß vielleicht sogar sie selbst nicht hätten sagen können, was zu wem gehörte.

Eva, die sich wie in Zeitlupe bewegte, ging zu ihnen hinunter.

Schließlich saß Orlando rittlings auf Tito und traktierte Titos Bauch wie einen Sandsack mehrmals hintereinander mit harten Faustschlägen. Tito lachte so heftig, daß seine Bauchmuskeln prall gespannt waren und deshalb keine Verletzungen entstehen konnten.

Eva, die sich hinter Orlando über die beiden gebeugt hatte,

verschränkte ihre Finger über Orlandos Stirn und zog ihn nach hinten und zu Boden.

Orlando, der zwar immer noch über Tito kniete, dessen Oberkörper nun jedoch so weit nach hinten gebogen war, daß er selbst mit dem Rücken auf dem Boden bzw. auf Titos Beinen lag, blickte an Evas Schenkeln hoch und rollte mit den Augen.

Er sprang auf und packte Eva bei der Hand.

Hand in Hand liefen die beiden die Böschung hinter dem Schwimmbad hinunter und verschwanden.

»Sehen Sie?« sagte Toninho. »Unkompliziert.«

Nachdem er sich schwer atmend einen Moment auf dem Boden ausgeruht hatte, ließ sich Tito auf das Becken zu und ins Wasser hineinrollen.

»Euer *Moby Dick*«, sagte Toninho unvermittelt. »Von Hermann Melville?«

Fletch sah Toninho an und fragte sich, welche Überraschung da nun wieder auf ihn zukam. »Ja«, sagte Fletch. »Ich habe das Buch gelesen, als ich mal auf einen Bus wartete.«

»›Man nennt mich Ismael‹«, zitierte Toninho.

»Kein schlechter Anfang«, sagte Fletch. »Ohne Schnörkel.«

»Tatsächlich?« Toninho trank seinen *cachaça* aus. An der langen Seite des Pools leerte Norival gerade seinen vierten. »Soll dieser Ismael eigentlich so eine Art Spiritus rector der Vereinigten Staaten darstellen? Eine Art Vorbild?«

»In den kann man fast alles hineininterpretieren«, sagte Fletch. »Was man ja auch getan hat.«

»In gewisser Weise ist Ismael der Spiritus rector Brasiliens.«

Fletch sagte nichts. Erst Nekrophilie, dann schräge Sechszylinder-Maschinen und der Charakter eines *arigó,* dann Roboter und *capoeira* und nun auch noch eine Diskussion über amerikanische Literatur.

»Ich bin ganz sicher, daß Melville auf seinen Reisen in Brasilien Station gemacht hat. Haben Sie schon mal diese Interpretationsmöglichkeit des *Moby Dick* in Erwägung gezogen?«

»Daß Melville meinte, Brasilien sei der Spiritus rector der Vereinigten Staaten?«

»Möglicherweise der gesamten Hemisphäre.«

»Toninho ...« Tito hatte seine Unterarme flach auf den Beckenrand gelegt und sein Kinn darauf gestützt. Das Wasser aus seinen Haaren strömte über sein Gesicht. Sein rechtes Ohr war gerötet von Orlandos Fußtritt. »Ich meine, wir sollten Norival einen Gefallen tun.«

Toninho sah zu Norival hinüber, der ausgestreckt in der Sonne lag und blubbernd rülpste. »Du hast recht.«

Toninho stand auf.

Gemeinsam kippten Toninho und Tito den schwerfällig reagierenden Norival aus dem Liegestuhl.

Fletch gesellte sich zu ihnen, weil er sehen wollte, welchen Trick sie diesmal vorzuführen gedachten.

Jeder packte einen Arm von Norival, und dann schleppten sie ihn mit dem Bauch nach unten zu den Büschen. Norivals Handtuch löste sich und schleifte im Dreck hinterher. Dann stellten sich Toninho und Tito hinter ihn, packten beide gleichzeitig einen von Norivals Füßen und zogen ihn soweit hoch, daß seine Schienbeine auf ihren Schultern ruhten.

Mit den Füßen traten sie nun dem auf den Kopf gestellten Norival etwas von den Seiten her nicht gerade sanft in den weichen Bauch, einmal, zweimal und noch einige Male.

»Arigó«, sagte Toninho, als er in Norivals umgedrehten Magen trat.

»Wir leeren den Sack aus«, sagte Tito. »Sehr praktisch.«

Es bedurfte nicht allzu vieler Tritte, bis Norival seine vier *cachaças,* seine diversen *chopinhos* und alles, was noch von der Nacht zuvor in ihm stecken mochte, auszuspeien begann.

Gleich darauf ließen sie seine Beine auf den Boden fallen.

Tito grinste Fletch an. »Sehr wirksam, was?«

»Scheint zu funktionieren.«

Auf der anderen Seite des Schwimmbads kletterten Eva und Orlando soeben wieder die Böschung herauf.

»Jaja«, sagte Toninho, während er sie beobachtete. »Fünf Minuten sind eine lange Zeit im Leben einer solchen *mulata.*«

Norival kauerte jetzt auf seinen Händen und Knien und entleerte sich in die Büsche.

Verschwiemelt, Erbrochenes sabbernd, schaute er zu ihnen auf. *»Obrigado«,* sagte er. »Danke, Jungs.«

13

Nach dem Lunch regnete es.

Die fünf jungen Männer saßen in ihren verdreckten Handtüchern an einem runden Tisch auf der rückwärtigen Veranda des alten Plantagenhauses und pokerten.

Die Luftfeuchtigkeit hatte den höchstmöglichen Grad erreicht, und selbst im Regen waren Fletch, Orlando und Tito zwischen den Spielrunden immer wieder in den Pool gesprungen. Vor die Wahl gestellt, entweder naß vom Schweiß oder naß vom Wasser zu sein, hatten sie das kühler scheinende Regen- und Schwimmbadwasser vorgezogen. Unter dem Verandadach saßen sie nur, damit die Karten einigermaßen trocken blieben. Auf dem kleinen Tisch in ihrer Nähe lagen immer noch ihre Shorts auf einem Stapel, der jedoch in der Zwischenzeit völlig durcheinandergeraten war, weil Norival seine Shorts herausgewühlt hatte, um zwei in den Taschen steckende Pillen zu schlucken. Sie tranken Bier. Zu Norivals Füßen lagen eine Menge zerquetschter Dosen.

Während des Spiels beobachtete Fletch von seinem Platz unter dem Verandadach, wie der Regen ins Schwimmbad fiel und Dreckpfützen in dem verdorrten Garten bildete. Er beobachtete die Kolibris, die aus kleinen Gefäßen in den Dachbalken Zuckerwasser saugten und sich dabei mit so schnellschlagenden Flügeln in der Schwebe hielten, daß diese kaum, allenfalls wie ein Flimmern des Lichts, zu erkennen waren.

Capoeira und Kolibris.

Nach zwei oder drei Stunden Poker stand der Gewinner fest. Norival war unaufmerksam und mehr mit seinem nächsten *chope* als mit den Karten beschäftigt. Für jemanden, der trotz der gründlichen Entleerung vor dem Lunch immer noch reichlich Alkohol im Blut hatte, schien er ohnehin übernervös zu sein. Fletch gähnte. Orlando und Toninho spielten in einer Weise Karten, die Fletch sonderbar vorkam. Sie schienen den Karten nicht ihren tatsächlichen, sondern einen anderen, einen höheren Wert beizumessen. Ständig überschätzten sie die nächste Karte, verließen sich auf das, was die Karten wert sein könnten, und nicht darauf, was sie tatsächlich wert waren.

Fletch kassierte alle Chips.

Einmal sagte Toninho: »Natürlich können Sie Brasilien nicht verstehen, Fletch. Drei von uns – alle außer Norival – sind zwar in den Vereinigten Staaten zur Schule gegangen, aber wir können auch nicht behaupten, die Vereinigten Staaten zu verstehen. Die Leute sind da alle so ängstlich.«

»Überaus nervös«, sagte Orlando.

»Besorgt«, sagte Tito. »Trinke ich zuviel, rauche ich zuviel, bumse ich zuviel oder zuwenig? Ist meine Frisur in Ordnung? Könnte vielleicht jemand merken, daß meine Fesseln zu dick sind?«

»Mag mich denn auch jeder?« Orlando lachte schallend.

»Ich bin ja so schön!« piepste Toninho. »Rühr mich ja nicht an!«

Fletch klimperte mit den Fingern auf dem Tisch. *»Bum, bum, paticum bum, prugurundum.«*

Der Regen prasselte jetzt immer stärker auf das Dach.

Eva kam durch die Hintertür, stand da und sah ihnen zu.

Sie hatte sich hinter Norival gestellt und verfolgte, wie er durch sein unaufmerksames Spiel die letzten Chips verlor.

Sie nahm seinen fiebrigen Kopf in ihre Hände, drehte ihn zur Seite und lehnte seine Wange an ihren nackten Bauch. »Ach, Norival«, sagte sie auf portugiesisch. »Du wirst schon wieder betrunken.«

»Arigó«, sagte Toninho, der offensichtlich mit einer Bilderkarte rechnete und spielte, als besäße er eine.

Eva drehte Norivals Kopf so weit herum, daß er vom Stuhl rutschte. Sein Gesicht drückte sich gegen ihren Magen. Er atmete ein paarmal tief durch die Nase.

Gleich darauf führte Eva Norival ins Haus.

Tito, Orlando, Fletch und Toninho spielten schweigend weiter.

Gelegentlich, wenn er sich konzentrierte, bewegte Toninho die Lippen, als spräche er, aber es kam kein Ton heraus.

Jedesmal, wenn Orlando etwas gewann, gleich, wieviel er bereits verloren hatte, verzog sich sein Gesicht zu einem strahlenden Grinsen. Dann war er bereit, noch mehr zu verlieren.

Einmal, als Fletch wieder einmal in einem Haufen Chips wühlte, murmelte Tito: »Ihr zweites Ich steht Ihnen bei.«

»Verrät es Ihnen, welche Karten wir haben?« fragte Toninho.

»Nicht nötig«, sagte Fletch. »Ich spiele mit den Karten, die ich in meiner Hand sehe, gegen die Karten, die ich in euren Händen sehe.«

Aus dem Innern des Hauses war ein kurzer Schrei zu hören.

Toninho kicherte. »Norival hat wohl doch noch ein paar Überraschungen auf Lager.«

»Wir wissen, daß er Eva nicht weh tun kann«, sagte Tito. »Er ist nur ein Hölzchen in ihrem Feuer.«

Danach war ein weiterer, langgezogener, furchterregender Schrei zu hören, der das Rauschen des Regens wie ein Pfeil durchbohrte.

»Sie spielen«, sagte Orlando.

»Norival!« rief Toninho auf portugiesisch. »Benimm dich anständig!«

Eva stürzte nackt durch die rückwärtige Haustür. »Norival!«

Ihre Haare waren zerwühlt, ihre Augen wild.

Sie holte tief Luft und redete hastig.

Toninho sagte: »Sie sagt, daß sich Norival nicht mehr bewegen würde. Daß er nicht mehr atmen würde.«

Evas Geschrei auf portugiesisch übertönte das Rauschen des Regens.

»Er hat bloß schlappgemacht«, sagte Tito.

»Nein.« Alarmiert stand Toninho auf. »Sie sagt, daß er nicht mehr atmet!«

Alle stürzten ins Haus.

Fletch, der einen neuen Trick befürchtete, folgte ihnen weniger eilig.

In einem kleinen Zimmer im Erdgeschoß lag Norival auf den zerknüllten, schmutzigen Laken eines extra langen Bettes. Er lag halb auf der Seite, als wäre er in diese Lage gerollt. Er war nackt, und sein Bauch hing schlaff herunter. An seinem Bein war immer noch ein Dreckstreifen zu sehen.

Norival grinste.

In seinen Augen war ein seliges, triumphierendes Glitzern.

Von der Tür aus beobachtete Fletch, daß Norivals idiotisches Grinsen sich nicht veränderte.

Norivals Augen blinzelten nicht.

Fletch trat zu den Tap Dancers, die neben dem Bett standen, und tastete an Norivals Hals nach einem Puls. Nichts. Und Norivals zufriedene Augen blinzelten immer noch nicht.

Während Fletch ihn ansah, verschwand langsam das Grinsen aus Norivals Gesicht. Die Lippen wurden gerade.

Doch das selige Glitzern in seinen Augen blieb.

Ein paar Zentimeter vor Norivals Penis war das Bettlaken feucht und fleckig.

»Er ist tot!« sagte Orlando auf portugiesisch.

Tito zog pfeifend die Luft ein.

Toninho, der sich kerzengerade aufgerichtet hatte, sagte: »Norival. Du bist als *arigó* gestorben.«

»Was sollen wir denn jetzt tun?« fragte Orlando. »Norival ist tot!«

»Wieso ist er denn gestorben?« fragte Tito. »Das hat er doch vorher auch schon gemacht. Und da war es nicht tödlich.«

Orlando sagte: »Er kann nicht tot sein. Wach auf, Norival! Du wirst sonst den Karneval versäumen!«

»Er ist tot«, sagte Toninho. »Norival ist tot!«

Eva, die unter der Tür des kleinen, dunklen Zimmers stand, redete hastig, jedoch gedämpfter jetzt, während sie unablässig keuchte und künstlich rülpste und ihre riesige linke Brust mit beiden Händen knetete.

»Gestorben an einem Herzinfarkt während des Geschlechtsverkehrs, vermute ich«, sagte Fletch.

Orlando sagte: *»Welch ein Abgang, Norival!«*

»Kein Wunder, daß er lächelte!« sagte Tito.

»Du hast ihn lächeln sehen?« fragte Toninho.

»Er hat eindeutig gelächelt«, sagte Tito.

Orlando nickte. »Als wir ins Zimmer kamen, hat er gelächelt!«

»Jetzt lächelt er nicht mehr«, sagte Tito.

»Aber seht euch doch mal seine Augen an«, sagte Toninho.

»Seine Augen sehen immer noch glücklich aus«, sagte Tito.

»Warum denn auch nicht?« fragte Orlando. »Warum sollten seine Augen denn nicht glücklich aussehen?«

Auf Evas Gesicht breitete sich Selbstzufriedenheit aus.

»Aber er ist tot!« sagte Tito.

»Aber wie er starb!« sagte Orlando und sah aus, als wäre er drauf und dran, Norival die Hand zu schütteln. »Gut gemacht, Norival!«

»Eine Todesursache unter zehn Millionen«, sagte Toninho. *»Arigó!«*

14

Der hochgewachsene, schlanke junge Mann stand in dem verdorrten, schlammigen Garten, nackt, regenüberströmt, breitbeinig, das Gesicht dem Regen entgegengehoben, die Arme in die Höhe gestreckt, als wollten sie den Himmel berühren.

Von der hinteren Veranda hörte Fletch, wie Toninho dem Himmel sagte:

Mit Gott legt er sich nieder; mit Gott steht er auf,
Mit der Gnade Gottes und des Heiligen Geistes.
Mögen deine Augen über seinen Schlaf wachen.
Mögest du den Weg des Toten in die Hallen der Ewigkeit
mit den Kerzen deiner Dreieinigkeit erleuchten.

Fletch ging zu Toninho in den Garten hinunter.

»Ein Gebet.« Toninhos Kopf und Arme senkten sich. Seine Schultern sackten vornüber.

Dann schweifte Toninhos Blick über die Büsche hinaus in die Weite der regenverhangenen Berge. »Keine Angst.« Fletch konnte sicher nicht erkennen, ob sich unter die Regentropfen auf Toninhos Wangen auch Tränen gemischt hatten. »Wenn du beim Beischlaf stirbst, dann wirst du gewiß bald wieder ins Leben zurückkehren.«

15

»Toninho! Was sollen wir bloß tun?« fragte Tito mit gedämpfter Stimme.

Toninho schüttelte den Kopf, als wolle er seine Gedanken ordnen. »Leise, Norival ist tot«, murmelte er dumpf.

Während Fletch und die Tap Dancers für eine Weile hinausgingen, hatten Dona Jurema, das junge Mädchen und eine andere Frau aus dem Haus Norival gewaschen, ihm ein frischeres Laken untergezogen und ihn ordentlich aufgebahrt.

Jetzt lag Norival in dem kleinen, dunklen Zimmer auf dem Rücken, sauber und nackt. Seine Augen waren geschlossen. In seinen über dem Bauch gefalteten Händen steckten ein paar Blumen, die schon bessere Tage gesehen hatten. Eine Kerze flackerte am Kopf des Bettes, eine andere am Fußende.

Nachdem sie ihnen eine volle Flasche Whisky ins Zimmer gestellt hatten, hatte Dona Jurema die jungen Männer, die auf steifen Holzstühlen um das Bett herumsaßen, allein gelassen.

So hatten sie zwei oder drei Stunden lang dagesessen. Die dicken Kerzen waren erst wenige Zentimeter heruntergebrannt.

Auf dieser Whiskyflasche klebte kein Meßstreifen. Ihr nächster Schluck daraus dürfte vermutlich ihr letzter sein. Fletch hatte drei oder vier kräftige Schlucke aus der Flasche genommen.

Orlando, der auf der anderen Seite des Bettes saß, hatte selbst auf dem steifen Holzstuhl seine Beine weit von sich gestreckt; sein Kinn ruhte auf seiner Brust, seine Daumen hatten sich am Bund seiner Shorts festgehakt.

»Wir müssen etwas unternehmen«, sagte Tito.

Toninho blinzelte.

»Wir können Norival nicht hierlassen«, sagte Tito.

Zu Fletch sagte Toninho: »Norival stammt aus einer reichen, angesehenen Familie. Sein Onkel ist Admiral!«

»Gestorben in einem Freudenhaus«, sagte Tito. »Vollgepumpt mit Schnaps . . .«

»Und Pillen, glaube ich«, sagte Fletch.

»Für seine Mutter wäre das eine große Enttäuschung«, vollendete Tito seinen Satz.

»Aber welch ein Abgang!« murmelte Orlando, ohne die Augen zu öffnen oder das Kinn von der Brust zu heben.

»Wir müssen etwas unternehmen«, sagte Tito.

»Wir müssen ihn fortbringen.« Toninho trank aus der Flasche, sah, daß sie fast leer war, und reichte sie an Tito weiter.

»Wir müssen einen anderen Tod für Norival arrangieren«, sagte Tito.

»Die Akte verbrennen«, stimmte Fletch zu. »Alles klar.«

»Seiner Mutter zuliebe«, sagte Tito.

»Er darf nicht hier gestorben sein«, sagte Toninho besorgt. »Nicht in den Armen von Eva.«

»Nein«, sagte Tito. »Dadurch würde sie zu berühmt.«

»Trotzdem.« Toninho zwinkerte. »Die Leute werden's erfahren.«

»Ja«, sagte Tito. Er reichte die Flasche über Norival hinweg an Fletch weiter. »Die Leute werden erfahren, wie Norival gestorben ist.«

»Welch ein Abgang!« murmelte Orlando.

»Aber seine Mutter nicht«, sagte Toninho.

»Seine Mutter nicht«, stimmte Tito zu. »Und seine Schwestern auch nicht.«

Einen Augenblick lang, während Fletch die Flasche in der Hand hielt, schwiegen sie.

Die Kerzen flackerten, und Norival atmete nicht.

Durch das offene Fenster hörte man den Regen auf das Blechdach trommeln.

»Wir müssen etwas unternehmen«, sagte Tito wieder.

»Es kommt vor allem darauf an«, sagte Toninho, der große Mühe hatte, seine Zunge im Zaum zu halten und klar zu denken, »eine Autopsie zu verhindern.«

»Genau!« sagte Tito, beeindruckt von soviel Scharfsinn.

»Weil Norival nämlich vollgepumpt mit Schnaps und Pillen war.«

»Obwohl wir ihn einmal entleert haben«, warf Tito ein.

»Und das wäre eine große Enttäuschung für seine Mutter«, sagte Toninho mit wegrutschender Zunge.

»War die Mühe wert«, murmelte Orlando von seiner Brust her. »Eine Todesursache unter zehn Millionen. Lieber, guter Norival.«

»Wach auf, Orlando«, sagte Tito. »Wir müssen überlegen.«

»Nein.«

Toninho trat gegen Orlandos Beine, und Orlando fiel beinahe vom Stuhl.

Blinzelnd betrachtete er Norival, wie er dort mit den verwelkten

Blumen in den Händen auf dem Bett aufgebahrt lag.

Noch war es nicht dunkel, doch wegen des Regens leuchteten die Kerzen hell in dem Zimmer.

»Orlando, wir müssen uns etwas ausdenken.«

»Queima de arquivo«, sagte Fletch. »Ich lerne Portugiesisch.«

»Richtig«, sagte Orlando. »Wir müssen was unternehmen. Wir müssen ihn fortbringen.«

»Sein Boot«, sagte Toninho.

»Ja.« Orlando nickte feierlich mit dem Kopf. »Sein Boot. Wer wird jetzt sein Boot wollen?«

»Genau«, sagte Toninho.

»Genau was?« fragte Tito.

Fletch nahm seinen Schluck aus der Flasche und reichte sie wieder über Norival hinweg an Orlando weiter.

»Klar.« Toninho sprach langsam und sehr artikuliert. »Norival starb auf seinem Boot.«

»Klar.« Tito sah Norival an, als erwarte er seine Zustimmung. »Das hätte Norival gefallen.«

Orlando sagte: »Ich meine, Norival war schon mit der Art, wie er gestorben ist, hinreichend zufrieden.«

»Aber wir können dann sagen, daß er auf seinem Boot gestorben wäre, Orlando«, sagte Tito.

»Außerhalb seines Boots«, korrigierte Toninho. »Er starb außerhalb seines Boots. Er ertrank. Das würde eine Autopsie verhindern.«

»Ja«, sagte Tito. »Der arme Norival ertrank. Darüber müßte seine Mutter glücklich sein.«

»Ihr seid allesamt verrückt«, sagte Fletch.

»Aber Toninho«, fragte Tito, »wie kriegen wir Norival auf sein Boot? Das liegt doch weit unten im Hafen. Die Liegeplätze sind mit einem Tor gesichert. Wachposten. Das Tor ist ständig bewacht.«

Wieder wurde es still, als sie über das Tor und die Wachposten nachdachten, die den Liegeplatz von Norivals Boot sicherten.

Toninho nahm Orlando die Flasche ab und trank sie aus. »Wir führen ihn.«

Er legte die leere Whiskyflasche auf das Bett, in Norivals Reichweite.

Tito sagte etwas auf portugiesisch.

»Wir führen ihn direkt an den Wachposten vorbei.«

Orlando sagte: »Dies ist eine Nacht der wandelnden Toten.«

»Besenstiele.« Toninhos Augen waren jetzt vollständig geöffnet. Er sprach vollkommen klar. »Jurema wird ja wohl Besen haben.«

Tito musterte den Fußboden. »Das möchte ich ernsthaft bezweifeln, Toninho.«

»Jeder Mensch hat Besen. Tito, du holst einen Strick und knotest ein Halfter um Norimals Brust. Unter seine Arme. Orlando, du holst Besen von Dona Jurema und sägst sie entsprechend ab. Klar? Und zwar so, daß sie genau von dem Halfter unter seinen Armen bis zu seiner Taille reichen, damit wir ihn aufrechthalten können. Für seine Beine brauchen wir dicken Bindfaden.« Orlando und Tito hörten Toninho aufmerksam zu, um seine Gedanken nachzuvollziehen. Toninho sprang auf. »Im Handschuhfach des Wagens liegt ein Buch, in dem die Gezeiten verzeichnet sind. Ich werde genau berechnen, wo Norival ertrinken muß, damit er an Land getrieben und morgen früh gefunden wird.«

»Seine Brieftasche ist auch im Wagen, Toninho«, sagte Tito. »Im Handschuhfach. Norival muß seine Brieftasche bei sich haben, wenn er ertrinkt, damit man ihn identifizieren kann, wenn er morgen früh gefunden wird.«

»Sonst melden sie die Leiche nicht«, sagte Orlando.

»Wenn es allerdings ein Passarinho ist, Norival Passarinho, dann werden sie die Leiche ganz schnell melden«, sagte Tito.

»Sie helfen auch, Fletch. Sie holen Norivals Kleidung, einschließlich Hemd.«

»Ihr seid allesamt verrückt«, wiederholte Fletch. »Was, wenn man uns mit einer Leiche erwischt?«

Tito beugte sich über Norival und rieb sich die Hände. »Keine Angst, Norival«, sagte er. »Wir werden dafür sorgen, daß du auf anständige Weise gestorben bist.«

16

»Fahr bloß vorsichtig, Toninho«, sagte Tito. »Wir dürfen jetzt keinen Unfall riskieren.«

Obwohl er nicht schnell fuhr, gelang es Toninho nicht ganz, den schwarzen viertürigen Galaxie auf der rechten Straßenseite zu halten. Sie schlingerten die nasse, kurvige Bergstraße hinunter. Es war jetzt völlig dunkel. Ein Volkswagen, der bergauf fuhr, hatte sie gerade laut angehupt.

»Wir dürfen nicht riskieren, daß uns die Polizei anhält«, sagte Orlando.

»Fahr, als würdest du einen Leichenwagen steuern«, riet Tito.

»Ich steuere ja einen Leichenwagen«, sagte Toninho, der mit zuviel Schwung am Lenkrad kurbelte.

Bei Dona Jurema hatte Orlando zwei Besenstiele entsprechend abgesägt, während Tito Norival ein Strickhalfter um die Brust knotete und Toninho die Gezeitentafel studierte und genau bestimmte, an welcher Stelle Norival im Südatlantik ertrinken mußte. Danach hatten sie die Besenstiele in das Halfter eingepaßt und Norival angekleidet.

Während sie zusah, wie sie Norival aus dem alten Plantagenhaus trugen, hatte Dona Jurema zu Fletch gesagt: »Kommen Sie am Dienstag. Dann hab' ich eine Leiche für Sie.«

Als Fletch darauf antwortete: »Streichen Sie die Bestellung, wir haben bereits eine Leiche«, hatte Toninho beleidigt gesagt: »So eine Leiche ist Norival nicht.«

Während sie den Bergabhang hinunterschlingerten, saß Norival, von seinem Gerüst gestützt, zwischen Tito und Orlando auf dem Rücksitz. Die Besenstiele wurden von seinem Hemd verdeckt.

Als sie die erste ebene, breite Straße am Stadtrand Rio de Janeiros erreichten, ermahnte Tito Toninho erneut, langsam zu fahren und sich rechts zu halten. Toninho fuhr sehr langsam. Selbst zwei Kinder auf Rollerskates überholten sie.

Toninho blickte durch den Innenrückspiegel. »Norival hat noch nie so gut ausgesehen. Er hält seinen Kopf so hübsch hoch.«

Der Wagen schlingerte etwas.

»Vorsichtig, Toninho«, warnte Tito.

»So wie er gestorben ist, hat er auch allen Grund dazu«, sagte Orlando. »Nicht jeder –«

Hinter ihnen war eine Polizeisirene zu hören.

»Oh, oh«, sagte Toninho.

»Gib Gas, Toninho!« sagte Tito. »Wir haben eine Leiche im Wagen!«

»Nein, nein«, sagte Orlando. »Halt an.«

Die Beachtung dieser entgegengesetzten Befehle hatte zur Folge, daß der Wagen erst ein paar Meter vorwärts schoß und dann abrupt zum Halten kam.

Auf dem Rücksitz kippte Norival vornüber und schlug mit dem Kopf auf die Lehne des Vordersitzes.

»O Norival!« schimpfte Tito.

»Halb so schlimm«, sagte Orlando, der Norival wieder aufrichtete. »Er kann ja nicht bluten.«

»Schnell!« sagte Toninho. »Öffnet ihm die Augen! Dann sieht er lebendiger aus!«

Orlando langte hinüber und öffnete mit den Fingern Norivals Augen.

Das Polizeiauto schob sich längsseits heran.

Norivals Augen, die scheinbar geradeaus durch die Windschutzscheibe starrten, blitzten vor Schadenfreude.

»Was hab' ich denn falsch gemacht?« fragte Toninho. »Diese Leute haben keinerlei Respekt vor den Toten!«

Die Unterhaltung mit dem Polizisten wurde natürlich auf portugiesisch geführt.

Währenddessen saß Fletch völlig regungslos auf dem Beifahrersitz und bemühte sich, weder interessiert noch besorgt auszusehen.

Als sie wieder weiterfuhren, wiederholten Toninho, Orlando und Tito, die sich vor Lachen ausschütten wollten, Fletch die Unterhaltung mit dem Polizisten auf englisch.

Polizist: Warum fahren Sie so langsam?

Toninho: Es ist Karneval, Sir. Ich möchte keine Schnapsleichen überfahren.

Polizist: So langsam wie Sie fährt sonst keiner.

Toninho: Vielleicht ist auch sonst keiner ein so guter Bürger wie ich, Sir.

Polizist: Da hinten sind Sie Zickzack gefahren und hätten um ein Haar ein parkendes Auto gerammt.

Toninho: Ich mußte niesen.

Polizist: Gesundheit, mein Junge.

Toninho: Danke, Sir.

Polizist, der mit seiner Taschenlampe im Wageninnern herumleuchtete und sie schließlich einen Moment auf Norivals freudig strahlendem, unbeweglichem Gesicht verweilen ließ: Warum sieht dieser Bursche so glücklich aus?

Toninho: Während des Karnevals sieht er immer so aus, Sir.

Polizist: Ist er besoffen?

Toninho, flüsternd: Er ist nicht ganz bei Trost, Sir.

Polizist: Oh. Na schön, fahren Sie schneller.

Toninho: Jawoll, Sir.

»Tito, du behältst den Wagen. Fahr zu der Stelle, die ich dir auf der Karte gezeigt habe. Am Strand. In ein paar Stunden kommen wir dort hin.«

Es stimmte. Sie waren an den Toren vorbeigefahren, die zum Liegeplatz von Norivals Boot führten. Die Tore waren geschlossen und verriegelt. Nicht nur ein, sondern gleich drei Wachposten standen am Tor, zwei davor und einer dahinter, und schwatzten miteinander.

Sie fuhren ein Stück weiter die Straße hinauf und parkten den Wagen am Bordstein.

Es hatte aufgehört zu regnen. Der Mond drohte herauszukommen.

Sie hoben Norival aus dem Rücksitz und stellten ihn zwischen Toninho und Orlando auf die Straße.

»Hier, Fletch.« Toninho reichte Fletch einen Knäuel kräftigen Bindfadens, den ihm Dona Jurema gegeben hatte.

»Binden Sie Norivals linken Knöchel an Orlandos rechten und seinen rechten Knöchel an meinen linken. Klar? So wird's klappen. Norival sieht dann aus, als ob er liefe.«

Fletch band Norivals linken Knöchel an Orlandos rechten.

Sie hoben Norival an seinen Besenstielen ein wenig vom Boden hoch, und Orlando schritt im Kreis um Toninho herum. Norivals Bewegungen waren zu langsam.

»Nein, Fletch«, sagte Toninho, »die Verbindung muß enger sein. Norival muß den Eindruck machen, als ob er mit Orlando im Gleichschritt marschiert.«

Fletch kniete sich auf die feuchte Straße, zog die Schnur fester an und band dann Norivals rechten Knöchel an Toninhos linken.

Irgendwo im Hafen ertönte eine Schiffspfeife.

Toninho und Orlando führten Norival ein kurzes Stück die Straße hinauf. »Wie sehen wir aus, Tito?«

»Heb ihn auf deiner Seite etwas an, Toninho«, sagte Tito. »Sein Fuß schleift etwas auf deiner Seite.«

Toninho hievte Norival höher. »Besser so?«

»Perfekt«, sagte Tito. »Man sollte nicht meinen, daß er tot ist.«

»Prima. Dann sollten wir aufbrechen. Wir treffen uns in ein paar Stunden am Strand, Tito. Fletch, Sie gehen ein Stückchen vor uns her, falls irgendwas nicht ganz astrein aussieht.«

Fletch, der barfuß war, ging langsam die regenglatte Straße hinunter und über den Bürgersteig auf das Tor zum Bootsliegeplatz zu. Die Bündel mit *cruzeiros,* die er beim Poker gewonnen hatte, beulten die Taschen seiner Shorts aus.

Er konnte es sich nicht verkneifen, zurückzuschauen.

Ein freudiges Strahlen in den Augen, die Arme straff an den Seiten, die mit Besenstielen versteiften Schultern nur eine Idee zu hoch, marschierte Norival nahezu im Gleichschritt zwischen Toninho und Orlando einher. Drei enge Freunde, die zusammen die Straße entlangspazierten. Das improvisierte Korsett stützte Norivals Kopf.

Als er die Bordsteinkante überwinden mußte, stolperte Norival.

Weiter unten an der Straße fuhr Tito mit dem Wagen weg.

Die drei Wachposten sahen den vier jungen Männern neugierig entgegen.

»Boa noite«, wünschte ihnen Fletch.

»Boa noite«, antworteten sie abweisend, mißtrauisch.

Fletch trat zur Seite.

»Ah, Doktor Passarinho!« Einer der Wachposten warf seine Zigarette fort.

Wieder wurde die Unterhaltung auf portugiesisch geführt.

Fletch schaute immer wieder zu den schweren, über den Himmel jagenden Wolken hinauf und hoffte inständig, daß der Mond nicht gerade in diesem Moment aufzutauchen gedachte.

Wachposten: »Sie wollen doch nicht etwa auf Ihr Boot heute nacht?«

Toninho antwortete mit seiner normalen Stimme und ohne sich auch nur die geringste Mühe zu geben, die Bewegung seiner Lippen zu verbergen. »Doch. Rio ist so überfüllt. Wegen des Karnevals. Ich brauche etwas Ruhe und Frieden.«

Orlando machte ein paar Schritte innerhalb seines Bewegungsradius, wodurch die Gesichter von Norival und Toninho etwas von den Wachposten weggedreht wurden.

Wachposten: »Aber es hat sehr stark geregnet! Es könnte wieder regnen!«

Toninho/Norival: »Dann wird die See ruhig bleiben.«

Wachposten: »Es soll Wind aufkommen.«

Toninho/Norival: »Macht nichts, eine kräftige Brise wäre jetzt ganz nach meinem Geschmack.«

Zweiter Wachposten: »Sie sehen außergewöhnlich glücklich aus, Doktor Passarinho.«

Toninho/Norival: »Ich glaube, ich bin der Liebe meines Lebens begegnet.«

Wachposten: »Mehr kann man nicht verlangen.«

Toninho/Norival: »Ja. Ich glaube kaum, daß ich jemals eine andere lieben werde.«

Dritter Wachposten (hinter dem Tor): »Ach wie schön, wenn man verliebt ist! Wenn man jung und verliebt ist! Sie sehen ja so glücklich aus, Doktor Passarinho!«

Wachposten: »Aber wenn Sie jetzt segeln gehen, werden Sie die Partys versäumen! Die großen Bälle! Was wären die Karnevalpartys ohne die Tap Dancers?«

Orlando: »Nein, nein. Nur Norival geht segeln. Weil er schon ganz krank vor Liebe ist, Sie verstehen schon. Wir sind nur hier, um ihn auf den Weg zu bringen. Wir schwimmen dann an Land. Auf der Höhe der Copacabana.«

Zweiter Wachposten: »Ist mir schon alles völlig klar. Er ist verliebt... Und seinem steifen Gang nach zu urteilen, sollte er, wenn ich's mal so ausdrücken darf, nicht gerade jetzt mit der jungen Dame zusammensein...«

Wachposten: »Ist das der Grund? Ach so! Jetzt verstehe ich! Darum geht Doktor Passarinho segeln, obwohl es mitten in der Nacht ist und Karneval obendrein!«

Dritter Wachposten: »Was für ein Mann!«

Wachposten: »Was für ein Kavalier!«

Toninho/Norival: »So was ähnliches.«

Wachposten: »Norival Passarinho muß tun, was für ihn und seine junge Dame das beste ist!« Er bedeutete dem Wachposten hinter dem Tor, dasselbe zu öffnen. »Wie rücksichtsvoll!«

Orlando und Toninho ließen Norival durch das Tor marschieren. Und tatsächlich ließ sein Gang den Verdacht aufkommen, daß er unter einer der bösartiger verlaufenden Liebeskrankheiten litt.

Fletch marschierte hinter ihnen her.

Toninho/Norival: *»Obrigado! Boa noite!«*

An Bord deckte Orlando die Segel ab und hatte in Sekundenschnelle das Großsegel gesetzt.

Toninho löste die Bugleine und holte sie ein.

Sobald das Großsegel Wind fing, löste Fletch, der an die Ruderpinne gegangen war, die Heckleine, ließ sie im Wasser schleifen und holte die Großschot ein.

In der Plicht, das Gesicht nach achtern, strahlte Norival entzückt seine Freunde an, die ihn zum Segeln mitnahmen.

Während Orlando die Fock aufzog, kam Toninho achtern und übernahm die Pinne. »Ich kenne den Hafen«, sagte er. »Wäre nicht gut, wenn wir in der Dunkelheit ein Boot rammten, solange einer von uns tot ist.«

Fletch zog die Heckleine ein. »Nicht auf der *DS Coitus interruptus.*«

Der Mond kam heraus.

Das Mondlicht ließ Norival übers ganze Gesicht strahlen. Als sich das Boot jedoch auf die Seite legte, kippte er seitwärts um.

»Wir dürfen ihn nicht herumkullern lassen«, sagte Toninho. »Sonst geht er noch über Bord, bevor wir es ihm erlauben.«

Fletch befreite Norival von seinem Schnur- und Besenstielkorsett und setzte ihn aufrecht in die Lee zugewandte Ecke der Plicht. Dann schlang er ihm eine dünne Leine um die Schultern, die er an einem Pfosten hinter ihm befestigte.

»Was tun wir nicht alles für unsere Freunde«, murmelte Toninho und änderte den Kurs.

Norival saß jetzt gegen den Wind, unnatürlich vornübergebeugt, als wäre er seekrank. Aber er strahlte immer noch.

Orlando kam zu ihnen in die Plicht.

Und dann übersetzten sie Fletch lachend die Unterhaltung mit den Wachposten. *»Was für ein Kavalier!«* wiederholte Orlando immer wieder.

Später sagte Orlando: »Norival hat dieses kleine Boot geliebt.«

Toninho, der weiterhin an der Ruderpinne saß, sagte: »Wer hätte gedacht, daß Norival mal mit seinem Schiff untergehen würde?«

Orlando lachte. *»Was für ein Kavalier!«*

»Wir sind fast da«, sagte Toninho.

Als sie um eine Landspitze bogen, gingen an Land die Scheinwerfer eines Wagens dreimal an und aus.

»Ja!« sagte Toninho. »Da ist Tito. Er muß uns sehen.«

Zunächst, als sie in der *Baía de Guanabra* in südlicher Richtung gesegelt waren, hatte sich Fletch, ein Kissen unter dem Kopf, aufs Deck gelegt und zu schlafen versucht. Bedauerlicherweise hatte er den Rest des Mineralwassers im Wagen gelassen. Trotz des Alkohols, den er getrunken hatte, konnte er nicht einschlafen.

Der Himmel war jetzt klar. Die Brise wehte beständig aus Nordost, und die kleine Schaluppe kam gut voran.

Auf der Steuerbordseite zog langsam, vom Licht des Mondes überflutet, die *Cidade Maravilhosa,* Rio de Janeiro, vorüber. Am Strand brannten ein paar Feuer. Die Straßenlaternen, die Lichter in den hohen Wohnhäusern und Hotels entlang der Küste ließen die Sterne obendrüber verblassen. Von der Küste klangen aus allen Teilen der Stadt die Sambatrommeln herüber, ein gedämpfter Wirrwarr aus Melodien und Rhythmen. Keine andere Stadt, die Fletch aus dieser Perspektive kannte, hatte wie Rio mitten im Zentrum diese eigentümlichen schwarzen Löcher, die Wände seiner Felsen *Morros de Babilonia, de São João, des Cabritos, Pedra dos dois Irmãos,* diesen unvermuteten, unbezähmbaren Dschungel inmitten der City. Und über allem, vom Licht des Mondes beschienen, die Arme in einer Geste der Vergebung erhoben, ragte die Statue von Christus dem Erlöser empor.

Irgendwann hatte Orlando, der Norival in der Plicht gegenübersaß, gesagt: »Wir werden zum Caneção-Ball gehen müssen.«

»Ja«, antwortete Toninho. »Egal, wie spät es wird.«

»Wir müssen die Passarinhos suchen«, sagte Orlando, »und ihnen sagen, daß Norival zum Segeln ist.«

»Janio, Sie müssen bei uns bleiben, damit man uns glaubt.«

»Ich sollte eigentlich ins Yellow Parrot zurück.«

»Nein, nein. Dazu wird keine Zeit sein. Sie kommen mit in meine Wohnung. Sie können mein Kostüm vom vergangenen Jahr anziehen. Wir haben die gleiche Figur.«

»Meine Figur scheint weit verbreitet zu sein«, sagte Fletch. »Alan Stanwyk, Janio Barreto, Toninho Braga ...«

»Tito wird uns schnell hinbringen, und wir werden uns rasch umziehen und auf den Weg machen.«

»Die Karten, die mir Teo für den Ball gegeben hat, sind aber im Yellow Parrot.«

»Sie können Norivals Karte nehmen. Er wird sie nicht mehr brauchen.«

Sie segelten noch ein paar Kilometer. An der Küste ließ Tito erneut seine Scheinwerfer dreimal aufblinken.

»Alles klar.« Toninho gab Fletch einen Klaps auf den Oberschenkel. »Übernehmen Sie die Pinne, Senhor Barreto. Es überrascht uns nicht, daß Sie mit einem Boot umgehen können. Orlando, hilf Norival. Vergewissere dich, daß er seine Brieftasche einstecken hat.«

»Hat er.«

»Man wird von seinem Tod nur dann Meldung machen, wenn man ihn identifizieren kann. Und wer auch immer die Leiche eines Passarinho findet, wird eine Belohnung für diese Nachricht erwarten.«

Fletch setzte sich hin, übernahm die Ruderpinne und behielt den Kurs entlang der Küste bei.

Toninho ging nach unten.

Bald darauf war aus der kleinen Kajüte ein kräftiges Hämmern zu hören. Dann ein Splittern. Darauf ein Kluckern.

Das Boot drehte nach Backbord ab und geriet sofort außer Kontrolle. Die Segel luvten.

Fletch ließ die Ruderpinne los.

Toninho kam den Niedergang herauf und warf einen Hammer über Bord.

»Wir sind so nah am Felsen, daß die Leute glauben werden, er hätte ihn gerammt«, sagte Toninho. »Und nun zu Norival.«

Toninho und Orlando hievten Norival, dessen Augen immer noch glückselig im Mondlicht strahlten, gemeinsam hoch, schleppten ihn zum Dollbord und ließen ihn behutsam über Bord gleiten.

Einen Moment lang standen die beiden jungen Männer regungslos auf dem Deck und starrten ins Wasser hinunter. Toninho bewegte die Lippen. Orlando bekreuzigte sich.

»Bis Sonnenaufgang wird er am Strand sein«, sagte Toninho.

Das kleine Boot hatte zunächst abgedreht und seine Nase mit geluvten Segeln in den Wind gehoben. Dann, als der Bug zu sinken anfing, fiel es vom Wind ab, worauf sich die Segel erneut füllten, und begann kreisend zu kentern.

»Los, Janio!« rief Toninho. »Oder wollen Sie etwa schon wieder so jung sterben?«

Orlando hechtete über Bord.

Und erst nachdem Fletch seinem Beispiel gefolgt war, kletterte auch Toninho aus dem sinkenden Boot.

Das Wasser hatte exakt Körpertemperatur, ebenso die Luft. Und mit einem unbezähmbaren sinnlichen Vergnügen schwamm Fletch durch das tragende Wasser auf die *Cidade Maravilhosa* zu.

Die Geldbündel in den Taschen seiner Shorts gaben ihm alsbald das Gefühl, mit Steinen beschwert zu sein.

Nach hundert Metern hörte er auf zu schwimmen und drehte sich um, um festzustellen, ob von dem Boot noch irgend etwas zu sehen war. Irgend etwas Weißes war auf dem Wasser zu erkennen, vielleicht die Rumpfseite, vielleicht auch die Segel, aber ganz sicher war er nicht.

Plötzlich wurde nicht weit vom Boot entfernt ein lauter Schrei ausgestoßen. *»Aaaaaaaaarrrrrgh!«* Wasser klatschte.

»Toninho!« rief Fletch. »Was ist los?«

Stille.

»Toninho! Was ist passiert?«

Fletch wollte gerade zurückschwimmen, als Toninhos gleichmütige Stimme über die Wasseroberfläche tönte: »Ich bin in Norival hineingeschwommen...«

17

»Wir müssen uns ganz ungezwungen benehmen«, sagte Tito, der sich in einen Kinoindianer verwandelt hatte.

Sie betraten gerade den Caneção Night Club.

»Welche Nummer hat die Passarinho-Loge?« fragte Orlando.

»Sie sind immer in Loge drei«, antwortete Toninho.

»Da Costa ist in Loge neun«, sagte Fletch.

Von ihrem makaberen Passagier befreit, hatte Tito den schwarzen viertürigen Galaxie mit einer Geschwindigkeit nach Copacabana zurückgefahren, die jeden Polizisten zufriedenstellen konnte.

Als sie wieder im Wagen saßen, hatte Fletch den Rest aus seiner Wasserflasche hinuntergestürzt.

In Toninhos Apartment an der Rua Figueiredo Magalhaes hatten sich Toninho, Tito, Orlando und Fletch in Fließbandmanier rasiert und geduscht.

Die Tap Dancers mußten sich als Kinoindianer mit Lendenschurz, weichen, schenkelhohen Stiefeln und Kriegsbemalung kostümieren. Norivals Lendenschurz paßte Fletch nicht, sofern er nicht den Rest der Nacht damit zubringen wollte, ihn mit der Hand hochzuhalten.

Toninho kramte sein Kostüm vom vergangenen Jahr aus einem Schrank und warf es Fletch zu: ein einteiliger Kinocowboyanzug aus glänzendem Satin, komplett mit Maske, durchgescheuerten Beinschützern und Nietenverzierungen. Fletch zwängte sich hinein.

»Toninho. Ist das etwa ein Taucheranzug?«

»Sitzt wie angegossen. Hier sind die Stiefel, der Hut, die Maske.«

Anschließend setzten sich Toninho, Tito und Orlando kreisförmig zusammen und färbten sich gegenseitig und in großer Eile Gesicht, Brust und Rücken wie Kinoindianer auf dem Kriegspfad. Als sie fertig waren, sahen sie aus, als hätten sie sich bereits durch einen Krieg hindurchgeschwitzt.

Fletch dekorierte währenddessen Toninhos Apartment, indem er an jeder nur denkbaren Stelle nasse *cruzeiros* zum Trocknen drapierte.

»Denkt dran«, sagte Tito. »Ganz ungezwungen.«

Im Caneção Night Club öffnete Orlando die Tür zur Passarinho-Loge.

»Orlando!« jubelten die Leute. »Tito! Toninho!«

Den maskierten Kinocowboy starrten die Gäste in der Loge einfach nur an.

Der weitläufige Saal des Caneção Night Clubs unter ihnen war vollgestopft mit bunt kostümierten Menschen, die an kleinen Tischen saßen, tanzten, umherschlenderten. Auf der gegenüberliegenden Seite des Saals war eine riesige Kapelle, die sich hauptsächlich aus Sambatrommeln, aber auch aus Blasinstrumenten und elektrischen Gitarren zusammensetzte.

Alle in der Passarinho-Loge machten viel Aufhebens von den

Kostümen der Tap Dancers. Da jedoch an den Kostümen nicht viel dran war, machten sie in Wahrheit viel Aufhebens von den Tap Dancers.

Toninho, Orlando und Tito revanchierten sich mit dem üblichen Gesellschaftsratespielchen, das heißt, daß sie artig herumrätselten, wer wohl wer sein mochte, und dann sehr überrascht taten, wenn sich zum Beispiel der Harlekin als Admiral Passarinho zu erkennen gab.

»Ihr kommt aber sehr spät!«

»Oh«, flunkerte Toninho, »wir haben gerade erst die Loge entdeckt.«

»Wer ist das?« fragte eine Frau.

»Janio Barreto«, murmelte Toninho.

»I. M. Fletcher.«

Senhor Passarinho war als *Papai Noel* verkleidet. »Wo ist Norival?«

»Er ist segeln gegangen«, sagte Tito.

»Segeln? Bei dem Sturm draußen?«

»Der Sturm ist vorüber«, sagte Orlando.

»Segeln? In der Nacht des Caneção-Balls?«

»Wir haben ihn auf den Weg gebracht«, sagte Toninho. »Fletch war auch dabei.«

»Segeln? Was sollte er denn für einen Grund haben, in der Nacht des Caneção-Balls segeln zu gehen?«

Mit besorgter Miene sagte Toninho: »Norival hat vor kurzem eine sehr schwerwiegende Entscheidung getroffen.«

»Er hat davon gesprochen, einen Beruf zu ergreifen«, sagte Orlando.

»Das wäre schön«, sagte *Papai Noel.*

»Die Frage ist nur, was er am besten kann«, sagte Tito.

»Norival hat zweifellos gewisse Fähigkeiten«, sagte Orlando.

Toninho sagte: »Vielleicht will er darüber nachdenken.«

»Norival trifft schwerwiegende Entscheidungen?« fragte der Harlekin. »Dann wird es wohl Zeit, daß ich mich pensionieren lasse!«

»Nein, nein«, sagte Toninho. »Sie kennen Norival nicht so gut wie wir. Wenn Norival sich einmal etwas in den Kopf setzt, dann ist er bereit, sich dafür zu Tode zu schuften.«

»Norival kann sehr rücksichtslos sein«, sagte Orlando. »In gewissen Dingen.«

»Ja.« Toninho verdrehte seine kriegsbemalten Augen. »Norival gehört zu denen, die sich zu Tode schuften.«

»Norival kommt also überhaupt nicht zum Ball?« fragte der Harlekin.

»Er ist segeln gegangen«, erklärte Toninho lahm. »Um eine Entscheidung zu treffen ...«

»Ach, was für ein Sohn!« sagte *Papai Noel.* »Vermutlich betrinkt er sich irgendwo! Diese Karten kosten dreihundert nordamerikanische Dollar das Stück! Norival, Adroaldo ... Wozu hat ein Mann eigentlich Söhne? Sobald sie groß sind wie er, lassen sie ihn links liegen! Sie nehmen, aber sie geben nicht!«

Fletch wurde Senhora Passarinho vorgestellt, die etwas abseits saß und die Tänzer im Saal beobachtete. Eine Dame mit sanften, ausdruckslosen Augen, verkleidet als Zirkusclown.

»Ah!« sagte sie. »Norival ist segeln gegangen! Kein Wunder, er hat sich ja noch nie etwas aus Partys gemacht! Ein ruhiger, empfindsamer Junge, immer schon. Als er jünger war, hat er Gedichte geschrieben, müssen Sie wissen. Ich erinnere mich an eines seiner Gedichte, darin sollte der Kakadu seinen Schuldirektor darstellen ...«

»Sie sehen ja«, sagte Tito leise zu Fletch. »Wir können diese Dame nicht mit der Wahrheit enttäuschen.«

»Offensichtlich.«

»Es würde sie umbringen.«

»Trinkt etwas!« befahl der Harlekin. *»Cachaça?«*

Toninho grinste breit. Das Schlimmste war überstanden. *»Nao, Senhor.* Wir müssen uns nach Mädchen umsehen.«

»Aber natürlich müßt ihr das!« dröhnte *Papai Noel.* »Die Nacht ist so jung wie ihr!«

»Überzeugt euch aber erst davon, daß es keine chirurgisch verkappten Männer sind!« warnte der Harlekin.

»Sollte ich jemand Besonderes entdecken, werde ich sie Ihnen herbringen«, sagte Toninho, »zur Überprüfung.«

Der Harlekin wieherte vor Lachen.

Vor der Loge sagte Fletch: »Toninho, werdet ihr morgen früh zum Strand zurückkehren, um euch davon zu überzeugen, daß Norival an Land kommt?«

»O nein.« Toninho ordnete die Stulpe seines Stiefels, die seine nackte Wade umschloß. »Heute ist doch Sonntag. Da müssen wir in die Messe.«

Teodomiro da Costa stand an der kleinen Bar an der Rückseite seiner Loge.

»Ja, wer ist denn das!« rief er aus. »Ich erkenne Sie nicht!«

Fletch starrte ihn so lange durch seine Maske an, wie es sich für dieses Spielchen gehörte.

Alle anderen in der Loge hatten die Köpfe nach vorn gewandt und lauschten gespannt dem gerade auftretenden Sänger.

Das, was von den Tap Dancers noch übriggeblieben war, hatte sich auf Mädchensuche begeben.

»Sie machen mir angst, Senhor Pistolero! Was wollen Sie?«

»Ich bin's doch, Teo.«

»Wer?« Teo beugte sich vor und starrte durch die Augenlöcher von Fletchs Maske.

»Fletch!«

»Ah!« Teo tat, als wäre er ungeheuer erleichtert. »Dann kommen Sie, und trinken Sie etwas.«

Der Barmann, den Teo von zu Hause mitgebracht hatte, begann Fletch einen Screwdriver zu mixen.

»Es ist schon sehr spät«, sagte Teo. »Fast drei Uhr morgens. Haben Sie schlafen können?«

»Nein.«

»Das dachte ich mir.«

»Da Laura nicht da ist, habe ich einen Ausflug in die Umgebung gemacht. Bin zu spät zurückgekommen.«

»In einem Bus?«

»So was Ähnlichem. In einem großen Auto.«

Der Sänger hörte auf zu singen.

»O Fletch! Was für ein wundervolles Kostüm!« sagte die Viana-Gattin. »Woher haben Sie das?«

»Ich hab's einem geklaut, der in meinem Fernseher auftrat.«

»Es paßt ihnen ...« Ihr Blick schweifte von seiner Taille abwärts, »... wie angegossen.«

»Offengestanden fühle ich mich, als liefe ich hinter mir selbst her.«

»Das tun Sie auch, Schätzchen. Das tun Sie ja auch.«

Teo stellte Fletch seinen anderen Gästen vor. Außer den Vianas und den da Silvas waren noch ein bekannter brasilianischer Fußballspieler da, der unentwegt allein in der Loge herumtanzte, dessen Frau, die größer und vermutlich auch gewichtiger war als er, ein Börsenmakler aus London mit seiner Frau, die für Fletch ihre Wegman-Man-Ray-Masken aufsetzten, dann Adrian Fawcett, ein Musikkritiker der *New York Times,* ein italienischer Rennfahrer mit seiner wirklich sehr jungen Freundin und der junge französische Filmstar Jetta.

Jedermann bewunderte Fletchs Kostüm, und er bewunderte jedermanns Kostüm. Teo hatte eine Art Tigerkostüm an, mit einem kurzen Schwanz. Der dazugehörige Tigerkopf ruhte auf dem Bartisch, und sein starrer Glasaugenblick erinnerte Fletch irgendwie an Norival in seinem letzten Stadium. Aber Norivals Augen hatten weitaus glücklicher ausgesehen.

Jetta trug eine Schwesterntracht mit Haube und weißen Schuhen. Ihr Rock war noch kürzer als die Lendenschurze der Tap Dancers.

Auf der Leinwand hatte er schon mehr von Jetta gesehen.

Fletch nahm seine Maske und den Kinocowboyhut ab, stellte sich an die Brüstung und betrachtete das Gewimmel von Farben und Fleisch unter ihm.

Einige der Trommler hatten die Bühne verlassen und anderen Platz gemacht. Die Musik durfte keinen Augenblick unterbrochen werden.

An drei Stellen in dem weitläufigen Saal, zwischen der Tanzfläche und den Tischen, waren auf Podesten große vergoldete Käfige aufgebaut worden, in denen sich drei oder vier wunderschöne, nur mit Tanga und hohem Kopfputz bekleidete Frauen im Rhythmus der Musik wiegten. Um die Käfige herum schlängelten sich wie Riesenkatzen auf ihren Hinterpfoten neun oder zehn Frauen, die ebenfalls nur mit Tanga und hohem Kopfputz bekleidet waren und versuchten, sich im Rhythmus der Musik zu wiegen, ohne aus ihren hochhackigen Schuhen zu kippen. Jeder der vergoldeten Käfige war ein Nest voller zuckender, nackter, brauner Popos und riesiger, wippender, nackter, brauner Brüste.

Neben ihm sagte Teo: »Die Böden der Käfige sind Fahrstühle. Damit können die Frauen die Käfige betreten oder verlassen, ohne daß ihnen die Menge zu nahe tritt.«

»Die müssen ja an die zwei Meter groß sein«, sagte Fletch.

»Sie sind alle über ein Meter achtzig.«

»Was ist mit den Frauen außerhalb der Käfige?«

»Das waren keine Frauen.« Teo nippte an seinem Drink.

»Das sind Frauen.«

Teo sagte: »Sie stellen die hervorragende Arbeit ihrer brasilianischen Chirurgen zur Schau.«

Aus der Ferne konnte Fletch keinen Unterschied zwischen den Frauen in den Käfigen und den Frauen vor den Käfigen erkennen.

Schon einmal, in New York, war er darauf hereingefallen.

»Denen tritt kaum jemand mal zu nahe«, sagte Teo. »Sehr traurig für sie.«

Die Musik wurde schneller, und alle Leute, ob sie tanzten, an den Tischen oder in den Logen saßen, stimmten das Lied an, das *Imperio Serrano* in diesem Karneval vorstellte. Fletch scheiterte am Text, da er nie mit den Zischlauten der portugiesischen Sprache klarkam.

Alle diese gebräunten, braunen, schwarzen Menschen bewegten

sich im Rhythmus der Musik und sangen gemeinsam dieses Lied, das nur eins von den vielen war, die von den Sambaschulen vorgestellt wurden, und dessen Text in etwa davon handelte, daß die Brasilianer der Kaffeebohne zu großem Dank verpflichtet seien und sie die Kaffeebohne achten sollten wie einen Onkel.

Adrian Fawcett, einen Drink in der Hand, stellte sich links neben Fletch ans Geländer. »Brasilien ist so, wie es sich die Vereinigten Staaten gerne vorstellen.«

»Ich habe früher auch für eine Zeitung gearbeitet«, sagte Fletch. »Als Reporter.«

»Und was arbeiten Sie jetzt?«

»Arbeiten? Warum muß ich denn arbeiten? Ich lebe.«

Jetta stellte sich an die andere Seite von Fletch. Nach Eva, nach dem Anblick der Frauen in den vergoldeten Käfigen, wirkte die der Leinwand entstiegene Jetta winzig.

»Im Ernst, was arbeiten Sie?« fragte Adrian.

Fletch sagte: »Ich weiß es nicht.«

Jetta sagte: »Teo meinte, daß ein junger Tänzer für mich da wäre.«

»Im Moment fühle ich mich hundert Jahre alt.«

»Ich habe von dieser Geschichte gehört«, sagte sie. »Sie sind jemand, der vor Jahren starb, ermordet wurde und nun zurückgekommen ist, um seinen Mörder zu entlarven.«

»Haben Sie schon mal so etwas Verrücktes gehört?«

»Ja«, sagte sie. »Haben Sie Lust zu tanzen?«

Fletch hatte Lust, sich in eine Ecke der Loge zu verkriechen und zu schlafen. Er war sicher, daß ihn auch die Trommeln, die Trompeten, die Gitarren, der Gesang nicht daran hindern würden. »Selbstverständlich.«

Sie empfahlen sich stillschweigend aus der Loge und gingen zur Tanzfläche.

Die Leute, die um sie herumwirbelten, waren als Kaninchen und Katzen, als Harlekine und Huren, als große Damen und kleine Mädchen, als Bettler und Barone, Landstreicher und Lakaien, Piraten und Priester verkleidet.

Zu Fletchs Überraschung war Jetta anscheinend keine geschickte Tänzerin. Sie klammerte sich an Fletch wie an einen Baumstamm mitten im tosenden Meer. Fletch hatte den Verdacht, daß sie diese Art von Musik ablehnte.

Ein paar Meter entfernt tanzte Orlando mit flatterndem Lendenschurz ausgelassen mit einer blondperückten Frau. Die Konzentration in seinen Augen, während er tanzte, versetzte ihn in eine andere Welt.

Das Kleid der Frau war so geschnitten, daß nur eine Brust völlig entblößt wurde.

Am Rand der Tanzfläche stand ein Dutzend Männer vollkommen regungslos und starrte mit offenem Mund nach oben. Über ihnen hockte eine Frau mit nacktem Hintern auf dem Geländer einer Loge. Außer ihrem nackten Hintern, der über dem Geländer hing, war von der Frau nichts zu sehen.

Jetta folgte Fletchs erstauntem Blick. »Die Brasilianer gehen so unbefangen mit ihrem Körper um«, sagte der junge französische Filmstar. »So sachlich.«

Fletch, der sich vor Schlaflosigkeit schon fast betrunken fühlte, sah Tito und Toninho vor sich, wie sie Norival in den Büschen auf den Kopf stellten und ihm mit Fußtritten den Magen entleerten; Tito und Orlando, wie sie sich nackt mit akrobatischen Fußtritten bekämpften und dann keuchend und lachend auf dem verdorrten Gras wälzten; die zauberhafte Eva, wie sie in der Tür zu dem kleinen, dunklen Zimmer stand, in dem der tote Norival lag, und mit diesem leicht selbstzufriedenen Blick ihre linke Brust mit beiden Händen knetete; das Korsett aus Stricken und Besenstielen und das Berechnen der Stelle, an der eine in die Strömung geworfene Leiche bei Morgengrauen angeschwemmt werden würde...

Jetta ließ ihre Hand über den glatten Ärmel von Fletchs Hemd bis hoch zu seinen Schultern gleiten und sagte: »Du bist so spät gekommen.«

Obwohl er tanzte, zog der Schlaf durch Fletchs Gehirn wie ein Vorhang, der über eine Bühne schleifte. »Ich mußte bei einem kranken Freund Wache halten.«

18

Sobald er in seinem Zimmer im Hotel Yellow Parrot war, rief Fletch das Hotel Jangada an und ließ sich mit Zimmer 912 verbinden.

Im Zimmer 912 meldete sich niemand.

Ohne zumindest seinen Kinocowboyanzug auszuziehen, fiel er aufs Bett. Eigentlich hätte er sofort einschlafen müssen, zumal es sieben Uhr morgens war und er normalerweise nicht erst um diese Uhrzeit schlafen ging.

Er stand nochmals auf, ließ seine Kleider auf den Boden fallen und kroch dann zwischen die Laken.

Selbst zu dieser frühen, strahlend hellen Morgenstunde war von irgendwoher in der Straße die Musik einer Sambacombo zu hören. Er rollte sich auf die Seite, zog sich das Kissen übers Ohr und schloß die Augen. Doch die Bilder von nackten wogenden Fleischmassen ließen sich nicht aus seinem Kopf verdrängen; große, weiche, geschmeidige Brüste mit großen Brustwarzen, die im Takt der Musik wippten; lange, biegsame Rücken, die sich tanzend von ihm entfernten; braune Hintern, die Grübchen bildeten, als sie sich bewegten; ellenlange Beine, die sich beugten und streckten, Füße, die im Rhythmus der melodischen Sambatrommeln über die Erde, die Tanzfläche wirbelten.

Fletch stand auf und bestellte beim Zimmerservice ein Frühstück.

Während er wartete, duschte er heiß und ausgiebig.

Allein, nur ein Handtuch um die Hüften geschlungen, saß er dann in einer Ecke seines Zimmers und frühstückte. Sonntagmorgen. Und zum ersten Mal war der Anstreicher im Zimmer gegenüber nicht zu sehen.

Er rief wieder im Hotel Jangada an, fragte wieder nach Mrs. Joan Stanwyk in Zimmer 912.

Wieder keine Antwort.

Er zog die Vorhänge zu, um den strahlend hellen Morgen auszusperren, und legte sich ins Bett.

Er versuchte, wie eine Statue in einer Krypta oder wie der tote Norival auf dem Bett in dem alten Plantagenhaus dazuliegen, flach auf dem Rücken, die Hände über dem Leib gekreuzt. Er versuchte, die Mitglieder einer weiblichen Stabhochsprungriege beim Überspringen der Latte zu zählen. Als der neunzehnte Rotschopf nach den Brünetten und Blonden an der Reihe war, die Latte zu überspringen, wußte er, daß an Schlaf nicht zu denken war.

Er rief wieder im Hotel Jangada an, schleppte sich danach mühsam durchs Zimmer und zog die Vorhänge zurück.

Er streifte saubere Shorts über, ein sauberes Tennishemd, Socken und Tennisschuhe.

Vor dem Hotel, in der gleißenden Sonne, wartete der kleine Junge, Idalinas Urenkel Janio Barreto, auf ihn.

Der Junge packte Fletch am Arm, hoppelte neben ihm her und redete dabei schnell, leise und beharrlich auf ihn ein.

Fletch schüttelte den Jungen ab und stieg in seinen MP.

Der zehnjährige Janio Barreto rannte auf seinem Holzbein hinter Fletchs Wagen her und rief seinen Namen.

19

»Bom dia«, sagte Fletch zu dem formell gekleideten Portier des Hotels Jangada. »Es gibt da ein Problem.«

Augenblicklich zeigte sich der Mann diensteifrig, legte seine Unterarme auf die Empfangstheke und faltete die Hände. »Sind Sie Gast dieses Hotels?«

»Ich wohne im Hotel Yellow Parrot.«

Die Diensteifer des Portiers schwand nur unmerklich. Das Hotel Yellow Parrot war ebenfalls ein gutes, wenn auch ein etwas altmodischeres und nicht so protziges Hotel. Alle guten Hotels in Rio de Janeiro erhöhten ihre Preise während des Karnevals genau auf das Doppelte.

Fletch hatte bereits über das Haustelefon im Zimmer 912 angerufen, an die Zimmertür geklopft und sich im Frühstücksraum und Schwimmbadbereich umgesehen. Von Joan Collins Stanwyk keine Spur. Die Nachricht, die er ihr hinterlassen hatte, steckte immer noch im Fach für Zimmer 912 hinter der Empfangstheke.

Er sprach langsam und deutlich: »Ein Gast Ihres Hotels, eine Nordamerikanerin mit Namen Mrs. Joan Stanwyk, hat gestern morgen, ungefähr um diese Zeit, in meinem Hotel mit mir gesprochen. Wir verabredeten, uns fast unmittelbar darauf hier zum Frühstück zu treffen. Sie mußte nur noch von dort nach hier gehen, und ich mußte nur noch etwas aus dem Safe des Hotels Yellow Parrot holen, duschen, mich umziehen (ich war zum Jogging gewesen) und ihr in meinem Wagen nachfolgen. Ich verließ das Hotel Yellow Parrot zirka eine halbe Stunde nach ihr und fuhr direkt hierher. Über den Hausapparat meldete sie sich nicht. Sie meldete sich nicht, als ich an ihre Tür klopfte. Sie war weder im Frühstücksraum oder auf den Terrassen, noch an einem der Schwimmbäder oder in der Bar. Sie hat sich immer noch nicht gemeldet. Ich fürchte, daß ihr etwas zugestoßen ist.«

Der Portier lächelte dezent über diese Geschichte eines Liebhabers, dem man den Laufpaß gegeben hatte. »Da können wir leider gar nichts tun, Senhor. Wir müssen das Privatleben unserer Gäste respektieren. Wenn die Dame Sie nicht sehen oder sprechen möchte ...« Achselzuckend hob er die Hände von der Theke.

»Aber verstehen Sie doch, sie braucht etwas von mir. Und zwar Geld. Man hat sie vollständig ausgeraubt.«

Wieder zuckte der Mann die Achseln.

»Ich habe ihr eine Nachricht hinterlassen.« Fletch deutete auf die

Nachricht, die immer noch in ihrem Fach hinter dem Mann steckte. »Die Nachricht ist immer noch da.«

»Während des Karnevals ändern die Leute ihre Pläne von einer Minute auf die andere.« Der Mann lächelte. »Manchmal ändern sie ihren ganzen Charakter.«

»Würden Sie mich in ihr Zimmer lassen, bitte?« Fletch hatte bereits versucht, das Schloß von Zimmer 912 aufzustemmen. Aber es war ein modernes, ausschließlich für die modernsten Einbrecher entworfenes Schloß. »Ich fürchte, daß ihr etwas zugestoßen sein könnte. Daß sie Hilfe braucht.«

»Nein, Sir. Das können wir leider nicht.«

»Und wenn Sie selbst nachsehen?«

»Nein, Sir. Das kann ich leider nicht.«

»Und wenn Sie ein Zimmermädchen hineinschicken?«

»Es ist Karneval.« Der Portier blickte auf die Foyeruhr. »Es ist früh. Die Leute schlafen ein paar Stunden. Sie möchten nicht gestört werden.«

»Sie ist seit vierundzwanzig Stunden verschwunden«, sagte Fletch. »Jetzt muß sich die Polizei darum kümmern.«

Der Mann zuckte die Achseln.

Fletch fragte: *»Onde é a delegácia?«*

»Ist hier ein Polizeibeamter, der Englisch spricht?«

»Ich Önglisch sprächen«, sagte der Polizeibeamte hinter dem hohen Schalter. »Quack, quack.«

Fletch wandte den Kopf, damit ihn ein jüngerer Beamter, der weiter unten am Schalter stand, hören konnte. »Ist hier irgendwer, der Englisch sprechen kann?«

Der jüngere Beamte nahm einen Telefonhörer ab, wählte eine kurzstellige Nummer und sprach ins Telefon.

Nachdem er wieder aufgelegt hatte, machte er Fletch mit erhobener Handfläche ein Zeichen, das sowohl »Halt« als auch »Warten« bedeuten konnte.

Fletch entschied sich für ›Warten‹.

Der Schalterraum des Polizeireviers war voll von reumütigen Nachtschwärmern. Auf dem Fußboden und der Sitzbank saßen und lagen Männer und Frauen aller Formen, Größen, Farben in nahezu jedem bekleideten und unbekleideten Zustand, schliefen, versuchten zu schlafen, blinzelten träge, hielten sich den Kopf. Einige der Nachtschwärmer hatten Karnevalskostüme an, die jetzt ziemlich ramponiert waren: darunter eine Königin, eine Maus und ironischerweise ein Richter. Ein behaarter Mann, der mit offenem Mund schlief, war nur mit Büstenhalter, Slip und Strumpfbändern bekleidet. Eine fette Frau, die aus einer Tüte Kekse aß, war als Königin von Saba kostümiert. Fünf oder sechs der Männer hatten Schnittwunden und Beulen am Kopf; einer hatte einen häßlichen langen Schnitt längs der Wade. Obwohl die Fenster keine Scheiben hatten, roch der Raum ekelerregend.

Während Fletch wartete, kam ein nur mit Turnhose bekleideter Mann herein. Zwischen Brust und Schulter steckte ein Messer mit langem Griff. Er lief vollkommen normal und sagte seelenruhig zu dem Polizeibeamten hinter dem hohen Schalter: *»Perdi minha máquina fotográfica.«*

Ein schwergewichtiger Polizeibeamter, der am Fuße einer steinernen Treppe stand, machte Fletch ein Zeichen, zu ihm zu kommen.

»Mein Name ist Fletcher.«

Der Mann schüttelte ihm die Hand. »Barbosa«, sagte er, »Sergeant Paulo Barbosa. Sind Sie Nordamerikaner?«

»Ja, Sir.«

Der Sergeant schleppte sich vor Fletch die Stufen hinauf. »Ich bin mal in den Vereinigten Staaten gewesen. In New Bedford, Massachusetts.« Er führte Fletch in einen kleinen Raum mit einem Schreibtisch und zwei Stühlen. Der Sergeant setzte sich in den Stuhl hinter dem Schreibtisch. »Ich habe einen Vetter dort, in New Bedford, Massachusetts.« Er zündete sich eine Zigarette an. »Sind Sie schon mal in New Bedford, Massachusetts, gewesen?«

»Nein.« Fletch setzte sich.

»Es ist sehr schön in New Bedford, Massachusetts. Eine richtige Küstenstadt. Liegt am Meer. Jeder fischt da. Jede Ehefrau hat einen Souvenirladen. Die Frau meines Vetters hat auch einen Souvenirladen. Mein Vetter fischt.« Der Sergeant wedelte Zigarettenasche von seinem Hemd, obwohl gar keine Zigarettenasche auf seinem Hemd war. »Ich bin der festen Meinung, daß das portugiesische Brot in New Bedford, Massachusetts, besser schmeckt als manche portugiesischen Brotsorten in Rio de Janeiro. Ach ja. New Bedford, Massachusetts. Ich war fast ein Jahr da. Habe meinem Vetter beim Fischen geholfen. War zu kalt da. Ich konnte die Kälte nicht ertragen.«

Der Mann saß seitlich zum Schreibtisch und sah Fletch nicht an. »Genießen Sie den Karneval?«

»Sehr.«

»Ach ja, Karneval in Rio und dann jung sein, hübsch und gesund! Kann man dem Himmel noch näher kommen? Wenn ich so an früher denke ...« Dann wedelte er Zigarettenasche von seinem Hemd, die wirklich da war. »Und reich obendrein, wie ich annehme.«

In einer Ecke des Zimmers, hinter dem Schreibtisch, stand ein grauer Stahlaktenschrank mit drei Schubladen.

»Für die Polizei muß es eine turbulente Zeit sein.«

»Das kann man wohl sagen«, stimmte der Sergeant zu. »Wir kommen kaum in den Genuß des Karnevals. Alles geht drunter und drüber. Ein einziger Kuddelmuddel.« Insgeheim stolz, daß er diesen Ausdruck kannte, lächelte er Fletch an. »Ein einziger Kuddelmuddel. Aus Männern werden Frauen; aus Frauen werden Männer; aus Erwachsenen werden Kinder; aus Kindern werden Erwachsene; reiche Leute tun so, als wären sie arm; arme Leute, als wären sie reich; aus braven Bürgern werden Säufer; aus Dieben werden Wohltäter. Ein Riesenkuddelmuddel.«

Fletch betrachtete eingehend die Schreibmaschine auf dem Schreibtisch. Es war eine Remington, die an die fünfundsiebzig Jahre alt sein mochte.

»Sie wurden ausgeraubt ...«, vermutete der Sergeant.

»Nein«, sagte Fletch.

»Sie wurden nicht ausgeraubt?«

»Natürlich wurde ich ausgeraubt«, sagte Fletch. »Als ich das erste Mal hier war.« Der Sergeant schien erleichtert zu sein. »Aber mit einer so unwichtigen, privaten Angelegenheit will ich Sie nicht belästigen.«

Der Mann lächelte glücklich und mit wachsendem Respekt vor Fletch. Er drehte sich herum und sah Fletch ins Gesicht. Jetzt war er bereit zuzuhören.

Langsam, gewissenhaft wiederholte Fletch für Sergeant Paulo Barbosa, wie er Joan Collins Stanwyk im Hotel Yellow Parrot getroffen und mit ihr vereinbart hatte, ihr Geld ins Hotel Jangada zu bringen, weil man sie natürlich auch ausgeraubt hatte, und mit ihr zu frühstücken ... daß sie gestern und heute nicht im Hotel gewesen wäre ... daß sie die Nachricht, die er ihr hinterlassen hatte, nicht abgeholt hätte, daß ...

Von einer neuen Zigarette fiel Asche auf das Hemd des Sergeanten. Er beeilte sich, sie wegzuwedeln.

»Ach ja«, seufzte er. »Der Karneval! Das erklärt alles.«

»Das ist keine verrückte Lady«, sagte Fletch. »Sie ist eine Frau mit viel Verantwortungsbewußtsein. Sie ist eine gesunde, attraktive blonde Frau Anfang Dreißig, teuer gekleidet –«

»Kuddelmuddel«, sagte der Sergeant. »Wenn Sie sagen, daß sie keine verrückte Lady sei, dann wird sie im Karneval eine verrückte Lady! Ich kenne mich da aus! Ich bin seit siebenundzwanzig Jahren bei dieser Polizeieinheit. Siebenundzwanzig Karnevals!«

»Sie ist jetzt seit über vierundzwanzig Stunden verschwunden.«

»Manche Menschen sind ihr ganzes Leben lang verschwunden. Sie kommen nach Brasilien, weil sie von irgendwo anders verschwinden wollen. Wissen Sie das denn nicht?«

»Nicht diese Lady. Sie hat ein wunderschönes Heim in Kalifornien, eine Tochter. Sie ist sehr vermögend.«

»Ach ja, die Menschen während des Karnevals!« Der Sergeant paffte versonnen seine Zigarette. »Sie scheuen vor nichts zurück!«

»Möglicherweise ist sie entführt worden, überfallen, verletzt, von einem Taxi überfahren.«

»Richtig«, sagte der Sergeant, »möglicherweise.«

»Es ist sehr wichtig, daß wir sie finden.«

»Sie finden?« Der Sergeant schien über dieses Ansinnen ehrlich überrascht zu sein. »Sie finden? Dies ist ein Riesenland! Eine Stadt mit neun Millionen Menschen! Mit Hochhäusern, Hütten, Bergen, Tunnels, Parks, Dschungel! Sollen wir etwa auf jedem Hochhaus und unter jeder Hütte nachsehen?« Er beugte sich auf seinem Stuhl nach vorn. »In dieser Zeit des Jahres verwandeln sich alle Menschen. Jeder trägt eine Maske! Da draußen gibt es Leute, die sich als Ziegen verkleiden! Als Meerschweinchen! Verraten Sie mir, wonach wir suchen sollen, nach einer Ziege oder einem Meerschweinchen?«

»Nach einer blonden, schlanken Nordamerikanerin Anfang Dreißig . . .«

»Kuddelmuddel!« rief der Sergeant aus. »Seien Sie doch vernünftig! Was können wir schon tun?«

»Ich zeige das Verschwinden einer nordamerikanischen Besucherin Brasiliens an –«

»Na schön, jetzt haben Sie's angezeigt! Sollte sie ins Polizeirevier marschieren, werde ich ihr mitteilen, daß Sie nach ihr suchen!«

»Ich sehe nicht, daß Sie sich irgendwelche Notizen machen«, sagte Fletch unbeirrt. »Ich sehe nicht, daß Sie eine Anzeige aufnehmen.«

Die Augen des Sergeants wurden rund vor Verblüffung. »Sie wollen, daß ich eine Anzeige tippe?«

»Das würde ich erwarten, ja.«

»Ich soll eine Anzeige tippen, weil irgendeine Nordamerikanerin ihre Pläne geändert hat?«

»Es sollte eine Anzeige aufgenommen werden«, beharrte Fletch. »Jede Polizeistation auf der Welt –«

»Also gut!« Der Sergeant öffnete seine Schreibtischschublade. »Ich werde eine Anzeige tippen! Genau wie Sie's sagen!« Er nahm einen Schlüssel aus der Schublade. »Sie verlangen, daß ich eine Anzeige tippe, also werde ich eine Anzeige tippen!« Er hatte sich erhoben, ging zu dem Aktenschrank und steckte den Schlüssel ins Schloß. Zuerst schloß er die oberste, dann die mittlere Schublade auf. »Alles, um die Touristen bei Laune zu halten!«

Aus der untersten Schublade holte er ein Farbband, das ungefähr genauso alt zu sein schien wie die Schreibmaschine.

Der Sergeant blies den Staub von dem Farbband.

»Bemühen Sie sich nicht.« Fletch stand auf. »Ich habe schon verstanden.«

Von der Telefonzelle auf dem Trottoir vor dem Polizeirevier rief Fletch Teodomiro da Costa an.

Teo nahm selbst den Hörer ab.

»Teo? Fletch hier. Ich wußte, wenn Sie schlafen würden, hätte Ihr Diener es mir gesagt.«

»Ich muß auf einige Telexe aus Japan warten. Ich bereite den Verkauf einiger Yen vor.«

»Teo, diese Frau, von der ich Ihnen gestern morgen kurz erzählt habe, diese Nordamerikanerin, ist immer noch verschwunden. Die Nachricht, die ich ihr im Hotel Jangada hinterließ, ist nicht abgeholt worden. Sie hat kein Geld, keinen Ausweis. Ich bin bei der Polizei gewesen. Da hat man mir erzählt, daß sie nichts tun können. Die Leute im Hotel Jangada wollen mich nicht in ihr Zimmer lassen. Vielleicht ist sie schwer krank, Teo, oder ...«

»Selbstverständlich, ich verstehe. Als erstes sollte man in ihrem Zimmer nachsehen. Sie war eine gesunde Frau, sagen Sie?«

»Sehr gesund. Sehr vernünftig.«

»Wo sind Sie jetzt?«

»Vor dem Polizeirevier.«

»Wir treffen uns im Hotel Jangada.«

»Teo, Sie sind die ganze Nacht wach gewesen.«

»Das geht schon in Ordnung. Möglicherweise handelt es sich hier um eine sehr ernste Angelegenheit, Fletch. Ich warte nur noch diese Telexe ab und komme dann gleich zum Hotel.«

»Danke, Teo. Ich werde in der Bar warten.«

20

»Wie heißt die Frau?«

»Joan Collins Stanwyk«, antwortete Fletch. »Zimmer neun-zwölf.«

Fletch war bei seinem zweiten *guaraná*, als Teo in der Tür zur Bar des Hotels Jangada erschien. Selbst Shorts und Tennishemd konnten der absoluten Distinguiertheit Teodomiro da Costas nichts anhaben.

An der Rezeption sprach Teo mit demselben Angestellten, mit dem Fletch gesprochen hatte.

Fletch hörte aus einiger Entfernung zu.

Klar und unmißverständlich stellte sich Teodomiro da Costa auf portugiesisch vor, erklärte die Situation, wie sie ihm bekannt war, und brachte sein Anliegen vor: daß man ihnen gestattete, im Zimmer 912 nachzusehen.

Wieder lehnte der Empfangschef mit aller zu Gebote stehenden Höflichkeit ab.

Der Wortwechsel wurde schneller. Teo sagte etwas; der Portier sagte etwas; Teo sagte etwas, wobei er liebenswürdig lächelte; der Portier sagte etwas.

Schließlich richtete sich Teodomiro da Costa stolz auf, ließ den Empfangschef sein Klappauge sehen und stellte jene rhetorische Frage, die in Brasilien magische Kraft besitzt, die alle Türen öffnet, aber auch alle Türen verschließt, die Dinge in Gang setzt – oder auch, je nach dem Wunsch des Fragestellers, unterbindet –, die die Leute auf ihre Plätze verweist: »*Sabe com quem está falando*? – Ist Ihnen eigentlich klar, mit wem Sie sprechen?«

Der Empfangschef schrumpfte in sich zusammen, holte anstandslos den Empfangsschlüssel für Zimmer 912 und ging zum Fahrstuhl voraus.

»Können Sie irgendwas entdecken, das nicht in Ordnung ist?« fragte Teo.

Während der Empfangschef an der Tür zur Suite 912 stand und mit dem Schlüssel in seiner Hand klapperte, hatten Teo und Fletch den Salon, das Schlafzimmer, Bad und Terrasse, soweit es ihnen möglich war, durchsucht.

»Nichts, überhaupt nichts«, antwortete Fletch. »Außer, daß Joan Collins Stanwyk nicht hier ist.«

Die Zimmer waren aufgeräumt, das Bad war unbenutzt, das Bett unberührt. Fletch hatte alle Schubladen und Schränke, ja sogar den

Medikamentenkasten, die Koffer und andere naheliegende Verstecke durchsucht, doch weder Geld noch Schmuck gefunden.

»Eins ist allerdings auffällig, Teo«, sagte Fletch. »Gestern morgen trug Joan einen lohfarbenen Hosenanzug und eine Seidenbluse. Ich kann weder den Hosenanzug noch die Bluse hier in der Suite entdecken.«

»Sie könnte sie in die Hotelreinigung geschickt haben. Sie wissen ja nicht, welche Kleider sie sonst noch hat.«

»Unwahrscheinlich. Sie wollte aus diesem Hotel ausziehen, sobald ich ihr das Geld gebracht hatte.«

»Dann ist es wahrscheinlich, daß sie irgendwo zwischen dem Yellow Parrot und hier verschwunden ist.«

»Ja.«

Der Empfangschef, der auf den Absätzen wippend an der Tür stand, ließ den Schlüssel an der Kette klappern.

»Was machen wir jetzt?« fragte Teo. »Sie sind der Reporter, erst seit kurzem außer Diensten.«

»Die Krankenhäuser überprüfen, meine ich.«

Teo überlegte einen Moment. »Es kommt eigentlich nur ein Krankenhaus in Frage, in das jemand, der zwischen dem Yellow Parrot und hier erkrankt oder verletzt worden ist, gebracht worden wäre. Das können wir überprüfen.«

Fletch sagte: »Dann wollen wir das auch tun.«

»Was machen wir jetzt?« fragte Teo erneut.

Sie standen in der Eingangshalle des Krankenhauses.

Teo hatte der Krankenhausverwalterin das mehr als vierundzwanzig Stunden zurückliegende Verschwinden einer blonden, durchaus gesunden Nordamerikanerin, der man bereits ihr Geld und ihren Ausweis gestohlen hatte, erklärt.

Die Verwalterin klagte über den Karneval, zeigte sich äußerst verständnisvoll, wenn auch nicht beunruhigt, und erlaubte Teo und Fletch, durch die sieben Stockwerke des Krankenhauses zu gehen und die Betten jeder in Frage kommenden Station zu überprüfen.

Die Verwalterin hatte gesagt, daß während des Karnevals viele Leute ohne Ausweis im Krankenhaus lägen und sie dankbar wäre, wenn jeder von ihnen identifiziert würde.

»Ich weiß es nicht.« Fletch hätte am liebsten vor Müdigkeit, vor Mutlosigkeit, vielleicht auch um nachzudenken, die Augen geschlossen.

»Mir fällt nichts ein, was wir sonst noch tun könnten«, sagte Teo.

»Mir auch nicht.«

»Manchmal muß man einfach nur etwas Zeit verstreichen lassen, abwarten ...«, sagte Teo.

»Vermutlich.«

»Sich die Dinge von selbst regeln lassen.«

»Sie könnte überall sein«, sagte Fletch. »Es könnte ihr alles mögliche zugestoßen sein. Sollte ich vielleicht alle Krankenhäuser in Rio überprüfen?«

»Das wäre unmöglich! Und anschließend vielleicht auch noch alle Hotels und Krankenhäuser und Gefängnisse in Brasilien, eins nach dem anderen? So alt können Sie gar nicht werden!«

»Vermutlich nicht.«

»Warten Sie ab, Fletch.«

»Danke, Teo. Tut mir leid, daß ich Sie behelligt habe.«

»Sie haben alles getan, was Sie im Moment tun können.«

»Ja ...«, sagte Fletch zweifelnd. »Vermutlich.

21

Bevor er die Vorhänge in seinem Zimmer im Hotel Yellow Parrot erneut zuzog, bemerkte er, daß der Mann von gegenüber seine Malerarbeit wieder aufgenommen hatte. »Wenn er nicht bald fertig ist«, murmelte Fletch vor sich hin, »gehe ich rüber und helfe ihm.«

Wieder im Bett, das Trommeln der zwei oder drei Sambacombos auf der Straße im Ohr, gab Fletch sich alle erdenkliche Mühe einzuschlafen. Er atmete lange tief und gleichmäßig, um seinen Körper davon zu überzeugen, daß er eingeschlafen war.

Doch sein Körper ließ sich nicht täuschen. Er war wach.

In seinem Kopf wimmelte es von wackelndem Fleisch, von Leuten, die als Kaninchen und Katzen, als Harlekine und Huren, als große Damen und kleine Mädchen, als Bettler und Barone, als Landstreicher und Lakaien, als Piraten und Priester verkleidet waren. *Klar, daß du nicht schlafen kannst,* hatte Laura gesagt. *Haben Sie schlafen können*? hatte Teo gefragt. *Nein? Das dachte ich mir.* Eine fette Königin von Saba, die Kekse aus einer Tüte ißt. Ein Mann, der mit einem langen Messer in der Brust ganz normal herumspaziert und der Polizei seelenruhig den Verlust seiner Kamera anzeigt.

Als er ins Hotel zurückgekehrt war, hatte Idalina Barreto auf dem Gehsteig vor dem Hotel gestanden, den Urenkel mit dem Holzbein neben sich und eine Art Stoffpuppe in der Hand.

Als er ins Hotel gehastet war, hatte sie hinter ihm her geschrien und ihm mit der Stoffpuppe gedroht.

Wieder zog er sich das Kissen über den Kopf. Wieder redete er sich beharrlich ein, daß er gleich einschlafen würde. Er dachte daran, wie müde seine Beine waren, vom Tanzen mit Jetta, vom ...

Es half nichts.

»Bum, bum paticum bum.«

Mühsam wälzte er sich aus dem Bett, öffnete erneut die Vorhänge. Er schlug die Nummer von Marilia Diniz im Telefonbuch nach.

»Prugurundum.«

Er wählte ihre Nummer. Es läutete fünfmal.

»Marilia? Guten Morgen. Hier spricht Fletcher.«

»Guten Morgen, Fletcher. Genießen Sie den Karneval?«

»Marilia, ich weiß, es ist Sonntagmorgen und Karneval; es ist unhöflich, daß ich Sie anrufe; aber ich muß unbedingt mit Ihnen reden. Ich habe seit Donnerstag kein Auge mehr zugetan.«

»Dann müssen Sie den Karneval genießen.«

»Das ist eigentlich nicht der Grund. Sind Sie zu beschäftigt? Können wir uns irgendwo treffen?«

»Jetzt gleich?«

»Wenn ich nicht bald zum Schlafen komme ... dann weiß ich nicht, was passieren wird.«

»Wo ist Laura?«

»Sie ist mir ihrem Vater nach Bahia gefahren. Sie will heute im Laufe des Tages zurückkommen.«

»Und Sie müssen mich sehen, bevor Sie schlafen können?«

»Ich denke ja. Ich muß unbedingt etwas begreifen, etwas tun. Ich brauche einen Rat.«

»Quält Sie etwas?«

»Ja, meine Begriffsstutzigkeit.«

»Kommen Sie her. Kennen Sie den Weg nach Leblon?«

»Ja. Ich habe Ihre Adresse aus dem Telefonbuch. Störe ich auch bestimmt nicht, wenn ich jetzt komme?«

»Ich nehme keine Notiz vom Karneval. Ich bin hier.«

»Ärger zwischen Ihnen und Laura?« fragte Marilia.

In ihrem kleinen, hinter einem hohen Holzzaun versteckten Haus führte Marilia Diniz Fletch in ein kleines Arbeitszimmer.

»Ich sah Sie gestern zusammen mit den Tap Dancers in einem Auto.«

Fletch wagte nicht, sie zu fragen, um welche Tages- oder Nachtzeit sie ihn gesehen hatte und ob alle Tap Dancers mit den Augenlidern geklimpert hatten. »Ich habe ihnen etwas Geld abgeknöpft, beim Pokern.«

An der Längsseite des Arbeitszimmers legte Marilia eine Diskette in einen Schreibautomaten. »Der brasilianische Mann«, sagte sie, »ist bekannt für seine Energie.«

»Das kommt von der ungeheuer energiespendenden Ernährung.«

»Der brasilianische Mann gibt nur langsam seine ... was? ... seine Infantilität auf.« Sie setzte den Schreibautomaten in Gang und sah einen Moment zu, wie er arbeitete. »Noch mit siebzig, achtzig ist der brasilianische Mann ein kleiner Junge.«

Der Schreibautomat begann ratternd ein Manuskript auszudrukken. »Entschuldigen Sie«, sagte Marilia. »aber das ist meine übliche Sonntagmorgenbeschäftigung. Da wird alles abgeschrieben, was ich die Woche über bearbeitet habe.« Sie ließ sich in einem bequemen Sessel in der Nähe ihres Schreibtisches nieder und bedeutete Fletch, sich auf ein zweisitziges Sofa zu setzen. »Früher hatte ich eine Schreibkraft, aber heute? Wieder ein Job weg. Teodomiro hat mir diesen Schreibautomaten besorgt.«

Fletch setzte sich.

»Sie sehen aber recht gesund aus«, sagte die blasse Marilia. »Um nicht zu sagen, blendend.«

»Ich bin heute morgen schon bei der Polizei gewesen. Eine Bekannte von mir aus Kalifornien kreuzte gestern frühmorgens in meinem Hotel auf. Sie war ausgeraubt worden. Ich sagte ihr, daß ich ihr umgehend Geld bringen würde. Auf dem Weg zwischen meinem und ihrem Hotel ist sie dann verschwunden.«

»Jaja, der Karneval ...«

»Richtig verschwunden, Marilia. Mit Teos Hilfe habe ich ihre Suite im Jangada überprüft. Ihre Kleider sind noch da. Sie hat kein Geld, keinen Paß, keine Kreditkarten, keinen Ausweis.«

»Sie haben recht, daß Sie sich Sorgen machen«, sagte Marilia. »Während des Karnevals kann alles mögliche passieren. Und passiert auch. Kann ich Ihnen irgendwie helfen?«

»Ich glaube nicht. Wir haben das für diesen Stadtteil in Frage kommende Krankenhaus durchsucht. Teo sagt, ich müßte einfach abwarten.«

»Warten ist schlimm.«

»Deswegen bin ich aber nicht zu Ihnen gekommen. Wie ich bereits am Telefon sagte, habe ich seit Donnerstag nicht mehr geschlafen.«

»Während des Karnevals schläft niemand.« Dann sagte Marilia: »Dann hätten Sie wohl gerne eine Tasse Kaffee.«

»Nein, danke. Haben Sie von dieser alten Frau gehört, die behauptet, ich wäre ihr ermordeter und wieder von den Toten auferstandener Ehemann?«

»Irgendwer machte eine Bemerkung darüber, neulich abends bei Teo.« Marilia sah rasch zu ihrem Schreibautomaten. »Erzählen Sie mir davon.«

»Also gut.« Fletch steckte seine Hände unter die Oberschenkel. »Als Sie, Laura und ich am Freitagnachmittag in diesem Café an der Avenida Atlântica etwas tranken, kam eine alte Frau in einem langen weißen Gewand auf dem Bürgersteig daher und entdeckte mich offenbar. Sie blieb in der Nähe des Bordsteins stehen und starrte mich an, bis wir gingen. Haben Sie sie zufällig bemerkt?«

»Leider nicht.«

»Sie war ja auch hinter Ihnen.«

»War es wegen der alten Frau, daß Sie plötzlich unter dem Tisch verschwanden?«

»Nein. Wegen der anderen Frau, der aus Kalifornien, die gerade in dem Augenblick die Straße entlang kam. Ich war überrascht, sie zu sehen.«

»Die Frau, die seitdem verschwunden ist?«

»Ja.«

Marilia stand auf und überprüfte ihren Schreibautomaten, überflog das ausgedruckte Manuskript.

»Als Laura und ich den Vorhof des Yellow Parrot betraten, sprang diese alte Hexe aus den Büschen auf uns zu. Sie zeterte und zeigte mit dem Finger auf mich. Laura sprach beruhigend auf sie ein.« Marilia setzte sich wieder hin und hörte Fletch ausdruckslos zu. »Die alte Frau sagte, daß sie mich wiedererkannt hätte. In einem früheren Leben wäre ich ihr Ehemann gewesen, Janio Barreto. Vor siebenundvierzig Jahren, als ich etwa so alt gewesen wäre wie jetzt, hätte man mich ermordet, und nun müßte ich ihr verraten, wer mich damals ermordete.«

Marilia sagte nichts.

Fletch sagte: »Laura sagte zu mir: ›Du wirst zweifellos nicht eher zur Ruhe kommen, bis du es getan hast.‹«

»Und Sie sind nicht zur Ruhe gekommen.«

»Ich habe nicht geschlafen.«

»Sie meinen, die alte Frau hätte Sie verflucht?«

»Marilia, sie lungert vor meinem Hotel herum, macht sich jedesmal, wenn ich rein oder raus gehe, an mich ran. Sie schleppte ihre Urenkel zum Hotel, damit sie mich kennenlernen. Heute morgen stand sie auf dem Bürgersteig, schrie mich an und drohte mir mit einer Art Voodoo-Puppe.«

»Eine *calunga*-Puppe.«

»Was auch immer.«

Der Schreibautomat beendete seine Arbeit und stellte sich automatisch ab.

Marilia sagte: »Eine interessante Geschichte.«

»Keiner will mir helfen, das alles zu verstehen«, sagte Fletch. »Otavio Cavalcanti will keine meiner Fragen beantworten, egal welche. Er nickt nur und sagt ja. Teo sagt, er verstünde das auch nicht, wüßte nicht, was man da tun könne. Ich kann nicht erkennen, ob sich Toninho Brage über die Geschichte lustig macht oder ob er sie irgendwie doch ernst nimmt. Was das Schlimmste ist, ich kann Laura in keiner Beziehung verstehen. Sie ist doch eine intelligente Frau, eine Konzertpianistin. Was ich bisher gemacht oder erlebt habe, scheint sie überhaupt nicht zu interessieren, aber diese Janio-Barreto-Sache scheint sie irgendwie für glaubwürdig zu halten.«

Marilia seufzte. »Jaja, Brasilien.«

»Ich kann nicht feststellen, ob sich alle hier so was wie einen ausgeklügelten Scherz mit mir erlauben, mich bluffen wollen.«

»Was glauben Sie?«

»Ich weiß es nicht. Laura sagt, daß ich nicht eher zur Ruhe käme, bis ich diesen Mörder entlarvt hätte, und sie hat recht. Teo deutete an, daß er nicht überrascht wäre, daß ich nicht schlafen könne. Die Tap Dancers erwarten erst gar nicht, daß ich schlafe. Wie kann ich denn herausfinden, was eine Generation vor meiner Geburt in Rio de Janeiro passiert ist? Soll ich vielleicht an mangelndem Schlaf sterben?«

»Hat die alte Frau gesagt, daß Sie nicht eher schlafen würden, bis Sie ihr geantwortet hätten?«

»Keine Ahnung. Laura hat ja mit ihr gesprochen. In einem Portugiesisch, das meinen Horizont weit überstieg. Ich glaube, daß die alte Frau so was gesagt hat. Wie hätte Laura denn sonst darauf kommen sollen?«

»Und Sie glauben das alles?«

»Natürlich nicht. Aber diese Schlaflosigkeit bringt mich fast um den Verstand.«

Marilias Augen wanderten über die Bücherregale in ihrem Arbeitszimmer. »Wie lautet die Frage?«

»Erstens: Könnte das alles ein ungeheuerlicher, grober Scherz sein, den sich Laura und die Tap Dancers mit mir erlauben? Die Tap Dancers schienen bereits alles darüber zu wissen, ehe sie mich überhaupt kennenlernten.«

»Könnte sein.«

»Sie sind alle miteinander befreundet. Ich bin der Fremde. Es dürfte doch sicherlich nicht allzu schwer sein, eine alte Frau, ein paar Kinder und einen zehnjährigen Jungen mit einem Holzbein anzuheuern, oder?«

Marilia runzelte die Stirn. »Einen kleinen Jungen mit einem Holzbein?«

»Ja. Angeblich der Urenkel. Heißt Janio Barreto, versteht sich.«

»Es könnte aber auch sein«, sagte Marilia leise, »daß Sie Janio Barreto sind und vor Jahrzehnten ermordet wurden und nun nach Rio zurückgekehrt sind, um Ihren Mörder zu entlarven.«

Fletch starrte sie an. »Sind Sie etwa auch in diese Sache verwickelt?«

»Fletcher, mein neuer Freund aus Nordamerika, Sie müssen begreifen, daß die meisten Menschen auf dieser Welt an Reinkarnation glauben, auf die eine oder andere Art.« Marilia stand auf und ging zu ihrem Schreibautomaten.

Sie begann die Seiten ihres Manuskripts herauszuziehen und zu stapeln.

»Marilia, darf ich Sie darauf aufmerksam machen, daß in der Zeit, in der Sie und ich in diesem Zimmer saßen und über Geister und Flüche und *calunga*-Puppen redeten, dort in der Ecke ein großartiges Beispiel moderner Technologie nahezu geräuschlos Ihr Manuskript getippt hat?«

»Das man in Ihrem Land nicht lesen wird.« Sie legte den Stapel neuer Blätter unter ein Manuskript auf ihrem Schreibtisch. »In den Vereinigten Staaten von Nordamerika werde ich nicht übersetzt und verlegt. Die Verleger, die Leute dort haben eine andere Vorstellung von Realität, von dem, was wichtig ist, was die Menschen berührt, was mit dem Leben und Tod geschieht.« Sie setzte sich in ihren weichen Sessel. »Haben Sie wenigstens gefrühstückt?«

»Ja.«

»Also, was sollen wir tun?«

»Sagen Sie mir rundheraus, ob ich diese Sache ernst nehmen sollte.«

»Es ist eine ernstzunehmende Sache, wenn Sie nicht schlafen. Wenn Sie nicht schlafen, kann es passieren, daß Sie ganz krank werden oder Ihren Wagen gegen einen Laternenpfahl setzen.«

»Marilia, ich habe in meinem bisherigen Leben ja schon manches gemacht und erlebt, aber mit so etwas habe ich keinerlei Erfahrung. Ich war als Reporter für eine Zeitung tätig, hatte mit realistischen Themen zu tun, mit Polizeikorruption ...«

»Ist dies etwa nicht realistisch?«

»Kann es etwa realistisch sein, daß ich vor siebenundvierzig Jahren ermordet wurde? Daß ich aus dem Grab auferstanden bin?«

Marilia lachte leise vor sich hin. »Realität ist, daß Sie nach Rio de Janeiro zurückgekommen sind. Realität ist, daß irgendeine alte Frau das glaubt. Realität ist, daß Sie nicht schlafen. Jaja, der Karneval!« sagte Marilia. »Im Karneval verlieren die Leute den Verstand!«

»Ich habe nicht die Absicht dazuzugehören.«

»Gegensätzliche Realitäten in Einklang bringen«, zitierte Marilia offensichtlich aus irgend etwas. »Was raten Ihnen Ihre Ausbildung und Erfahrung als Reporter und Journalist in einer Situation zu tun, die Ihnen merkwürdig vorkommt?«

Fletch überlegte kurz. »Herauszufinden, was dahintersteckt.«

»Meine Erfahrung rät mir das gleiche. Also werden wir jetzt losziehen und herausfinden, was dahintersteckt. Wo wohnt die Barreto-Familie?«

»Irgendwer erwähnte ... Toninho erwähnte ... Santos Lima. Toninho sagte, ich hätte in der *favela* Santos Lima gewohnt.«

»Dann fahren wir dorthin.« Marilia erhob sich und nahm einen Schlüsselbund von ihrem Schreibtisch. »Finden wir heraus, was dahintersteckt.«

22

»Sind Sie schon mal in einer *favela* gewesen?« fragte Marilia.

»Ich bin schon mal in Slums gewesen. In Los Angeles, New York, Chicago.«

Sie waren langsam am Hotel Yellow Parrot vorbeigefahren, aber niemand von der Familie Barreto hatte vor dem Hotel gewartet.

Auf Anweisung von Marilia hatte Fletch den MP an einer Straße ein paar Häuserblocks vom Beginn der *favela* entfernt geparkt.

»Vergangene Woche hat unsere Industriestadt São Paulo zehntausend Volkswagen produziert«, sagte Marilia. »Und zwölftausendachthundertfünfzig Babys. Das ist die Realität Brasiliens.«

Die *favela* Santos Lima zog sich direkt an einem Berghang nicht allzuweit vom Zentrum Rio de Janeiros entfernt hoch. Sie bestand größtenteils aus Hütten, die aus verschiedenartigen Materialien wie hier und da gefundenen Holzabfällen, Pappkartons, Teerpappe usw. zusammengestückelt waren. Es gab Dächer, die aus über hundert Holz-, Blech- und Aluminiumteilen angefertigt sein mochten. Und überall hatte man Löcher mit flachgehämmerten Blechdosen geflickt. Dazwischen standen ein paar alte, solide gebaute, wenn auch winzige Häuser, von denen die meisten irgendwann einmal weinrot, dunkel- oder hellgrün gestrichen worden waren. Manche der kleinen Läden, die vor allem Reis, Bohnen und *chope* verkauften, sahen ziemlich stabil aus. Wie in den meisten Wohngebieten machten die Häuser einen solideren, einen etwas wohlhabenderen Eindruck, je höher sie in der *favela* standen. Die Abwässer aus den höhergelegenen Häusern flossen verdreckte Straßen hinunter und sammelten sich unter den tiefergelegenen Häusern.

Als sie die *favela* betraten und hinaufzuklettern begannen, plärrte ihnen von allen Seiten Radiomusik entgegen. In einer nahe gelegenen Hütte, einem Lattenverschlag genaugenommen, wurde gerade eine Sambatrommel gestimmt. Weiter entfernt konnte man eine große *bateria* von Schlagzeugen beim Üben hören.

Marilia Diniz und Fletch erregten erhebliches Aufsehen. Fast im Nu waren sie von dreißig, vierzig, fünfzig kleinen Kindern umrundet, die barfuß in dem Unrat und Abwasser herumliefen. Die Zähne von einigen der älteren Kinder waren zu Stümpfen verfault. Nur ein paar der sehr Kleinen hatten die bei Unterernährung typischen Bäuche und dürren Beine. Im allgemeinen waren die Körper der Kinder, die über sechs Jahre und damit alt genug waren, für sich selbst zu sorgen und nach Verwertbarem zu wühlen, zwar mager, aber wohlgeformt und so wendig wie Fische im Wasser. Ihre Finger zupften an Marilia und Fletch; ihre Stimmen bettelten leise. Doch ihre Augen strahlten zumeist.

»Gut über die Hälfte der Bevölkerung Brasiliens ist unter neunzehn Jahre alt«, sagte Marilia. »Und davon ist wiederum die Hälfte schwanger.«

Dann fragte Marilia die Kinder nach dem Weg zu Idalina Barretos Haus. Als Antwort kämpften sie um ihre Hand, um sie hinzuführen.

Fletch folgte ihnen mit seiner eigenen Horde Kinder nach. Vielleicht ein Dutzend Mal spürte er, wie ihre Hände in die leeren Taschen seiner Shorts hinein- und wieder herausschlüpften.

Die Frauen sahen durch ihre türlosen Türen und fensterlosen Fenster ohne erkennbaren Ausdruck auf ihren verhärmten Gesichtern zu ihm hin. Ihre weder freundlichen noch unfreundlichen, auch nicht sonderlich neugierigen Mienen waren eher ein Zeichen dafür, daß sie über ihn nachdachten, über seine Welt, von der sie dann und wann einen flüchtigen Blick erhaschten, über die großen, sauberen Gebäude, in denen er gelebt hatte, die Flugzeuge, in denen er geflogen war, die Restaurants, in denen er gespeist hatte, über die Annehmlichkeiten seines Lebens, die Autos, Telefone, Klimaanlagen. Es sprach wenig Neid aus ihrem Blick, nicht mehr Neid als darauf, daß sie nicht an Schnee gewöhnt waren. Er lebte in einer anderen, einer völlig anderen Welt, so verschieden von ihrer, als hätte er auf der Venus oder dem Mars gelebt: zu verschieden von ihrer Welt, um Neidgefühle zu wecken.

Von einer Bartheke unter einem Blechdach rief ein Mann Fletch auf portugiesisch zu: »Komm her! Ich spendier' dir ein Bierchen!«

»Danke«, antwortete Fletch auf portugiesisch. »Vielleicht später!«

Und während er durch ihre Welt lief, machte sich Fletch natürlich Gedanken über ihr Leben. Ein Leben, dem es an allem mangelte, was er kannte, selbst an ein wenig Geld, an Privatleben, an Maschinen und in den meisten Fällen auch an Arbeit; ein Leben, dem es an allem mangelte außer an Gemeinschaft. Und er fragte sich, ob er imstande wäre, sich an ein solches Leben zu gewöhnen, aber ebenso hätte er sich fragen können, ob er imstande wäre, sich an ein Leben auf dem Jupiter oder Saturn zu gewöhnen.

Als sie an einer kleinen Behausung vorüberkamen, richtete eine zahnlose, kahlköpfige alte Frau in einem Schaukelstuhl ihre rheumatischen Augen auf Fletch. *»Janio!«* kreischte sie. *»Janio Barreto!«*

Sie versuchte, aus ihrem Stuhl aufzustehen, plumpste jedoch wieder zurück.

Fletch lief einfach weiter.

Als sie um die Ecke eines recht ansehnlichen rosa Hauses bogen, erspähte Fletch vor ihnen auf dem schmutzigen Weg den jungen Janio Barreto, der auf seinem Holzbein davoneilte – zweifellos um die Nachricht zu verbreiten, daß Fletch im Anmarsch war.

Das Heim der Barretos lag nicht sehr weit oben in der *favela.*

Idalina Barreto stand hochaufgerichtet, die Hände in die Hüften gestemmt, in der Tür ihres Heimes. Janio und andere kleine Kinder hielten sich vor dem Haus auf. Idalinas Augen wurden schmal, als Marilia und Fletch näher kamen.

»Bom dia«, sagte Marilia und stellte sich vor. Sie erklärte, daß sie gekommen wären, um alles über Janio Barreto zu erfahren und darüber, was ihm vor siebenundvierzig Jahren zugestoßen war.

Die Alte deutete auf Fletch und stellte mit ihrer krächzenden Stimme irgendeine Frage, die ihn betraf.

Marilia sagte: »Sie möchte wissen, ob Sie ihr erzählen werden, was passierte. Warum Sie ermordet wurden und wer Sie ermordete.«

Marilias Gesicht zeigte keine Spur von Humor oder Ironie.

Müde, leicht schwindlig von der hellen Sonne, umrundet von einem Schwarm flüsternder Kinder, schüttelte Fletch den Kopf. »Ich weiß es nicht.«

Als Idalina Barreto Marilia und Fletch in ihr Heim führte, schickte sie einige Kinder mit dem Auftrag los, etliche Verwandte zu suchen und herzubringen.

Das Innere des Hauses war ein Hohlraum, der zum Schutz gegen einige der Naturgewalten von Wänden umgeben war, die aus zahlreichen Brettern unterschiedlicher Form und Größe bestanden und unter einem Blechflickendach in unterschiedlichen Winkeln zusammengenagelt worden waren.

Die Einrichtung war untadelig. Der Lehmboden war einigermaßen trocken und frisch gekehrt. Teller, Pfannen, Tassen und Gläser in der Nähe der Waschschüssel funkelten. Auf einem runden, gescheuerten Tisch in der Mitte des Raums lag eine hübsch bestickte Decke, auf der eine Vase mit frischen Blumen stand. Die *calunga*-Puppe lag ebenfalls auf dem Tisch. An den Wänden verteilt standen Stühle unterschiedlicher Machart und Größe.

An einer Wand, zu beiden Seiten eines Transistorradios, hingen Zeitschriftenbilder von Jesus und dem Papst.

Vor dem Haus sammelte sich eine große Menschenmenge an.

Marilia sagte: »Idalina würde gerne wissen, ob Sie Kaffee möchten.«

»Ja. Ich danke ihr.«

Idalina wedelte mit dem Handgelenk, und weitere Kinder flitzten nach draußen.

Dann setzte sie sich in einen Holzstuhl mit hoher Rückenlehne und breiten Armstützen und raffte den Saum ihres langen weißen Gewandes um ihre Fußknöchel.

Mit einer ausladenden Handbewegung bedeutete sie Marilia und Fletch, sich auf Stühle ihrer Wahl zu setzen. Fletch suchte sich einen niedrigen Küchenstuhl aus.

Während sie schweigend warteten, brachten ihnen Kinder Tassen mit sehr starkem, sehr süßem Kaffee.

Einige Erwachsene kamen in den Raum, vier Frauen, zwei Männer. Sie wurden Fletch als Idalinas Kinder und Enkel vorgestellt.

Fletch stand auf, um jeden von ihnen zu begrüßen, verstand aber ihre Namen nicht richtig.

Alle starrten ihn mit runden Augen an. Keiner schien normal atmen zu wollen oder zu können. Sie zogen sich in den Hintergrund des Raumes zurück und setzten sich.

Endlich erschien derjenige, auf den offensichtlich alle gewartet hatten: ein Mann in den Fünfzigern, ohne Hemd, in sauberen schwarzen Shorts und Sandalen. Sein Haar war ordentlich gekämmt.

»Ich spreche Englisch«, sagte er und schüttelte Fletchs Hand. »Ich bin Janio Barreto Filho. Ich habe viele Jahre in Copacabana als Kellner gearbeitet.« Für einen langen, atemlosen Moment starrte er Fletch in die Augen, dann sagte er, der alt genug war, um Fletchs Vater zu sein: »Ich bin dein Sohn.« Mit einer einzigen Bewegung riß er Fletch in seine Arme und preßte ihn an sich. Fletch vernahm ein unterdrücktes Schluchzen an seinem Ohr. »Wir sind ja so froh, daß du zurückgekommen bist.«

23

»Ich werde englisch sprechen, so gut ich kann«, sagte Janio Barreto Filho. »Wie mir Mutter sagt, möchtest du, daß ich dir die Geschehnisse von damals wieder in Erinnerung rufe.«

»Ja«, sagte Fletch. »Bitte.«

»Wenn es dir dabei helfen wird, uns zu sagen, wer dich ermordet hat . . .«

Barreto Filho setzte sich auf einen gepolsterten Stuhl an der rückwärtigen Wand des Hauses. Idalina Barreto thronte majestätisch auf ihrem hochlehnigen Stuhl an der Längswand. Fletch und Marilia saßen an der gegenüberliegenden Wand.

Auf den restlichen Stühlen hatten erwachsene Verwandte Platz genommen. Vier standen in der Nähe der Tür. Auf dem Lehmboden saßen Kinder. In den Fenstern drängten sich Leute, die zuhören wollten.

Vor dem Haus hatte sich eine große Menschenmenge eingefunden.

Irgendwo in der Nachbarschaft wurde ein laut plärrender Fernsehapparat abgeschaltet.

Nur die übenden Trommler waren natürlich noch zu hören.

Während Janio Barreto Filho sprach, wurde er immer wieder von seiner Mutter und anderen Erwachsenen in und vor dem Haus unterbrochen, gefragt, erinnert und korrigiert. Marilia half, die schwierigen Teile zu übersetzen.

Obwohl der Raum unter dem sonnenbeschienen Blechdach immer heißer, die Luft immer stickiger wurde, hörte Fletch konzentriert zu und fügte das Gehörte in Gedanken zu einer fortlaufenden Erzählung zusammen, die er später, wenn er allein war, in allen Einzelheiten analysieren wollte.

»Vielleicht ist dies die Geschichte eines Vaters«, sagte Janio Barreto Filho, »der vielleicht recht gehabt hat. Nach all den Jahren möchte meine Mutter endlich die Wahrheit wissen.

Mein Vater, Janio Barreto, war ein gutaussehender Mann, blondhaarig und hellhäutig, gut gebaut, sehr lebenslustig, angeblich der beste Tänzer in der ganzen *favela*, vielleicht sogar von ganz Rio de Janeiro. Zumindest sagen die Leute, daß sie ihm am liebsten zugesehen hätten. Manchmal, wenn ich in den Hotels von Copacabana junge Nordamerikaner, auch den einen oder anderen Chilenen oder Argentinier bediente, habe ich an ihn gedacht, weil er mir immer so wie diese beschrieben wurde, blond und hellhäutig und so uninteressiert an den weniger schönen Seiten des Lebens wie eine reicher Mensch.

Es heißt, daß er aus der Nähe São Paulos stammte, vielleicht der Nachkomme eines jener Nordamerikaner aus dem Süden der Vereinigten Staaten war, die am Ende eures Bürgerkrieges in dieses Gebiet kamen, weil sie hofften, dort als Plantagen- oder Sklavenbesitzer weiterleben zu können. Viele solcher Leute kamen, und da unsere Frauen so schön und verführerisch sind, dauerte es natürlich nicht lange, bis auch sie zur brasilianischen Bevölkerung zählten, und weil ihre Kinder schwarzes und indianisches Blut hatten, konnten sie ihre Brüder und Schwestern nicht länger in Leibeigenschaft halten.

Du aber warst von Natur aus hell und bist in die *favela* Santos Lima gefegt wie ein willkommenes Gewitter mitten im heißen Winter und hast deine Blitze überallhin geschleudert. Warum du hierherkamst, könntest du uns jetzt vielleicht erzählen.

Du warst vierzehn oder fünfzehn, als du herkamst, voller Vitalität, hast immer gelacht und gelächelt, warst hier und dort und überall zugleich. Sobald du in der *favela* warst, konnte keiner genug Neuigkeiten von dir erfahren: *Wo ist Janio? Was hat Janio jetzt gemacht? Hast du gehört, was Janio letzte Nacht gemacht hat?* Wenn die langen Hosen des korrupten Polizisten an der Statue des heiligen Franziskus klebten, wenn das neue Fahrrad des Krämers im Schlafzimmer des Bordells gefunden wurde, wenn sich die Scheiße plötzlich rund um das große Haus staute, das ein paar der Gläubigen für den strengen nordamerikanischen Missionar gebaut hatten, dann wußte jeder, daß du das getan hattest, und lachte mit dir darüber und strich dir über dein blondes Haar.

Jedes Mädchen, mit dem du es getrieben hast, gewann in der *favela* an Ansehen. Ich nehme an, daß einige Mädchen in dieser Hinsicht gelogen haben, denn mir – einem Mann, der das Leben genau wie jeder andere genießt – erscheint es unmöglich, daß ein einziger Junge so vielen Mädchen zu derartigem Ansehen verholfen haben soll. In meiner eigenen Jugend hat man da von mir, deinem legitimen Sohn, viel zuviel erwartet. Wenn ich die Straße hinunterging, mußte ich mich nicht nur vor den Mädchen, sondern auch vor deren Müttern in Sicherheit bringen. Wahr ist allerdings, daß die *favela* Santos Lima bekanntermaßen wesentlich mehr blonde Menschen aufzuweisen hat als jede andere *favela* in Rio de Janeiro.

Natürlich hast du Freunde um dich geschart, eine Bande von drei oder vier Jungs, von denen zwei Idalinas Brüder waren. Tagsüber habt ihr euch die Zeit damit vertrieben, an den Stränden Ringkämpfe zu veranstalten, zu schwimmen und Fußball zu spielen, nachts habt ihr getrunken und getanzt und gespielt, das Ansehen von Mädchen gesteigert und Unheil gestiftet.

Nun war Idalinas Vater jedoch ein hochanständiger Mann. Obwohl er als Straßenbahnführer arbeitete, hat er sein Leben damit verbracht, sich als Buchhalter auszubilden. Es gelang ihm zwar nie, als Buchhalter Arbeit zu finden, aber er bereitete sich darauf vor. Zumindest aber war es sein innigster Wunsch, daß auch seine Söhne einmal daran denken könnten, den Beruf eines Buchhalters zu ergreifen.

Er teilte die allgemeine Vergötterung Janio Barretos in der *favela* nicht. Er war der Meinung, daß du seine Söhne auf Abwege führst, ihnen ein lustiges Leben bereitest, das ihrer Natur nicht entsprach beziehungsweise mit dem Gedanken an den Beruf eines Buchhalters nicht vereinbar war.

Über Leute, die er in der Sambaschule kennenlernte, gelang es ihm schließlich, seinen Söhnen Arbeit auf einem Fischerboot zu verschaffen. Aber die alten Männer, denen das Fischerboot gehörte, stellten die für den alten Fernando höchst ärgerliche Bedingung, daß sie seine Söhne nur dann als Gehilfen einstellen wollten, wenn sie auch Janio Barreto einstellen könnten. Ob sie dabei von dem Gedanken geleitet wurden, meine Onkels brauchten deinen Ansporn und deine Intelligenz, obwohl du doch als Binnenländer zunächst keine Ahnung vom Meer hattest, oder ob die Älteren meinten, wenn sie dich aufs Meer bekämen, dann hielten sie dich für einige Stunden in der Woche von der *favela* fern und könnten so das Unheil und den Bevölkerungszuwachs verringern, oder ob sie, indem sie deine Arbeitgeber wurden, als erste von deinen Streichen erfahren und erzählen wollten, ist mir nicht bekannt. Um seinen Söhnen eine Stellung zu verschaffen, blieb Fernando nichts anderes übrig, als zuzustimmen.

So gingst du also mit den Brüdern Gomes auf das Fischerboot, und bald wurden Geschichten erzählt von einem toten, kalten, anderthalb Meter langen Fisch, der dem überzeugtesten Junggesellen in der *favela* ins Bett gelegt worden war, während er schlief (man erzählte sich, daß er nie wieder in seinem Bett geschlafen oder Fisch gegessen hätte), und von einem Fischerbootwettrennen, das einen älteren Kapitän, den du unbarmherzig verspottet hattest, dazu brachte, so unbedingt und um jeden Preis gewinnen zu wollen, daß er seinen eigenen Liegeplatz unter vollen Segeln mit derart hoher Geschwindigkeit rammte, daß sein Boot zersplitterte.

Fernando nahm dies alles mit Resignation hin. Seine Söhne hatten wenigstens Arbeit, und es bestand die Hoffnung, daß sie, wenn sie erst einmal eine Weile hart auf See gearbeitet hatten, auf die Idee kommen würden, Buchhalter zu werden.

Als du jedoch anfingst, seiner Tochter Idalina nachzusteigen, mit ihr durch das Fenster turteltest, das ganze Dach des Hauses mit Blumen bestreutest, die du auf dem Friedhof gestohlen hattest, geriet Fernando in Wut.

Auch fand er es gar nicht komisch, als du in der Nacht seines Namenstages, in der er vielleicht ein wenig zuviel getrunken hatte und wie betäubt im Bett lag, daherkamst und ihm seinen Schnauzbart, aber nur zur Hälfte, abrasiertest.

Dann, im Alter von achtzehn, wenn die meisten jungen Männer es für klug und angemessen halten, keine großen Ansprüche zu stellen, teiltest du, offensichtlich angestachelt von Fernandos offener Ablehnung deiner Person, der gesamten *favela* deine Absicht mit, Idalina zu deiner Frau zu machen.

Die *favela* war entzückt. Sie wußten, daß dir die Heirat nicht schaden, dich nicht bremsen oder weniger unterhaltsam machen würde.

Idalina war entzückt. Es störte sie nicht, daß sie den lebenslustigsten Burschen in der *favela* heiraten würde oder daß die ehelichen Bande mit dir eigentlich aus Gummi hergestellt sein müßten.

Fernando versank wochenlang in eine derartige Trübsal, daß er darüber sogar die Buchhaltung vergaß. Er brachte seine Zeit damit zu, auf Idalina aufzupassen. Er diskutierte mit der Luft.

›Bin ich denn der einzige vernünftige Mensch auf der Welt, der erkennt, daß Janio Barreto ein schlimmer Bursche ist und nicht zu meiner Idalina paßt. Er hat mir schon genug damit angetan, daß er meine Söhne davon abhielt, in Aktiva und Passiva zu denken! Warum will er unbedingt eine Ehefrau, wenn er doch alle Mädchen in der *favela* haben kann, die sich seinetwegen gegenseitig anspucken? Er wird nie aufhören damit! Will er etwa nur deswegen meine Tochter heiraten und sein wildes Leben beibehalten, um mich zu quälen? Für ihn ist es genauso natürlich, Ehemann zu sein, wie für einen Kater, einen Lastwagen zu ziehen!

Idalina, er ist nichts wert! Bei den ersten alltäglichen Schwierigkeiten wird er fortlaufen! Ich möchte nur wissen warum! Wenn ein Mann einmal von zu Hause fortgelaufen ist, dann kann man ihm nie mehr vertrauen! Er wird wieder fortlaufen!

Glaub mir, eines Tages wird er zusammengeschlagen in der Gosse landen! Auf solch einen Ehemann wird man nicht stolz sein können!

Vielleicht sogar tot! Eines Tages wird ihm jemand ein Messer in den Rücken stoßen, und das wird dann das Ende deines Ehemanns Janio Barreto und deiner Ehe sein!‹

Die meisten in der *favela* standen natürlich auf der Seite des jungen Liebespaares, denn Leute, die nicht direkt in eine Situation verwickelt sind, denken immer mehr mit dem Herzen als mit dem Kopf, und während Fernando seinen düsteren Gedanken nachhing, wurdest du mit Idalina verheiratet.

Nun warst du, wie du dich sicher erinnern wirst, nicht nur dafür bekannt, besser und ausdauernder zu tanzen als irgendwer sonst, wofür du obendrein noch maßlos bewundert wurdest, sondern du hast auch viele neue Dinge über den Kampftanz, die *capoeira*, in die *favela* eingebracht. Denn diese Kunst wurde ja ursprünglich im Landesinnern entwickelt. Du hast die jungen Männer in Santos Lima mehr über die *capoeira* gelehrt, als die Menschen in all den anderen *favelas* von Rio wußten.

Zu jener Zeit wurde damit begonnen, die Karnevalsparade mehr zu organisieren und aus dem einfachen Straßenwettbewerb zwischen den *favelas* die mehr offizielle Veranstaltung und Attraktion zu machen, die sie heute ist. Wegen ihrer Truppe von *capoeiristas*, die du trainiert hattest, wurde die Sambaschule von Santos Lima sofort die berühmteste. Noch immer genießt Santos Lima den Ruf, die beste *capoeira*-Gruppe in Rio de Janeiro zu haben.

Doch die erste Prophezeiung von Fernando erfüllte sich.

In jenem Jahr kehrtest du nicht sofort vom Karneval zurück. Noch Tage später wurdest du vermißt.

Endlich kamst du von irgendwoher aus der Stadt nach Santos Lima zurück. Es war unübersehbar, daß man dich verprügelt hatte, und zwar ziemlich schlimm. Dein Körper war schwarz vor Blutergüssen. Auf deinen Oberarmen und Schultern waren Messerwunden. Dein Gesicht war so verbeult und zerschunden wie das Bett eines fünf Jahre verheirateten Ehepaares. Du schlepptest dich heim wie ein geprügelter Hund. Du warst eindeutig zusammengeschlagen in der Gosse gelandet.

Die Leute unterhielten sich flüsternd über die Veränderung, die mit dir vorgegangen war. Schweigend hocktest du in deinem kleinen Haus und lecktest deine Wunden. Über das, was geschehen war, verlorst du nie ein Wort. Du sprachst mit keinem Menschen. Nirgendwo in der *favela* hörte man mehr dein Lachen. Du gingst niemals aus und brüskiertest Idalina durch dein Zusammensein mit anderen Frauen derart, daß Idalina allmählich ihren Stolz auf dich einbüßte.

So haben mir meine Mutter und meine Onkels die Geschichte erzählt. Beginnst du, dich wieder an dein Leben zu erinnern?

Dann erfüllte sich Fernandos zweite Prophezeiung.

Nachdem du fast die ganze Fastenzeit über, ohne zu arbeiten, ohne zu spielen, ruhig zu Hause gesessen hattest, standst du plötzlich auf und gingst, ohne etwas mitzunehmen außer deinen um die Taille gegürteten Arbeitsshorts, grußlos die *favela* hinunter und verschwandest. Du liefst einfach fort.

Alle waren überzeugt, du wärst für immer verschwunden. Und mit dir verschwand auch das Lachen aus der *favela*.

Alle bemitleideten Fernando, weil ihm nun eine verlassene Tochter und zwei kleine Enkel auf der Tasche lagen, und gratulierten ihm, weil seine Prophezeiungen richtig gewesen waren.

Doch im folgenden Winter, neun Monate später, kamst du zurück. Du segeltest in die Guanabara Bay in einem Fischerboot ein, das, wie du sagtest, dein eigenes wäre, ein großes Boot, zehn Meter lang. Du sagtest, du hättest es beim Kartenspiel in Uruguay gewonnen. Der auf seine Längsseite gemalte Name war spanisch, *La Muñeca*. Ohne Zweifel warst du weit gesegelt. Du warst so mager wie ein Straßenköter und hattest einen üblen Sonnenbrand auf der Nase und den Schultern. Einige Leute meinten, du wärst nach Uruguay gegangen und hättest das Boot gestohlen. Stimmt das?

Jetzt hattest du also dein eigenes Fischerboot.

Durch das faule Leben, das die beiden Brüder Gomes während deiner Abwesenheit geführt hatten, war der eine zu fett und der andere zu betrunken fürs Fischen geworden. Beide sagten, daß sie jetzt lieber an Land bleiben und über den Beruf des Buchhalters nachdenken wollten.

Du nahmst dir einen anderen jungen Mann, jünger als du, mit Namen Tobias Novães als Gehilfen.

Du arbeitetest hart. Bald hattest du ein Haus unweit der Spitze der *favela*, sogar noch höher als Fernandos Haus. Und in jedem Ehejahr bekamst du ein Kind von deiner Frau Idalina. Und alle diese Kinder hatten gleichaltrige Spielgefährten, die auch teilweise blond waren und ihnen wie Vettern und Kusinen ähnlich sahen.

Als du ungefähr so alt warst wie heute, geschah es, daß ein Mädchen, das jünger war als du und so blond und hellhäutig wie du, in die *favela* kam. Sofort hieß es in der *favela*: ›Ach, die arme Idalina! Mit dieser wird es ernst! Wenn sie in sich selbst verliebt sind, wie können sie es dann verhindern, sich ineinander zu verlieben?‹

Und man bemerkte, daß du von da an noch ernster wurdest, noch länger arbeitetest, selten von deiner Arbeit aufschautest. Als ob du versuchtest, das Unvermeidliche zu ignorieren: Ana Tavares war ihr Name.

Aber das Unvermeidliche blieb das Unvermeidliche, und, als ob der Wind deinen Samen übertrüge, dauerte es nicht lange, bis Ana Tavares in ihrer Schwangerschaft erblühte.

Dies fiel deswegen besonders auf, weil Ana Taveres eigentlich nur das Jahresende abwartete, um alt genug zu sein, in das Kloster zum Heiligen Herzen Jesu einzutreten. Die Leute wunderten sich, wie ein Mädchen, das so viele Stunden des Tages und der Nacht damit verbrachte, vor der Statue der Heiligen Jungfrau Maria zu knien, schwanger werden konnte. Sie gaben dem Wind die Schuld.

Ana, die genausoviel Zeit im Gebet verbrachte wie bisher, erklärte nichts und beklagte sich auch nicht.

Ihr Vater jedoch, der durchaus kein so frommes Leben geführt hatte, wie es schicklich gewesen wäre, war außer sich. Es war sein innigster Wunsch gewesen, eine Nonne als Tochter zu haben, die vor und nach seinem Ableben für seine Seele betete.

Du, der du weder Vater noch Brüder hattest, die man zur Rechenschaft ziehen konnte, und selbst zu jung und kräftig und ein zu guter *caporeista* warst, um dich zur Rechenschaft zu ziehen, lachtest noch tagelang, nachdem der alte Tavares deinen Schwiegervater Fernando wegen seines mißratenen Schwiegersohns hatte zur Rechenschaft ziehen wollen. Dein Schwiegervater verteidigte dich nicht. Auch er war so wütend auf dich, daß er Tavares seinerseits anbrüllte, und die beiden Väter von Töchtern gerieten bei dem Gedanken an dich so außer sich, daß sie bald mit den Fäusten aufeinander einschlugen und sich auf dem Boden wälzten. Offenbar kämpften sie darum, wer die größere Wut auf dich hatte.

Der Sohn von Ana Tavares war in der Tat ganz hell. Sie wurde die Frau eines Zimmermanns, und der Junge – höchstwahrscheinlich ein weiterer deiner Söhne – wurde ein *Puxador de Samba*, ein hochangesehener Sänger in der Sambaschule.

Ja, Oswaldinho dort im Fenster ist ein Sohn dieses Sohnes von dir. Siehst du, wie blond er ist? Zweifellos hat er dein Blut, ebenso wie ich.

Dann erfüllte sich die dritte Prophezeiung des alten Fernando – wurde bittere Wirklichkeit.

Eines Nachts kamst du nicht nach Hause. Du kamst die meisten Nächte nicht nach Hause. Du warst immer noch jung, und vielleicht hieltest du es mittlerweile für deine Pflicht, die *favela* mit deinen Tricks zu unterhalten und dein ständig wachsendes Publikum durch Kopulation noch weiter zu vermehren.

Aber nach dieser bewußten Nacht, nach einem heftigen Sturm auf dem Meer, wurdest du am Strand gefunden, mit dem Gesicht nach unten und von Ohr zu Ohr durchschnittener Kehle. Dein Blut war aus dem Hals in den Sand gesickert. Deine Shorts, dein Haar und deine Haut waren mit einer Salzwasserkruste überzogen, als wärst du eine weite Strecke zur Küste geschwommen.

Es wird erzählt, daß es seitdem unmöglich ist, an dieser bewußten Stelle am Strand ein Feuer oder auch nur ein Streichholz anzuzünden.

Dein Boot, *La Muñeca*, war verschwunden und wurde nie wieder gesehen.

Nie wieder gesehen wurde auch der Junge, der dir auf dem Boot geholfen hatte, Tobias Novães.

Viele Jahre lang glaubte man, daß dich der junge Tobias ermordet hatte, obwohl dies die Leute verwunderte, denn man hatte ihn allgemein für einen anständigen Kerl gehalten. Man meinte, er hätte dir die Kehle durchgeschnitten und dein Boot gestohlen.

Doch Jahre später erhielt sein Vater einen Brief von ihm, in dem stand, daß er Mönch in Recife geworden wäre. Sie schrieben ihm umgehend zurück und fragten ihn, ob er dich ermordet und dein Boot gestohlen hätte.

Endlich kam die Antwort, daß er gar nicht gewußt hätte, daß du tot wärst und daß er sich dir gegenüber sehr zu Dank verpflichtet fühlte, weil es dein Beispiel und das Beispiel deines Lebens gewesen wären, die ihm das weltfremde, friedvolle, besinnliche Leben eines Mönchs so begehrenswert hätten erscheinen lassen.

Seit all diesen Jahren ist dein Mord ein Geheimnis gewesen. So viele Menschen kamen als deine Mörder in Frage. Jemand in der *favela*, dem du einen gemeinen Streich gespielt hattest? Hatte dich Tobias wegen des Bootes ermordet? Waren Uruguayer gekommen und hatten dich ermordet und ihr Boot zurückgeholt? Oder war das Boot im Sturm gekentert? Was war mit dem alten Tavares? War er nicht fest davon überzeugt, daß er, weil du seine Tochter Ana daran gehindert hast, Nonne zu werden, nun zur Hölle fahren müßte . . .?

Mein Großvater Fernando machte drei Prophezeiungen über dich. Daß du zusammengeschlagen in der Gosse landen würdest. Und du wurdest zusammengeschlagen, aber du überlebtest es und wurdest wieder der alte. Daß du früher oder später fortlaufen würdest. Und du bist fortgelaufen, aber zurückgekommen. Daß jemand eines Tages ein Messer nehmen und dich töten würde. Und so geschah es.

Meine Mutter Idalina, die jetzt sehr alt ist, wie du siehst, möchte die Wahrheit wissen. Wer ermordete dich und warum?

Wie kommt es, daß ihr Vater so recht mit dir hatte?«

24

»Laura hat recht«, sagte Fletch zu Marilia Diniz über den Mittagstisch hinweg. »Jeder kann einem irgendeine Geschichte erzählen und behaupten, das sei die Vergangenheit.«

Als sie die vollkommen enttäuschte *favela* Santos Lima verließen, führten Fletch und Marilia eine Parade zupfender Knirpse und neugieriger Erwachsener hinter sich her den Hügel hinunter und die Straße entlang bis zu seinem Wagen. Fletch hatte sich artig verabschiedet, hatte Janio Barreto Filho für die Geschichte gedankt, hatte allen Erwachsenen die Hand geschüttelt, hatte sich bei Idalina für den Kaffee und die Gastfreundschaft bedankt, hatte der *favela* insgesamt viel Glück für die Parade der Sambaschulen an diesem Abend gewünscht und sich dennoch beeilt, das stickige kleine Haus so schnell wie möglich zu verlassen. Die Hitze in dem Raum war fast unerträglich geworden. Aber die Blicke aller verrieten ihm, wie enttäuscht sie waren. Sie hatten erwartet, daß durch die Geschichte von Janio Barreto seine Erinnerungen wieder so aufleben würden, daß er ihnen, bevor er sie verließ, seinen Mörder nennen könnte.

Fletch hatte feierlich versprochen, daß er die ganze Geschichte überdenken würde.

Dann waren er und Marilia ins Colombo gefahren, einen blitzsauberen Tearoom, der für sein hervorragendes Gebäck berühmt war.

Marilia fragte: »Glauben Sie immer noch, daß das alles ein Streich ist, den Ihnen Laura und die Tap Dancers spielen?«

»Ich wüßte nicht, wie das möglich wäre. All diese Leute in der Tür und den Fenstern, all diese Leute auf der Straße kannten die Geschichte bereits, waren mit manchen Passagen so vertraut, daß sie Janio korrigierten, Einzelheiten hinzufügen konnten – und das alles mit großer Ernsthaftigkeit. Wenn es wirklich ein Bluff sein sollte, dann ist es der raffinierteste, den man sich denken kann.«

Ihre Waffeln waren warm und locker.

»Da Sie die Geschichte ja nun kennen«, sagte Marilia, »wie lautet die Antwort?«

»Woher soll ich das wissen?«

Marilia blinzelte ihn an. »Na schön. Aber verwerten Sie mal das, was Sie wissen, nutzen Sie Ihre Erfahrung. Als Reporter haben Sie doch zu recherchieren gelernt...«

»Tolle Recherchen: Wieso macht die städtische Wasserleitung einen Umweg von fünf Kilometern, um das Grundstück zu umgehen, das dem Leiter des Wasseramtes gehört? Riesensache. Das kann man mit dieser Situation nicht unbedingt vergleichen.«

»Trotzdem...«

»Reporter stellen keine Vermutungen an, nur um die Leute mit dem Ausgang einer Geschichte zufriedenzustellen.«

»Aber Reporter machen sich doch so ihre Gedanken, oder?«

»Ja, aber über belegte Fakten. Wie kann ich mir über etwas Gedanken machen, das sich vor siebenundvierzig Jahren an einem Strand von Rio de Janeiro abspielte? Egal, wie lange ich mich auch in Brasilien aufhalte, in die Zukunft werde ich nie schauen können. Oder besser: in die Vergangenheit.«

»Was werden Sie ihnen erzählen?«

Fletch vergewisserte sich, daß beide Hälften seiner Waffel mit Sirup bestrichen waren. »Vermutlich werde ich ihnen die freundlichste Version erzählen, die mir einfällt: daß Uruguayer kamen und ihm die Kehle durchschnitten und sich ihr Boot zurückholten. Das dürfte freundlicher sein, als irgendwen in der *favela*, tot oder lebendig, zu beschuldigen.«

»Janio sagte, er hätte das Boot beim Kartenspiel gewonnen.« Marilia kaute nachdenklich. »Das ist gar nicht so abwegig.«

»Warum?«

»Wenn Sie ein Boot gestohlen hätten, selbst wenn es in einem anderen Land gewesen wäre, würden Sie dann nicht seinen Namen ändern?«

»Bestimmt. Jedenfalls nehme ich das an.«

»Das Boot hatte einen spanischen Namen. *La Muñeca*. Er hat den Namen nie geändert. Sie sagten, nachdem man Janio tot aufgefunden hätte, wäre *La Muñeca* verschwunden gewesen. Und nie mehr aufgetaucht.«

Fletch seufzte.

Marilia sagte: »Und wenn Uruguayer Janio Barreto getötet haben, warum haben sie dann nicht auch Tobias Navães getötet? Er hätte doch mit Janio auf dem Boot sein müssen.«

»Vielleicht sind die Uruguayer erst erschienen, nachdem sie im Hafen angelegt hatten.«

»Möglich«, sagte Marilia.

»Nachdem sich Tobias davongemacht hatte, um Mönch zu werden. Marilia, die zeitliche Übereinstimmung ist zu auffällig. Wie konnte sich Tobias, genau bevor man Janio die Kehle durchschnitt, davonmachen, um Mönch zu werden, ohne zuvor irgendwem von seinen Plänen zu erzählen?«

»Es hatte einen Sturm auf See gegeben. Ich habe von Leuten gehört, die bei Stürmen auf See urplötzlich sehr religiös geworden sind. Sie bieten einen Tauschhandel an. ›Lieber Gott, wenn du mein Leben verschonst, dann werde ich den Rest meines Lebens deinem Lobgesang widmen.‹«

»Vielleicht.«

»Ich glaube, daß das Boot gesunken ist. Und daß sowohl Janio als auch Tobias an Land geschwommen sind. Tobias, um in ein Kloster einzutreten, und Janio, um sich die Kehle durchschneiden zu lassen.«

»Das klingt gut. Ratespiele sind doch was Feines. Aber wie erfahren wir die richtige Lösung?«

Wieder flackerten Marilias Augen.

Fletch sagte: »Tobias käme als Mörder ebensogut in Frage. Er wäre sicherlich nicht der erste, der ein abscheuliches Verbrechen begeht und dann einige Zeit später, von der Last seiner Schuld schier erdrückt, in ein Kloster entfleucht, um dort für den Rest seines Lebens Buße zu tun.«

»Richtig. Tobias könnte Janio getötet haben. Er könnte das Boot gestohlen haben. Aber könnte er auch, nachdem er jahrelang Mönch gewesen ist, deswegen gelogen haben?«

Fletch verdrehte, ähnlich wie Tito Granja, die Augen.

»Nach jahrelangem Bußetun«, sagte Marilia, »müßte Tobias wissen, daß er sein Seelenheil aufs Spiel setzt, wenn er lügt.«

»Seelenheil aufs Spiel setzen«, wiederholte Fletch. »Das erinnert mich an den Vater des Mädchens, das Nonne werden wollte. Wie hieß er noch? Tavares. Der glaubte doch offensichtlich, daß er auf jeden Fall in der Hölle landet. Wieso könnte der eigentlich nicht Janio getötet haben?«

»Schon möglich. Andererseits, Mord ist das schlimmste Verbrechen. Und es besteht immer die Möglichkeit, seine Seele selbst zu retten.«

Fletch betrachtete Marilias Armband, das aus brüchigem Spitzengewebe war. Er hatte schon viele solcher Armbänder in Brasilien gesehen, sich aber nie recht ihre Bedeutung erklären können.

»Fernando«, sagte Fletch. »Idalinas Vater. Zweifellos haßte er Janio. Viele Jahre lang. Er hat sich seinetwegen geprügelt.«

»Seinen Schwiegersohn töten? Seine Tochter als Witwe, seine Enkel vaterlos zurücklassen?« Zögernd fügte Marilia hinzu: »Schon möglich. Fernando hielt Janio offensichtlich nicht für einen sehr guten Ehemann oder Vater.«

»Und er hatte Grund, neidisch auf ihn zu sein. Fernando hat nie eine Stelle als Buchhalter finden können. Und dann kreuzt Janio mit seinem eigenen Boot auf. Wird ein wohlhabender Mann. Schafft es sogar, in einem Haus zu leben, das höher in der *favela* steht als das Fernandos.«

Marilia, eine schlanke, drahtige Frau, überraschte Fletch damit, daß sie sich eine der noch voluminöseren, noch süßeren Torten bestellte.

Fletch sagte: »Sie wissen ja, wenn man erst einmal Prophezeiungen über jemanden gemacht hat, drängt es einen irgendwie, ihrer Erfüllung nachzuhelfen.«

»Sie meinen, weil Fernando sagte, daß irgendwer eines Tages ein Messer zücken und Janio töten würde, und es ihm dann nicht schnell genug passierte, hätte er die Sache persönlich erledigt?«

»Propheten haben vermutlich ebensosehr auf ihren guten Ruf zu achten wie jeder andere auch.«

»Mmmmm. Und was werden Sie nun tun, Fletcher? Was werden Sie diesen Leuten erzählen?«

»Ich weiß es nicht. Ich habe nicht vor, einen Mönch anzuprangern. Oder den Großvater der Familie. Oder die Erinnerung an irgendeinen anderen verblichenen Bürger, dessen Tochter von dem Opfer defloriert wurde. Jeder einzelne unter Hunderten von Menschen könnte sich Janio vorgeknöpft haben.«

»Meinen Sie, daß Sie jetzt, da Sie die Geschichte kennen, schlafen können?«

»Wer weiß?«

Schweigend aßen sie ihren Kuchen auf.

Fletch sagte: »Marilia, erzählen Sie mir etwas über dieses Armband, das Sie da tragen.«

Verlegen berührte sie es mit den Fingern ihrer anderen Hand. »Oh, das.«

»Ich sehe viele Leute, Männer wie Frauen, die diese Spitzenarmbänder tragen.«

»Nur ein Aberglaube, nehme ich an.« Sie errötete. »Man wünscht sich etwas, wissen Sie, von dem man hofft, daß es in Erfüllung geht. Während man es sich wünscht, legt man dieses Spitzenarmband an und trägt es, bis der Wunsch in Erfüllung geht.«

»Und wenn der Wunsch nun nicht in Erfüllung geht?«

Sie lachte mit leicht gerötetem Gesicht. »Dann trägt man's, bis es abfällt.«

»Sie glauben an so was?«

»Nein«, sagte sie rasch.

»Aber trotzdem tragen Sie so ein Armband.«

»Warum nicht?« fragte sie und rückte es wieder an ihrem Handgelenk zurecht. »Es schadet doch nichts, so zu tun, als glaube man daran, nur für den Fall, daß es doch wahr ist.«

Vor dem Restaurant hielten sie an einem Kiosk. Marilia kaufte das *Journal do Brasil* und Fletch den *Brazil Herald* und die *Latin America Daily Post.*

Ein kräftig wirkender, lockiger Mann um die Dreißig lehnte an Fletchs MP, als wartete er auf sie.

Hastig und erfreut redete er auf Fletch ein.

Dann, als er merkte, daß er nicht verstanden wurde, redete er auf Marilia ein.

Sie antwortete ihm nicht unfreundlich. Während sie mit ihm redete, öffnete sie die kleine Geldtasche, die um ihr Handgelenk geschlungen war, nahm etwas Geld heraus und gab es ihm.

Der Mann stopfte das Geld in seinen Schuh.

Dann lehnte er sich gegen den nächsten Wagen, einen VW Käfer.

Im Wagen fragte Fletch: »Was wollte er?«

»Ohhh. Er sagte, daß er auf den Wagen aufgepaßt hätte, während wir weg waren. Es sei seine Aufgabe, auf die Autos an dieser

Straßenseite aufzupassen, sagte er.«

»Stimmt das?«

»Jedenfalls behauptet er das.«

»Wer hat ihm die Aufsicht über diese Straßenseite übertragen?«

»Niemand. Er behauptet das einfach nur.«

Fletch ließ den Motor an. »Wenn er das einfach nur behauptet, warum haben Sie ihm dann Geld gegeben? Warum haben Sie ihm dann nicht einfach gesagt, er solle verschwinden?«

Marilia kramte verlegen in ihrer Handtasche herum, vielleicht um den Inhalt neu zu ordnen. »Wahrscheinlich war ich es ihm schuldig, weil ich gerade so einen schönen Lunch hatte.«

25

»Fletch?«

»Ja?«

»Toninho Braga, Fletch. Schauen Sie nach, wie spät es ist.«

»Kurz nach zwölf.«

»Richtig. Und bis jetzt hat noch niemand gemeldet, daß er Norivals Leiche gefunden hätte.«

Toninhos Stimme am Telefon klang eher verschwörerisch als beunruhigt.

Fletch hatte Marilia Diniz zu ihrem Haus in Leblon gefahren, ihr für die Begleitung zur *favela* gedankt und wiederholt, daß er zwar noch keinen Weg gefunden hätte, ein siebenundvierzig Jahre altes Mordrätsel zu lösen, daß er aber ins Hotel zurückkehren und versuchen würde zu schlafen.

Sein Zimmer im Hotel Yellow Parrot war aufgeräumt, das unbenutzte Bett frisch bezogen worden.

Er rief das Hotel Jangada an und fragte nach Joan Collins Stanwyk in Zimmer 912.

Niemand meldete sich.

Der Mann gegenüber strich immer noch das Zimmer an.

Er war gerade dabei gewesen, sich auszuziehen, zu duschen, das Zimmer abzudunkeln, wieder ins Bett zu gehen und den Versuch zu machen zu schlafen, als das Telefon geläutet hatte.

»Toninho«, sagte er. »Heute ist Sonntag. Ein großer Karnevalstag. Die Kommunikation dauert länger.«

»Genau das ist es ja, Fletch. Kurz nach Tagesanbruch wären an diesem Strand Hunderte, Tausende von Menschen gewesen.«

»Wenn man eine Leiche findet...«

»Norival ist nicht einfach eine Leiche. Er ist ein Passarinho. Das wäre eine Nachricht wert.«

»Zuerst muß die Polizei gerufen werden...«

»Ja, die Polizei würde gerufen. Aber wir haben eine Menge Identifikationshinweise an Norivals Leiche hinterlassen. Die Leute, die die Leiche gefunden hätten, würden sich beeilen, die Familie Passarinho und die Rundfunksender zu verständigen. Die Polizei würde sich sogar noch mehr beeilen. Sie würden um die Gunst der Familie Passarinho wetteifern.«

»Ich verstehe nicht, was Sie meinen. Ihr habt Norivals Leiche ins Wasser geworfen. Er war tot. Irgendwo, irgendwann muß er an Land kommen, falls Sie sich mit den Gezeiten nicht geirrt haben.«

»Ich habe mich mit den Gezeiten nicht geirrt. Wo ist Norival?«

»Woher soll ich das wissen?«

Fletch blickte auf das weiche, glatte, einladende Bett hinunter.

»Fletch, wir müssen los und dafür sorgen, daß jemand die Leiche von Norival findet.«

»Toninho, ich bin nicht sicher, ob ich heute noch mehr Vermißte, tot oder lebendig, verkraften kann.«

»Sie müssen uns suchen helfen, Fletch. Dann wären wir zu viert. Wir können den Strand abkämmen.«

»Ihr wollt wegen einer Leiche den Strand abkämmen?«

»Was bleibt uns denn anderes übrig? Wir haben Norivals Leiche dorthin gebracht, damit sie gefunden wird, nicht, damit sie verschwindet. Was, wenn er für immer verschwände? Dann gäbe es keinen Trauergottesdienst. Er würde nicht ordentlich beerdigt. Seine Familie könnte meinen, er wäre davongelaufen.«

»Man würde sein Boot vermissen.«

»Fortgesegelt. Nach Argentinien! Denken Sie doch an seine arme Mutter!«

»Seine arme Mutter.«

»So was würde sie umbringen. Nicht zu wissen, was mit ihrem Sohn passiert ist.«

»Toninho... ich habe immer noch nicht geschlafen.«

»Das ist gut.«

»Gut??«

»Sie müssen uns helfen. Wenn vier suchen, ist das besser, als wenn nur drei suchen. Der Strand ist lang.«

»Toninho...«

»Wir holen Sie in zehn Minuten ab.«

Die Telefonleitung verstummte.

26

»Vielleicht sollten wir uns bei Eva erkundigen«, sagte Tito. »Norival könnte ja zu ihr zurückgekehrt sein.«

»Norival war glücklich mit Eva«, sagte Orlando.

Von den vier jungen Männern, die den Strand entlanggingen, trug nur Fletch Sandalen. Er wußte, daß er noch nicht ausreichend *carioca* war, um in der Mittagshitze barfuß über den Strand laufen zu können.

Toninho, Tito und Orlando hatten Fletch in dem schwarzen viertürigen Galaxie abgeholt.

Auf dem Trottoir vor dem Hotel hatte der jüngste Janio Barreto auf seinem Holzbein stumm zugesehen, wie Fletch in den Wagen gestiegen und davongefahren war.

Die Fahrt zu jenem Strand, wo Norival planmäßig hätte auftauchen sollen, war so schnell vonstatten gegangen, wie es der Karnevalstrubel zuließ.

An einer Stelle auf der Avenida Atlantica waren an die tausend Menschen in Lumpenkostümen um eine große Sambaband herumgehüpft, die nur ein paar Meter pro Stunde auf der Ladefläche eines offenen Lasters vorrückte. Noch nie hatte er erlebt, wie so viel menschliche Energie dazu verbraucht wurde, um so wenig voranzukommen.

Auf dem Weg zum Strand hatten sie schweigend dem auf volle Lautstärke gedrehten Autoradio zugehört.

Noch wurde über die Entdeckung von Norivals Leiche nichts berichtet.

Der Strand war voll von bunten Schirmen und Badematten. Familien und andere Gruppen picknickten und spielten.

Orlando sagte zu Fletch: »Man sagt, daß ein Mensch, der beim Geschlechtsverkehr stirbt, garantiert bald wieder ins Leben zurückkehrt.«

»Bei Norival könnte dieser Vorgang sehr schnell vonstatten gegangen sein«, sagte Tito.

Mit nur geringem Abstand voneinander liefen sie am Rand des Wassers entlang und suchten nach Norival, der vielleicht tot an Land gespült worden war, aber den Eindruck machte zu schlafen, oder nach einer Ansammlung von Menschen, die über ein ungewöhnliches Ereignis, zum Beispiel über die Auffindung der Leiche des jungen

Passarinho, tratschten, oder nach Polizeiabsperrungen, Markierungen, was auch immer.

»Sagen das die Leute in den Vereinigten Staaten von Nordamerika auch?« fragte Orlando.

»Ich glaube nicht«, sagte Fletch. »Ist mir jedenfalls noch nie zu Ohren gekommen.«

»In den Vereinigten Staaten von Nordamerika sterben die Leute nicht während des Geschlechtsverkehrs«, sagte Toninho. »Sie sterben, während sie darüber reden.«

»Sie sterben, während sie mit ihrem Psychiater darüber reden.«

Orlando lachte.

»Genau«, sagte Toninho. »Sie sterben aus Sorge um ihr Geschlechtsleben.«

»In den Vereinigten Staaten von Nordamerika«, lästerte Tito, »laufen die Leute so.«

Kopf und Schultern nach vorn geschoben, die Beine gestreckt, die Hüften völlig steif, die Hände wie zwei Kuheuter an den Seiten baumelnd, die Augen starr geradeaus gerichtet und ein erwartungsvolles Grinsen auf dem Gesicht, begann Tito plattfüßig über den Sand zu traben – wie jemand, der von hinten an den Schultern geschubst wird, vornüber kippt und nur deswegen nicht flach auf die Nase fällt, weil jeder Fuß in letzter Sekunde herausschnellt und auf dem Boden aufsetzt.

Fletch blieb stehen und lachte.

Dann ging er eine Weile mit geringem Abstand hinter seinen Freunden her.

»Ja«, sagte Tito, »vielleicht ist Norival wieder zum Leben erwacht.«

Fletch fragte: »Stimmt es eigentlich, daß im Verlauf des Karnevals jeder ein bißchen zu spinnen anfängt?«

Toninho sagte: »Ein bißchen schon.«

»Wenn das ewige Leben dadurch zu erlangen ist, daß man beim Koitus stirbt«, fragte Fletch, »warum koitieren denn dann die Leute nicht einfach ununterbrochen?«

Orlando schniefte. »Ich gebe mir alle Mühe.«

Ein Mann, der zwei mit eisgekühltem Mate gefüllte zylindrische Metallbehälter trug, überholte sie. Jeder Behälter wog mindestens hundert Pfund. Den Mate würde er in kleinen Bechern an die Leute am Strand verkaufen. Der Mann war über sechzig und ging schnell genug, um die vier jungen Männer zu überholen. Seine Beine sahen wie Baumwurzeln aus, die im Lauf der Jahre hart geworden waren.

»Das hat doch alles keinen Sinn«, sagte Fletch. Vielleicht würde ein

Sonnenbad am Strand sein Hirn ja so benebeln, daß er schlafen konnte.

Leere Brieftaschen, gestohlen und ausgeplündert, lagen wie vom Himmel geschossene Vögel auf dem Strand.

Toninhos Blick schweifte über die Meeresoberfläche. »Selbst von seinem Boot ist keine Spur zu sehen. Das hätte doch auch an Land gespült werden müssen.«

»Das Boot ist untergegangen«, sagte Tito.

»Vielleicht ist Norival ja auch untergegangen«, sagte Orlando.

»Vielleicht ist Norival ja am Leben und wir sind tot«, sagte Fletch.

Orlando sah ihn an, als hätte er gerade eine durchaus überlegenswerte Alternative angeboten.

Sie näherten sich dem Ende des Strandes.

In der Nähe war eine Gruppe sehr junger Mädchen in Bikinis. Fünf der acht waren schwanger.

Toninho sagte: »Es gibt überhaupt keinen Zweifel, Norival hätte irgendwo hier am Strand an Land kommen müssen.«

»Fragen wir halt«, sagte Fletch. »Fragen wir halt die Leute am Strand, ob sie einen Passarinho bemerkt haben, der ohne Boot hier vorübergetrieben ist.«

»Jetzt können wir nur noch eins tun«, sagte Toninho.

»Nach Hause ins Bett gehen«, sagte Fletch.

»Am Strand entlangschwimmen«, sagte Toninho.

»O nein«, sagte Fletch.

Toninho sah ins Wasser. »Es ist doch möglich, daß sich Norival irgendwo direkt unter der Oberfläche versteckt hält.«

»Das wäre typisch Norival«, sagte Orlando. »Andere Leute an der Nase herumführen.«

»*Arigó*«, sagte Toninho.

»Ich brauche Schlaf«, sagte Fletch. »Und kein Bad im Meer.«

»Richtig«, sagte Tito. »Norival neigte gelegentlich dazu, mit leichter Verspätung aufzutauchen.«

»Gestern nacht, als ich in Norival hineinschwamm«, sagte Toninho, »war er tiefer unter der Oberfläche, als ich erwartet hätte.«

»Also gut«, sagte Tito. »Wir werden an der Küste entlangschwimmen und sehen, ob wir irgendwo mit Norival zusammenstoßen.«

»O nein«, sagte Fletch.

»Lassen Sie Ihre Sandalen hier«, sagte Orlando. »Nicht einmal ein Nordamerikaner kann gut schwimmen, wenn er Sandalen trägt.«

Auf der Rückfahrt im Auto hörten sie sich eine ausführliche

Nachrichtensendung an, die sich überwiegend mit der am Abend beginnenden Karnevalsparade und gewissen Streitigkeiten, die sich daran entzündet hatten, beschäftigte. Eine der Sambaschulen ließ sich nicht davon abbringen, daß ihr für die Darbietung gewähltes Thema von einer anderen Sambaschule ein klein wenig geklaut worden war. Zumindest glaubte eine der Schulen, daß die Themen der beiden Schulen eine fatale Ähnlichkeit miteinander hätten.

Während der gesamten ausführlichen Sendung verlautete kein Wort über die Entdeckung der Leiche von Norival Passarinho.

27

»Aus dir wird nie ein echter Brasilianer«, sagte Laura Soares über den Dinnertisch hinweg. »Aus dir wird nur ein Karnevalsbrasilianer.«

Als Fletch sich sonnenverbrannt, salzverkrustet und auf Fußsohlen, die bereits auf dem kurzen Stück zwischen Strand und Auto geschmort worden waren, zurück in sein Zimmer im Hotel Yellow Parrot geschleppt hatte, wurde er von Laura erwartet, die, in einen Sessel gekuschelt, Notenblätter studierte, ihn mit Fragen bestürmte, wo sie dinieren würden, und sich überschwenglich darauf freute, die ganze Nacht über von Teodomiro da Costas Loge aus der Karnevalsparade zuzusehen.

Müde hatte er sie begrüßt. Als er nach dem Duschen, bei dem sie ihm geholfen hatte, auf dem Bett lag und schlafen wollte, hatte sie ihn solange bezirzt, bis er sie freudiger begrüßte, als er es in seinem übermüdeten Zustand für möglich gehalten hätte. Danach hatten sie noch einmal geduscht.

Als er aus dem Badezimmer kam, zog sie sich gerade an.

Über die weiße lange Hose und das weiße Hemd, die er als Kleidung für diese Nacht herausgelegt hatte, hatte sie eine breite, leuchtendrote Schärpe drapiert.

»Ist die für mich?« hatte er gefragt.

»Von Bahia.«

»Soll ich die etwa tragen?«

»Zur Karnevalsparade. Du wirst sehr brasilianisch aussehen.«

»Ich soll eine rote Schärpe ohne Jackett tragen?«

»Kein Mensch käme auf die Idee, über so eine wunderschöne rote Schärpe ein Jackett anzuziehen.«

»Wau.« Nachdem er sich angezogen hatte, half sie ihm, die Schärpe zu befestigen. »Ich komme mir wie ein Weihnachtsgeschenk vor.«

»Du bist ja auch ein Weihnachtsgeschenk. Ein hübsches, in rotes Band geschnürtes Weihnachtsgeschenk für Laura.«

Sie hatten beschlossen, im Hotelrestaurant zu dinieren, das im ersten Stock des Yellow Parrot war.

Durch die vom Boden bis zur Decke reichenden offenen Fenster konnten sie die *macumba*-Feuer an der *Praia de Copacabana* sehen. Menschen, die an diesen Kult glauben, verbringen die Nacht am Strand, hüten ein Feuer und warten darauf, einen Zettel mit einem Wunsch oder dem Namen ihrer Krankheit aufs Meer hinauszuschikken, sobald die Flut zurückzuweichen beginnt. Besonders in der Neujahrsnacht flackern Tausende von Feuern am Strand.

Das Hotelrestaurant galt als eines der weltbesten. Außergewöhnlich war, daß die Küche des Restaurants genau die doppelte Größe hatte wie der Sitzbereich.

Sie bestellten *moqueça*, eine andere Spezialität aus Bahia.

»Du hast nicht einmal Amados *Dona Flor und ihre beiden Ehemänner* gelesen, während ich weg war.«

»Erzähl mir was darüber.«

»Wenn du schon nicht schlafen konntest, was mich nicht wundert, hättest du wenigstens lesen können.«

»Irgendwie war ich ständig beschäftigt.«

»Pokern mit den Tap Dancers.«

»Ich habe sie um einen Teil ihres Erbes erleichtert.«

»Nach diesem Landgasthaus, zu dem sie dich geschleppt haben, wage ich dich schon gar nicht zu fragen.«

»Es hatte ein Schwimmbad.«

»Den ganzen Tag in der Gegend herumgondeln. Derart spät zum Caneção-Ball. Christina sagte, daß du wie ein Kinocowboy angezogen gewesen wärst.«

»Ein Kostüm, das ich mir von Toninho geborgt hatte.«

»Ich sah es im Schrank hängen.«

»Ich habe echt umwerfend ausgesehen.«

»Daß du stundenlang mit diesem französischen Filmstar, dieser Jetta, getanzt hättest.«

»Es war sonst niemand da, der mit ihr hätte tanzen können.«

»Davon bin ich überzeugt.« Laura mischte ihr *pirão* mit ihrem *farofa com dendê*. »Die Brasilianer sind nicht immer so. Nur während des Karnevals. Die Brasilianer sind sehr seriöse Menschen.«

»Davon bin ich überzeugt.«

»Sieh dir unsere Hochhäuser an. Unsere Fabriken. Unser weltgrößtes Wasserkraftwerk. Heutzutage wird hier alles durch Computer gesteuert. Auf dem Flughafen werden alle Durchsagen von Computerstimmen gemacht, in jeder Sprache. Und man kann einwandfrei verstehen, was sie sagen.«

Fletch sah zum Fenster hinaus und begann die *macumba*-Feuer am Strand zu zählen.

»Marilia Diniz und ich sind heute morgen zur *favela* Santos Lima gegangen, um die Familie Barreto zu besuchen und uns die Geschichte von Janio Barretos Leben und Sterben erzählen zu lassen.«

Laura schien sich nicht dafür zu interessieren. »Du solltest die Romane von Nalida Pinon lesen. Dann würdest du etwas über das brasilianische Leben lernen. Und nicht bloß diesen Karnevalsunsinn. Hier in Brasilien ist manches ganz anders.«

»Ich weiß«, sagte er. »Das Wasser läuft gegen den Uhrzeigersinn den Kanal hinunter.«

»Wie dem auch sei . . .« Sie entfernte eine Gräte aus ihrem Fisch. »Gestern abend in Bahia habe ich dieser Konzerttournee endgültig zugestimmt.«

»Konzerttournee? Du gehst auf eine Konzerttournee?«

»Klavierspieler, die nicht mehr Klavier spielen, sind keine Klavierspieler mehr«, sagte sie.

»Wohin gehst du? Wann?«

»Ungefähr in einem Monat. Zuerst Bahia, dann São Paulo, Rio de Janeiro, Recife. Freunde meines Vaters haben mich zu der Tournee gedrängt, unterstützen sie für eine gewisse Zeit.«

»Vermutlich wollen sie, daß du seriös wirst.«

»Ich bin eine ausgebildete Pianistin. Ich habe gute Kritiken. Der Gedanke, in diesem Umfang brasilianische Klaviermusik vorstellen zu können, reizt mich.«

»Du wirst sehr hart arbeiten müssen, um dich auf eine solche Tournee vorzubereiten.«

»Sehr hart.«

»Wirst viel üben müssen.«

»Sehr viel.«

»Möchtest du einen Nachtisch?«

»Natürlich.«

Sie bestellten Kirschtörtchen.

»Fletcher«, fragte sie, »gibt es eigentlich irgend etwas, wofür du dich ernsthaft interessierst?«

»Schlaf.«

»Ernsthaft.«

»Ich interessiere mich ernsthaft für Schlaf.«

»Schlaf ist eine Notwendigkeit.«

»Ich bin ernsthaft in Sorge. Du erinnerst dich doch an diese Frau, mit der ich gestern morgen im Hotel Jangada frühstücken sollte.«

»Wer ist das?«

»Die Frau in dem grünen Kleid, die wir auf der *avenida* sahen.«

»Die du nicht sehen wolltest.«

»Jetzt schon. Sie heißt Joan Collins Stanwyk. Sie ist aus Kalifornien.«

»Das war unschwer zu erkennen. Ihre Augen sahen aus, als schaute sie sich einen Kinofilm an.«

»Sie ist verschwunden.«

»Das ist in Brasilien nichts Ungewöhnliches, Fletch.«

Laura schien auch davon nichts hören zu wollen. »Um wieviel Uhr sollen wir bei der Karnevalsparade sein?«

»Gegen zehn, schlug Teo vor. Ich bezweifle, daß er sehr viel früher dasein wird.«

»Ich habe der Karnevalsparade bisher noch nie aus einer Loge zugesehen.«

»Vermutlich glaubt er, daß ich das erste und letzte Mal deswegen hier bin.«

Laura schwieg.

Einen Augenblick lang sah Fletch ihr zu, wie sie ihr Kirschtörtchen aufaß.

Dann starrte er durch das Fenster auf die *macumba*-Feuer an dem mondlosen Strand. Von einer Sambagesellschaft auf der *avenida* drangen Beifallsrufe herauf.

Er sagte: »Karneval . . .«

»Der springende Punkt dabei ist, daran zu denken, daß manches nicht immer so ist, wie es den Anschein hat.«

28

»Willkommen zur Parade der Sambaschulen!« sagte Teodomiro da Costa im Tonfall eines Zirkusdirektors. Er stand genau in der Tür seiner Loge, von der aus man die Paradestrecke überblicken konnte. Er trug Jeans und ein T-Shirt, dessen Vorderseite mit einer schwarzen Frackschleife und Rüschen bedruckt war. In weniger offiziellem Tonfall fragte er: »Habt ihr gegessen?«

»Im Hotel.«

Er sah Fletch in die Augen und sprach gerade so laut, daß Fletch ihn über den phantastischen Lärm hinweg verstehen konnte. »Sie haben nicht geschlafen.«

»Bis jetzt noch nicht.«

»Trinken Sie etwas.«

»*Guaraná*, bitte.«

Teo gab die Bestellung an den Barmann weiter.

»Laura!« Teo zog sie an seine Brust. »Ist Otavio gut nach Hause gekommen?«

»Natürlich. Er hat nur so getan, als brauchte er Hilfe.«

»So geht man wohl gemeinhin mit Töchtern um. Man tut so, als brauchte man ihre Hilfe, wenn man sie tatsächlich braucht.«

Die Loge war größer, als Fletch erwartet hatte. Zwanzig Personen konnten darin bequem herumspazieren, alles sehen, sogar tanzen, und für den Sandwich- und Getränketisch samt Barmann war ebenfalls noch Platz.

Adrian Fawcett, der *Times*-Autor, war da, die Vianas, die da Silvas, der Londoner Börsenmakler und seine Frau, der italienische Rennfahrer und seine Freundin. Jetta bedachte Fletch mit dem beleidigten Blick der Verschmähten, für Laura hatte sie nicht einmal einen Blick übrig.

Natürlich bewunderten alle gegenseitig ihre Kostüme. Laura hatte sich als Musikant aus dem achtzehnten Jahrhundert verkleidet, mit Bundhosen, Kniestrümpfen, Rüschenhemd und grauer Perücke. Die Viana-Gattin fragte Laura, ob sie zur Ergänzung ihres Kostüms ihr Klavier mitgebracht hätte.

Als Fletch mit seinem Glas *guaraná* in der Hand weiter in die Loge hineinging, hatte er das Gefühl, daß Rios Lautstärkeknopf voll aufgedreht worden war. Tausende von Trommeln dröhnten in der Umgebung. Hunderttausende von Menschen sangen, schwatzten und jubelten.

Die Zuschauertribünen auf der gegenüberliegenden Seite der Paradestrecke waren ein einziges Meer von himmelwärts gerichteten Gesichtern. Oberhalb der hellen, auf die Strecke gerichteten Scheinwerfer wälzten sich dicke, heiße Rauchschwaden die Tribünen hinauf und formten sich darüber zu einer dünnen grauen Wolke.

»Rio de Janeiros Karnevalsparade Kategorie eins A ist das größte, erstaunlichste menschliche Spektakel der Welt«, hatte Teodomiro da Costa gesagt, als er Fletch einlud. »Vom Krieg einmal abgesehen.«

Die Parade beginnt sonntags um achtzehn Uhr und dauert bis

Montagnachmittag an. Etwa zwölf Sambaschulen mit jeweils über dreitausend kostümierten Menschen nehmen an dem Umzug teil.

»Ich bin mir nicht sicher, ob ich noch drei weitere Tage Karneval durchstehe.« Selbst durch den Lärm hindurch klang Adrian Fawcetts Stimme wie ein tiefes, dröhnendes Glucksen. »Tage der Hochstimmung oder der Depression haben die gleiche Wirkung auf den Menschen, wissen Sie. Ich bin schon völlig ausgelaugt.«

»Es ist ein Zeichen von Charakter, wenn man in der Lage ist, den Karneval unbeschadet zu überstehen«, antwortete Laura. »Wichtig ist, daß man die richtige Einstellung dazu hat.«

Sie funkelte Fletch an.

Fletch sagte: »Man kann das alles nicht fassen.«

»Als nächstes kommt die *Escola Guarnieri.*« Teo spähte über das Geländer zu der *bateria* auf dem Sammelplatz. »Ja, das ist Guarnieri.« Dann sagte er zu Fletch: »Danach kommt die *Escola Santos Lima.*«

Die Paradestrecke auf der Avenida Marques de Sapucai ist nur eine Meile lang.

Auf der linken Seite entlang der Paradestrecke sind die Tribünen aufgebaut, so hoch wie die meisten Gebäude und vollgepfropft mit Zehntausenden von Menschen. Von mittags an, volle sechs Stunden, bevor die Parade losgeht, treffen sie bei den Tribünen ein, belegen ihre Plätze und verteidigen sie, braten in der Sonne, essen ihre Sandwiches, halten ihre Blase in Zaum, schwatzen und singen. Fast alle bleiben die vollen vierundzwanzig Stunden über auf ihren Plätzen.

Auf der rechten Seite entlang der Umzugsstrecke sind die Logen, ungemein kostspielige Zuschauerplätze, manche von ihnen mit Fahnen geschmückt, in denen sich Würdenträger der Regierung, Prominenz aus dem In- und Ausland und Leute, die einfach nur reich sind, versammeln.

Die Paradestrecke zwischen den beiden Seiten ist so breit wie eine dreispurige Straße.

Sie ist so breit wie die Grenze zwischen Licht und Schatten, Gesundheit und Krankheit, Gold und Blech.

Ebenfalls entlang der rechten Streckenseite befinden sich die zehn Meter in die Luft ragenden Wachtürme, in denen die verschiedenen Juroren der Parade sitzen, einer für die Kostüme, einer für die Festwagen, einer für die Musik, einer für die Tänze usw. Allein sitzen sie da, unbeweglich und ausdruckslos, die Gesichter oft hinter dunklen Sonnenbrillen verborgen, damit nicht einmal ein Lidzucken Anlaß zu Kritik und Auseinandersetzung geben könnte. Ihre Namen werden erst am Tag des Umzugs veröffentlicht. Und ihre Aufgabe ist so schwierig und umstritten, daß ihre Urteile erst vier Tage später, am Donnerstag, bekanntgegeben werden.

Schräg links von der da Costaschen Loge, auf der gegenüberliegenden Seite der Paradestrecke, liegt der Sammelplatz, angefüllt mit Hunderten von kostümierten *ritmistas*, der Trommler-*bateria* der *Escola Guarnieri*. Ihre Trommeln haben alle Größen und Tonlagen. Die Trommler brauchen bis zu einer Stunde, um sich richtig aufzustellen und ihre Rhythmen, ihren Klang aufeinander abzustimmen. Jetzt sind Rhythmus und Klang perfekt und erfassen alle in der Parade, bemächtigen sich ihrer Ohren, ihrer Köpfe, ihres gesamten Nervensystems, bestimmen den Schlag ihrer Herzen, treiben ihnen das Blut in die Augen, setzen ihre Hände und Füße unfreiwillig in Bewegung, lassen ihre Knochen erzittern. Der Klang von Trommeln, das ist totaler Klang, nur durch menschliche Willenskraft verstärkt, ein Urton der Menschheit, der allen menschlichen Wesen eine direkte, sofortige Antwort entlockt, sie gleichmacht in ihrer Klangtrance.

Alle in da Costas Loge stehen am Geländer. Laura hat ihre Perücke abgesetzt und den Kragen ihres Hemdes im Stil des achtzehnten Jahrhunderts geöffnet. Die Gesichter aller am Geländer glänzen vor Schweiß. Ihre Augen, ihre Lippen sind leicht vorgewölbt, als suche sich der Klang der Trommeln, der in ihrem Innern widerhallt, einen Weg, um aus ihnen herauszubrechen. Ihre Schläfenvenen pochen sichtbar im Takt der Trommeln. Als Gastgeber läßt Teo seinen Gästen zwar den Vortritt am Geländer, kann aber, da er hochgewachsen ist, trotzdem noch alles sehen.

Von links, an der *bateria* im Sammelplatz wie der Querbalken eines T vorüberziehend, kommt der *Abre-Alas*, die Eröffnungstruppe der Guarnieri-Darbietung. Diese Gruppe von *sambistas*, die sich selbstverständlich im Rhythmus der Trommeln bewegt, trägt bunte, reichverzierte, ein wenig übertriebene Kostüme, die auf Zeit und Ort des Sambaschulthemas hinweisen; in diesem Fall sind es Ballgewänder aus der Zeit der Amazonasbesiedlung im neunzehnten Jahrhundert mit ein wenig zu ausladenden Reifröcken, ein wenig zu offenherzigen Miedern und ein wenig zu bauschigen Puffärmeln; bei den Männern sind die Gamaschen ein wenig zu lang, die Frackröcke ein wenig zu breit in den Schultern, die Zylinder ein wenig zu hoch – Plantagenleben aus der Sicht der Sklaven. Die Übertreibung zieht dieses Leben ins Lächerliche und bringt gleichzeitig den Triumph darüber zum Ausdruck.

Unmittelbar hinter dem *Abre-Alas* kommt ein riesiger Festwagen, der das literarische Thema der Guarnieri-Darbietung erklärt. Auf dem langsam fahrenden Laster, der sich unter dem Festwagen verbirgt, liegt ein aufgeschlagenes Riesenbuch, damit alle die Buchstaben G.R.E.S. GUARNIERI (*Gremio Recreativo Escola de Samba Guarnieri*) lesen können. Auf diese Weise wird dem Zuschauer kundgetan, daß die Schule ein Stück Geschichte, eine Art belegter, authentischer Geschichte porträtiert, was wiederum als eine Art Ulk oder Übertreibung zu werten sein mag, da es kaum eine authentische, belegte Geschichte gibt.

Dann kommt die *Comissão de Frente*, eine Reihe würdig gekleideter, im Sambaschritt schlendernder Männer. Die Zuschauer sollen diese alternden *sambistas*, die ihrer Teilnahme an vergangenen Karnevalsumzügen wegen geehrt und ihrer Verdienste und ihres Ansehens wegen ausgewählt werden, als den Verwaltungsrat der Karnevalsgesellschaft oder Sambaschule verstehen. In Wahrheit sind jedoch nur wenige von ihnen, wenn überhaupt welche, Direktoren. Die echten Direktoren haben in der Parade der Schule an allen Stellen zugleich harte Arbeit zu leisten. Die Show – Tänzer, Trommler, von Lastern und von Hand gezogene Festwagen – muß sich mit einer Geschwindigkeit von exakt einer Meile pro Stunde fortbewegen, ohne Unterbrechungen oder Lücken, damit die Harmonie der Farben und Bewegungen durch nichts beeinträchtigt wird.

Dieser Reihe von Würdenträgern folgt das erste und herausragendste Tanzpaar, die *Porta Bandeira* und der *Mestre Sala*, die Fahnenträgerin und der Saal- oder Tanzmeister. Dabei handelt es sich um ungeachtet des Themas in verschwenderische Kostüme aus dem achtzehnten Jahrhundert gekleidete, in der Blüte ihrer Jahre stehende Erwachsene, jene Tänzer, die alle andern in der *favela* am liebsten sehen und sie daher zu den eindeutig besten erklärt haben. Ihre Tanzschritte mit den ineinander verschlungenen Mustern und Bewegungen sind unglaublich kompliziert, für die meisten Leute ein unfaßbares Wunder. Auch diese Tänzer müssen sich mit einem Tempo von genau einer Meile pro Stunde vorwärtsbewegen. Und während ihres Tanzes muß die Dame des Paares eine Fahne, die auf der einen Seite das Emblem der Sambaschule und auf der anderen das Symbol des diesjährigen Themas zeigt, tragen und sie so schwingen, daß beide Seiten für jedermann sichtbar sind.

Jede Person in der Parade, jeder Tänzer, Würdenträger, Trommler oder Direktor, ob er nun gerade arbeitet oder paradiert, ist verpflichtet, ständig den *samba enredo*, das von der Schule in diesem Jahr vorgestellte Lied, zu singen, und zwar so laut und gut und so kontinuierlich wie er oder sie nur kann.

Wenn die *Alas* vorüberkommen, wird das von der Schule vorgeführte Thema, wie allgemein es auch gehalten sein mag, immer deutlicher. Eine *Ala* ist eine Gruppe von Hunderten ausgelassen tanzender Menschen, die alle die gleichen, einen Aspekt des Themas veranschaulichenden Kostüme tragen. Hier ist eine *Ala* als Indianer aus dem Amazonasbecken kostümiert und tanzt Schritte, die an dieses Kulturgebiet erinnern. Eine andere *Ala* demonstriert erneut das Plantagenleben, natürlich mit abgewandelten Kostümen, damit die Schönheit der Leute aus dieser *favela*, ihre Haut und ihre Bewegungen, ihre sinnliche Lust am Tanzen zur Geltung kommen und sich alle daran erfreuen können.

Mitten unter den *Alas* kommen die *Figuras de Destaque*, die herausragenden Figuren, die sich auf das Thema beziehen, in diesem Fall sagenhaft große gefiederte Vögel und Affen aus dem Amazonasgebiet.

All diese Gruppen ziehen quer vor der *bateria* der Schlagzeuger vorbei, die auf dem Sammelplatz mit ihren Klängen die Luft erfüllen.

In da Costas Loge ist vor allem Jetta dem Umfallen nahe. Ihr reichlich vereinfachtes Kostüm eines Fremdenlegionärs klebt verschwitzt und schwer über ihren Brüsten und Hüften. Ihr Rücken lehnt an einem Pfosten. Ihr Kinn ist auf die Brust gesunken. Ihre Augen sind geöffnet, beobachten, doch ihr Blick ist glasig.

Die wichtigste *Ala*, die in keiner Darbietung fehlen darf, ist jene, die die früheste Geschichte der Sambaparade in Rio de Janeiro ehrt. Nach der Dürre von 1877 tanzten aus Bahia emigrierte Frauen, wie sie es früher in Salvador getan hatten, in ihren langen weißen Trachten am Sonntag vor Beginn der Fastenzeit langsam die Hauptstraße von Rio hinunter und luden dabei die Männer ein, sich zu ihnen zu gesellen. Darum kam jetzt die *Ala das Baianas*, eine große Zahl älterer, in den fließenden weißen Gewändern Bahias tanzender Frauen, gewöhnlich die schwärzesten aus der *favela*.

Die *passistas* rufen die größte Erregung und Anerkennung hervor. Junge Leute aus der *favela*, die jüngsten vollentwickelten Jungen und Mädchen, die schönsten und attraktivsten, zweifellos die athletischsten, so entblößt wie möglich, ohne jedoch ungebührlich nackt zu wirken, tanzen akrobatisch die Paraderoute entlang, schlagen Purzelbäume und Räder, klettern aufeinander, springen herunter und werden einen Zentimeter, bevor das Unglück passiert, von anderen aufgefangen, und dabei singen sie natürlich pausenlos. Das alles spielt sich nach einer so ausgeklügelten, zeitlich so genau bemessenen Choreographie ab, daß ein ganzes Jahr dazu nötig ist, um sie einzustudieren, zu lernen, sie zu üben. Manche der jungen Männer können es zu einer *capoeira*-Meisterschaft gebracht haben, die so anmutig aussieht, gleichzeitig aber auch so tückisch ist, so voller echter Gefahren steckt, daß dem Zuschauer bei ihrem Anblick das Herz stehenbleiben könnte, wenn die Trommeln es nicht steuerten, nicht in Gang hielten.

Adrian Fawcett sagt etwas zu Fletch.

Fletch brüllt: »Was?« kann jedoch nicht einmal seine eigene Stimme verstehen.

Adrian legt seine Hände trichterförmig um Fletchs Ohr und brüllt mit voller Lautstärke, wobei er praktisch jedes einzelne Wort mit einem neuen Atemstoß herausbläst: »Stellen Sie sich mal vor, diese ganze Energie, diese Planung, diese Arbeit, dieses Können rund ums Jahr würde statt dessen in einer Revolution münden!«

Fletch nickt zum Zeichen, daß er ihn gehört hat.

Eingestreut in die *Alas* sind ein paar *alegorias* vorbeigezogen, riesige Festwagen, die Szenen aus dem Amazonas vorführen. Einer davon zeigt einen Ausschnitt aus dem Dschungel: Frauen in Tangas, die mit ihrem hohen bunten Federkopfschmuck Vögel darstellen, grazile junge Männer mit Schlangenköpfen, die über Felsen gleiten, Kinder mit Affenköpfen, die in den Bäumen tanzen. Eine andere *alegoria* zeigt ein Indianerdorf mit strohgedeckten Hütten, die sich um ein brennendes Feuer scharen, und kostümierten Indianern, die mit fisch- und monsterköpfigen mythischen Figuren tanzen.

In der Mitte der Show kommt ein kleiner Festwagen, ein getarnter offener Laster, in Wahrheit ein Lautsprecherwagen mit Verstärkern, die in alle Richtungen zielen. Auf der Ladefläche des Laster-Festwagens steht, gekleidet wie ein gewöhnlicher Nachtklubsänger und das Mikrophon dicht am Mund, der *Puxador de Samba*, und schmettert immer wieder und so laut er kann das diesjährige Lied der Sambaschule:

Wie der Amazonas fließt unsere Geschichte,
Tief, geheimnisvoll und breit,
Versorgt uns wundersam mit Leben
Aus vielen Bächen und Flüssen.

Nach ein paar weiteren *alas* beginnt die *bateria* aus dem Sammelplatz herauszuziehen und schließt sich der Parade an. Eine komplette Armee von Schlagzeugern kommt da vorüber, vielleicht eintausend oder mehr kräftige Männer von fünfzehn an aufwärts in glitzernden uniformähnlichen Kostümen, die alle nach einem das ganze Jahr eingeübten Schema auf ihre Instrumente schlagen, singen und trotz der Größe ihrer Schlagzeuge tanzen. Der Klangpegel ist überwältigend. Vielleicht ist es der größtmögliche Klangpegel, den Erde und Himmel ertragen können, ohne zu bersten und in kleine Stücke zu zerspringen, bevor sie sich in Staub auflösen.

Gegen Ende des Umzugs kommt die überragendste *alegoria* der Sambaschule. In diesem Fall, bei der diesjährigen *Escola Guarnieri*, zieht ein Riverboat aus dem neunzehnten Jahrhundert, wenn auch nicht in Originalgröße, so doch von beeindruckendem Ausmaß, langsam die Paradestrecke herauf – ebenso weiß, köstlich und verziert wie eine Hochzeitstorte. Sein Kiel bewegt sich hoch über den Köpfen der *bateria* majestätisch die Straße entlang. Stolz ragt die Brücke empor. Rauch steigt aus seinen Schornsteinen. Das Ventil seiner Schiffspfeife hebt und senkt sich, und sicherlich könnte man auch den Ton einer Dampfschiffpfeife hören, wäre der allgemeine Geräuschpegel nicht so hoch, daß selbst eine Dampfschiffpfeife nicht dagegen ankommen kann. Der weiße, schimmernde Rumpf gleitet langsam vorüber. Allein schon der Blick auf die Oberdecks und in die Innenkabinen und den Ballsaal des Schiffes erweckt sofort den Eindruck von einer vornehmeren Zeit, einer vornehmeren Gesellschaft, einer vornehmeren Art zu reisen, sich fortzubewegen, zu leben. Ruhig drehen sich die Seitenräder dieses Riverboats, genauso, als verdrängten sie Wasser hinter sich. Und als das Riverboat passiert, sich sein Heck aufrichtet, sich hoch über der letzten tanzenden *ala* hinter ihm erhebt und dann zum letzten Mal in den Strom wirbelnder Tänzer und Trommler hinabtaucht, wird das Herz augenblicklich von Sehnsucht nach ihm erfüllt, stellt sich augenblicklich und mächtig das Verlangen ein, dieses Phantom, diese *alegoria* aus vergangenen Zeiten noch einmal vorübergleiten zu sehen.

»Sie sollten mir jetzt eigentlich versichern, daß es ein Leben nach dem Karneval gibt«, sagte Fletch zu Teo, mit dem er an der Bar im Hintergrund der Loge stand.

Teo lachte und reichte ihm ein Sandwich.

Andere gesellten sich zu ihnen, um sich Drinks und Sandwiches zu holen.

»Wird alles wieder real werden?« fragte Fletch.

Adrian Fawcett sagte: »Die Realität hat sich irgendwo in meinen Eingeweiden wie ein Embryo zusammengekauert und verspricht nur flüsternd zurückzukehren.«

Der Geräuschpegel war auf die Stufe »bloß sehr laut« gesunken. Jenseits der Paradestrecke stellte sich die *bateria* der *Escola Santos Lima* auf dem Sammelplatz auf.

Jetta legte Fletch die Hand auf die Schulter. »Könnte man Sie für etwas Gegenwärtiges halten?«

Der Lärm, der Anblick hatten sie völlig erschlagen. Sie sah stumpfsinnig und erschöpft aus.

Er glättete seine leuchtendrote Schärpe.

»Ich bin gegenwärtig«, sagte Fletch. »Vielleicht bin ich auch vergangen. Vielleicht bin ich auch zukünftig.«

»Und sind Sie *par avion* gekommen?«

Kauend sagte Teo: »Sind Sie und Laura mit der U-Bahn gekommen?«

»Ja, Teo«, sagte Fletch artig. »Noch nie habe ich ein so modernes, so leises, so sauberes Untergrundverkehrssystem gesehen.«

Zurechtgemacht wie ein Weihnachtspäckchen und ein Musikant aus dem achtzehnten Jahrhundert, waren Fletch und Laura, wie Teo empfohlen hatte, mit Rios U-Bahn zur Karnevalsparade gefahren. Jeder hatte ihnen gesagt, daß sie im Umkreis von etlichen Kilometern zur Avenida Marques de Sapucai weder einen Wagen noch ein Taxi bekommen konnten.

Der zehnjährige Janio Barreto war Fletch und Laura vom Hotel Yellow Parrot bis zur Avenida Marques de Sapucai gefolgt.

In der U-Bahn-Station war er unter dem Drehkreuz hindurch auf den Bahnsteig gekrochen. Und obwohl Fletch der Meinung gewesen war, daß der U-Bahn-Beamte ihn bemerkt haben mußte, hatte der Mann keine Notiz von Janio genommen. Wer wollte denn auch einen Jungen mit Holzbein daran hindern, ein öffentliches Verkehrsmittel zu benutzen, nur weil er kein Geld hat? Im Zug hatte er sich von ihnen ferngehalten, nicht zu ihnen hingesehen, sie nicht angesprochen.

Fletch hatte Laura auf ihn aufmerksam gemacht und ihr kurz etwas über ihn erzählt.

Sie schien seltsam beunruhigt darüber zu sein, daß sie von einem kleinen Jungen mit einem Holzbein verfolgt wurden.

Janio war durch die dunklen Nebenstraßen hinter ihnen hergehinkt bis zur Karnevalsparade. Am Eingang zu den Logen hatte man ihn aufgehalten. Die Sicherheitskontrollen waren dort sehr streng, sehr amtlich. Trotz ihrer Eintrittskarten hatten sich Fletch und Laura mit Gewalt durch die Phalanx der Wachleute drängen müssen. Sie wollten niemand, selbst oder erst recht keinen zehnjährigen Jungen mit einem Holzbein, ohne Eintrittskarte durch den Eingang zu den Logen lassen.

»Ja.« Fletch war sich bewußt, daß Teo sein Gesicht beobachtete. »Eine phantastische U-Bahn.«

Der italienische Rennfahrer kam zum Bartisch. »Da draußen sind ein paar Indianer, die nach Ihnen verlangen.«

»Nach mir?« fragte Fletch.

Der Rennfahrer riß seinen Daumen hoch und deutete über die Schulter auf den Bereich jenseits des Logengeländers.

Laura tanzte gerade in der Mitte der Loge mit Aloisio da Silva. Durch die Hitze waren ihre Gamaschen über ihre Lackschuhe gerutscht.

Auf dem gestampften Erdboden zwischen der Loge und dem Pflaster der Paradestrecke standen Toninho Brage, Orlando Velho und Tito Granja. Sie waren wieder als Kino-Indianer kostümiert. In dieser Beleuchtung glänzten ihre Schultern und Bauchnabel vor Schweiß.

»Springen Sie herunter!« rief Toninho.

Fletch machte ein verdutztes Gesicht.

Die Hand wie ein Trichter um den Mund gelegt, rief Orlando: »Wir müssen mit Ihnen reden!«

»Später!« brüllte Fletch.

»Über Norival!« rief Toninho.

Tito wedelte Fletch mit dem Arm aufmunternd zu, zu ihnen herunterzuspringen.

Fletch wandte sich um.

Obwohl Lauras Augen, während sie mit Aloisio tanzte, auf Fletchs Gesicht ruhten, war ihre Miene ausdruckslos, unergründlich.

Fletch hörte, wie hinter ihm der Name *Janio* gerufen wurde.

Er sprang die drei Meter aus der Loge hinunter zu den Tap Dancers.

29

Toninho klopfte Fletch auf die Schulter. »Mit dieser roten Schärpe sehen Sie wie ein echter Brasilianer aus. Wahrscheinlich genauso, wie Sie vor fünfzig Jahren ausgesehen haben.«

»Laura hat sie mir aus Bahia mitgebracht.«

Die vier jungen Männer schritten durch die Zone zwischen den Logen und der Paradestrecke.

Fletch sagte: »Heute morgen war ich in einer *favela*. Mir ist unbegreiflich, wie es sich die Leute in einer *favela* leisten können, eine solche Show mit all diesen Schlagzeugen und Kostümen und Festwagen auszustatten.«

»Sie verschlingt jeden *cruzeiro* und noch etliches mehr«, sagte Toninho. »Ach, übrigens, in meinem Apartment liegt ein Haufen Geld von Ihnen, Ihre Pokergewinne. Da liegt es sicher. Und trocken.«

»Tausende von wunderschönen Kostümen«, sinnierte Fletch. »Jedes muß individuell hergestellt sein.«

Tito sagte: »Jeder Bewohner einer *favela* zahlt wöchentlich Gebühren an die Sambaschule. Außerdem erhält die Sambaschule von der Regierung eine gewisse finanzielle Unterstützung für die Karnevalsparade, weil sie den Tourismus fördert.«

»Das *jogo do bicho*«, sagte Orlando. »Das *jogo do bicho* finanziert eine Menge.«

»Die illegale Zahlenlotterie«, erklärte Toninho. »Die Leute, die die illegalen Zahlenlotterien betreiben, geben den Sambaschulen eine Menge Geld für die Karnevalsparade. Das ist ihre Art, etwas von dem Geld zurückzuerstatten, Steuern zu bezahlen...«

»Weil sie nämlich die Leute das ganze Jahr über bestehlen«, sagte Tito. »Ihre falschen Hoffnungen stehlen.«

»Für das *jogo do bicho* ist das eine prima Public Relations«, sagte Tito. »Wird als Betriebsausgabe verbucht.«

Sie hatten zwei oder drei der Richtertürme passiert.

Tito drehte sich um und lief rückwärts weiter. »Hier kommt die *Escola Santos Lima*, Janio. Da paradieren einige Ihrer Nachkommen mit.«

»Die *Escola Santos Lima* hat die besten *capoeiristas* von ganz Rio de Janeiro«, sagte Orlando. »Vielleicht sogar von ganz Brasilien. Eine riesige Gruppe mit -zig Leuten.«

Toninho packte Fletch am Ellbogen. »Hören Sie. Norival ist immer noch nicht aufgetaucht.«

»Sie haben sich verrechnet, Toninho. Haben die Strömungen falsch berechnet. Seine Leiche ist bestimmt aufs Meer hinausgetrieben worden.«

»Unmöglich. Erinnern Sie sich an gestern nacht, als ich an Land schwamm? Ich bin in Norival hineingeschwommen. Das beweist, daß er bereits auf die Küste zutrieb.«

Wegen des Lärms der Karnevalsparade steckten die vier jungen Männer während des Gehens ihre Köpfe dicht zusammen.

»Es wäre schrecklich, wenn Norival von einem Hai aufgefressen worden wäre«, sagte Tito.

»Könnt ihr euch Norival denn nicht als Fischfutter vorstellen?« fragte Fletch.

»Wenn es aussieht, als wäre er einfach nur verschwunden«, fragte Orlando sachlich, »wie bringen wir dann seiner Familie bei, daß er tot ist?«

»Seine arme Mutter«, sagte Tito.

»Sein Vater wird schrecklich böse sein«, sagte Toninho. »Und erst Admiral Passarinho . . .«

»Sie werden uns nie verzeihen, daß wir Norival ohne sie auf dem Meer bestattet haben«, sagte Tito.

»Wie sollen sie uns jemals glauben?« fragte Toninho.

»Ihr habt da ein Problem«, räumte Fletch ein.

»Die Flut ist drinnen und draußen gewesen und kommt bald wieder herein.« Toninho sah krank aus. Er machte den Eindruck, als spülte die Flut ihre Wellen durch seinen eigenen Magen und Kopf.

»Was machen wir nun?« fragte Orlando.

Fletch sagte: »Ich passe.«

»Was heißt das?«

»Ich habe nicht die geringste Idee.«

»Sie sind unser Freund, Fletch.« Toninho marschierte immer noch mit Fletchs Ellbogen in der Hand. »Sie haben uns bei Norival geholfen.«

»Jetzt müssen Sie uns überlegen helfen«, sagte Tito.

»Ich glaube nicht, daß ich dazu imstande bin«, sagte Fletch. »Eine mir bekannte, lebende Person ist verschwunden. Andere Leute wollen mir einreden, daß ich vor siebenundvierzig Jahren gestorben wäre und meinen Mörder entlarven müßte. Ich habe nicht geschlafen. Ich bin betrunken vom Klang der Trommeln. Norival ist gestorben und verschwunden. Alles verliert an Realität. Wie kann ich antworten, wenn ich nichts begreife?«

Sie hatten die Hälfte der Paradestrecke zurückgelegt.

Fletch blieb stehen. »Ich muß zurück.«

»Ja«, sagte Tito. »Er muß den Umzug von Santos Lima sehen.«

»Werden Sie uns Bescheid sagen, wenn Ihnen etwas einfällt?« fragte Toninho.

»Klar.«

»Wir können doch jetzt nicht den ganzen Ozean durchkämmen in der Hoffnung, daß uns Norivals Leiche ins Netz geht«, sagte Orlando.

»Wir werden Sie anrufen«, sagte Toninho. »Morgen, wenn die Parade vorbei ist.«

Wären seine Verletzungen nicht gewesen, hätte Fletch bereitwillig geglaubt, daß er endlich doch noch eingeschlafen war und den schrecklichsten Alptraum träumte.

So jedoch wußte er später nicht mehr genau, wann er bei Bewußtsein und wann er bewußtlos gewesen war.

Benommen vor Schlaflosigkeit und mit dem unbestimmten Gefühl, von dem unablässigen Geräusch der Karnevalstrommeln vergiftet zu werden, hatte er sich, vielleicht ein wenig taumelnd, allein auf den Rückweg zu Teodomiro da Costas Loge gemacht. Seine Augenlider waren schwer, das grelle Licht beeinträchtigte sein Sehvermögen. Die *Abre-Alas* der *Escola Santos Lima* zogen vorüber, die erste *alegoria*, die die Zuschauer daran erinnerte, daß sie ein literarisches Thema zu erwarten hatten. Der Rückweg zu da Costas Loge schien ein genauso schwieriges Unterfangen zu sein wie die Durchquerung Brasiliens zu Fuß. Er nahm wahr, daß die *Commisão de Frente* vorbeizog. Er blieb schwankend stehen, versuchte sich in der grellen Beleuchtung auf den Tanz der *Porta Bandeira* und der *Mestre Sala* zu konzentrieren. Doch ihre Tanzschritte waren zu schnell, zu verworren für ihn, um ihnen mit den Augen folgen zu können. Bei der ersten *ala* taumelte er wieder vorwärts, nahm nur verschwommen wahr, wie die tausendfach tanzenden, singenden Menschen, die wirbelnden Kostüme und die sich biegenden entblößten Körper zu seiner Rechten vorüberzogen.

Sobald er Teos Loge wieder erreicht hätte, würde er sich in einer Ecke zusammenrollen und schlafen. Nur für eine Stunde. Auch wenn die Leute verwundert oder beleidigt darüber sein mochten, daß er während des Karnevalsumzugs schlief, er konnte es nicht ändern. Er würde mit Laura vereinbaren, daß sie ihn nach einer Stunde weckte, damit die Leute nicht allzu beleidigt wären. Selbst bei diesem Lärm konnte er, mußte er schlafen.

Gerade als er sich mit dieser Entscheidung Mut zusprach, sie als Stimulans benutzte, um den Rückweg zu Teos Loge zu schaffen, stießen plötzlich starke Hände hart gegen seine linke Schulter.

Anstatt nachzusehen, wer ihn gestoßen hatte, versuchte Fletch sich auf den Beinen zu halten. Die Asphaltkante der Paradestrecke schoß ihm entgegen.

Wieder wurde er von irgendwem gestoßen.

Er kippte nach rechts, in die Parade hinein.

Vom Asphalt schnellte ein Fuß hoch und trat ihm ins Gesicht.

Von dem Schlag taumelnd, die Arme erhoben, um seinen Kopf zu schützen, sah er sich um. Er befand sich genau innerhalb des äußersten Randes einer Gruppe von vielleicht hundert jungen Männern, die ihren mörderischen, geschulten Kampftanz vorführten. Ein Fuß klatschte gegen seinen Magen, und sofort war alle Luft aus Fletchs Lungen entwichen. Keuchend versuchte er, sich seitwärts wegzuduk-ken, zurück an den Rand der Parade.

Wieder wurde er gestoßen, hart.

Sich wie ein Kreisel drehend, fiel er noch tiefer in die Gruppe der *capoeiristas* hinein. Er war umzingelt von wirbelnden, schwingenden Beinen, die auf Schritt, Magen, Schulter, Kopf zielten. Ein Schlag landete in seiner rechten Kniekehle. Er fiel gegen irgendwen. Überall um ihn herum blitzten feurige Augen. *Oh, Scheiße,* schoß es ihm durch den Kopf, *ich schmeiße ihnen die Show. Ein verdammter Nordamerikaner, ein Tourist.* Von allen Seiten prasselten die Tritte auf ihn ein. Die Augen der *capoeiristas* nahmen ihn wahr, weit aufgerissen vor Verwunderung über seine Anwesenheit, aber die meisten konnten erst nach einer Pirouette, wenn es für sie zu spät war, ihren Schwung zu bremsen, vermeiden, ihn zu treten.

Ich gehöre hier nicht hin.

Irgendwer hatte ihn in die *capoeira*-Truppe gestoßen, nicht nur einmal, sondern gleich dreimal. Wer auch immer das gewesen sein mochte, er war zweifellos noch zwischen ihm und dem Rand der Parade. Die Arme über dem Kopf, duckte sich Fletch und begann, wobei er sich so tief wie möglich hielt, quer über die Paradestrecke zur anderen Seite zu hasten, auf die Tribünen zu.

Ein harter Tritt in den Magen hob ihn von den Füßen. Er landete hart auf seinem linken Fuß. Er kämpfte sich weiter vorwärts, durch die muskulösen, nackten, schweißglänzenden Rücken, die wild schlegelnden Beine, die balancierenden Arme hindurch. Der Klang der Schlagzeuge, der abgehackte, rituelle Gesang der Männer rauschte in seinen Ohren. Immer und immer wieder wurde er getreten. Selbst der graue Asphalt der Paradestrecke hob und senkte sich unter seinen Füßen.

Er sah den Fuß nicht, der vom Asphalt hochschnellte und ihm ins Gesicht trat. Ein Krachen sprengte seine Ohren, als sein Kopf hoch- und zurückgerissen wurde.

Eine feste Hand packte ihn um die Taille und schleuderte ihn aus der Parade heraus.

Unter seinen Füßen war festgestampfte Erde. Die *capoeiristas* waren jetzt einen Meter hinter ihm.

Blut war an seinen Händen. Blut strömte ihm aus Nase, Ohren und Mund in und auf sein weißes Hemd und versickerte in seiner roten Schärpe.

Er drehte sich um, nur halb bei Bewußtsein, um zu sehen, ob er denjenigen, der ihn in die *capoeira*-Truppe gestoßen hatte, entdecken konnte.

Die *Ala de Baianas* zog vorüber. Ein paar der hochgewachsenen schwarzen Frauen in langen weißen Gewändern sahen ihn, verzogen angeekelt das Gesicht vor seiner blutüberströmten Gestalt, als sie zum Rand des Asphalts tanzten, und wandten sich ab.

Seine Augen wollten sich schließen. Er wußte, daß er irgendwo zu Boden gehen mußte.

Die Hände gegen die Rippen gepreßt, wandte er sich den Tribünen zu. Ein paar Leute deuteten mit dem Finger auf ihn, doch die meisten reckten die Köpfe und Schultern, um über ihn hinweg auf die Parade zu sehen.

Er taumelte, fiel auf die Tribünen zu.

Leute auf den unteren Sitzreihen, denen er entgegenkam, sprangen entsetzt von seinem Aussehen auf und wichen vor ihm zurück. Vielleicht schrie eine Frau auf, es mochten auch zwei sein. Ein paar Männer riefen ihm etwas zu, zornig, zeigten auf ihn. Er konnte die Frauen nicht schreien und die Männer nicht rufen hören. Er konnte nur sehen, wie sich ihre Münder bewegten.

Er kniete nieder und legte seinen Kopf und seine Schulter zwischen die zweite und dritte Sitzreihe. Wer auch immer ihn in die *capoeiristas* gestoßen hatte, wollte ihn umbringen. Vielleicht war es ihm ja gelungen. Die Chancen standen gut, daß er sein Opfer jagen würde, bis er sicher war, daß er es getötet hatte. Den Kopf unter den Sitzen, streckte Fletch die Hände aus, packte zwei senkrechte Metallstangen und zog sich hindurch.

Fletch kroch unter die Tribünen.

Er lag auf dem Rücken im Dreck, die Kehrseiten der Sitze, die Kehrseiten der Zuschauer direkt über sich. Er war so oft in den Magen getreten worden, daß er nicht atmen konnte.

Ein Brechanfall warf ihn herum, brachte ihn auf die Knie, ließ ihn würgen und wieder atmen. Blut aus seiner Nase und von seinen Lippen vermengte sich mit dem stärkeren Strom von Erbrochenem.

Auf den Knien wich er vor seiner Schweinerei zurück.

Seine Bauchmuskeln vibrierten von den Schlägen, Arme und Beine zitterten, als er hustend, auf Hände und Knie gestützt, versuchte, seine Kehle von Erbrochenem und Blut zu reinigen.

Einen Meter über ihm saßen die Leute, die von ihren Sitzen aufgesprungen waren und ihm damit ermöglicht hatten, unter die Tribünen zu kriechen, wieder auf ihren Plätzen, stampften wieder mit den Füßen wie Kolben im Rhythmus der Trommeln und bejubelten das größte und unglaublichste menschliche Spektakel der Welt, vom Krieg einmal abgesehen. Fletch wußte, daß sie sein Würgen und Keuchen nicht hören konnten, und er war sicher, daß ihn seine Erscheinung ebenso unwirklich vorkam wie das übrige Spektakel, das sie betrachteten.

Nach einer Weile kroch er rückwärts weiter, um sich mehr Kopffreiheit, mehr Luft zu verschaffen.

Dann saß er mit gekreuzten Beinen da und bog den Kopf zurück, um damit vielleicht das Nasenbluten zu stoppen. Er erinnerte sich an das Krachen, das er gehört hatte, als er diesen letzten Tritt ins Gesicht erhielt. Doch glaubte er, daß weder sein Genick noch sein Rücken, noch sein Schädel gebrochen waren.

Über ihm stiegen, soweit er zu sehen vermochte, die Unterseiten der Tribünen empor. Rockzipfel, die Rückseiten von Oberschenkeln, ein paar baumelnde Füße. Ein Sandwichpapier flatterte herunter und landete unweit von ihm im Dreck.

Das Licht unter den Tribünen war gespenstisch. Es war Mitternacht. Unter den Tribünen gab es keine Beleuchtung. Das starke Licht von der Umzugsstrecke drang nur spärlich durch die dicht gepackten Körper unter die Tribünen. Lichtpunkte, die von nirgendwoher zu kommen schienen, flimmerten über dem Boden.

Lichtströme waberten in seltsamen Winkeln aufeinander zu.

Sein Schritt schmerzte, sein Magen, seine Rippen schmerzten. Sein Kopf war von allen Seiten getreten worden.

Gegen die Versuchung, gegen das Verlangen seines Körpers ankämpfend, sich auszustrecken, sich schlafen zu legen, bewußtlos zu werden, hievte er sich auf die Füße. Erst beim dritten Versuch gelang es ihm, sich aufzurichten.

Er kippte nach vorn, fing sich wieder. Eine *chope*-Büchse fiel von den Tribünen und landete dicht an seinem Fuß. Er setzte einen Fuß nach vorn und tapste darauf. Sich senkrecht im Gleichgewicht zu halten schien ihm wichtig. Die eine Hand rieb sein Ohr; die andere hielt seine Rippen fest. Er rang nach Luft.

Später meinte er, Augenblicke der Bewußtlosigkeit gehabt zu haben, als er dort stand.

Er sah einen Mann unter den Tribünen entlanggehen. Er wollte ihm gerade zuwinken, ihm gestikulieren, daß er Hilfe brauchte, als er den merkwürdigen Gang des Mannes bemerkte. Der Mann machte kurze, hohe, schnelle Schritte. Zuerst kam er auf den Zehen auf, und dann rollten seine Füße nach vorne auf seine Fersen.

Die Füße des Mannes waren nach rückwärts gerichtet. Seine Zehen waren hinter den Beinen.

Fletch senkte die Hand, die gegen seine Rippen gepreßt war, um sie gegen seinen Magen zu pressen.

Er blinzelte Blut aus seinen Augen.

Ein kopfloser Maulesel trabte aus der Dunkelheit unter den Tribünen heraus, drehte sich langsam herum und trabte davon.

Fletch stolperte ein paar Schritte vorwärts. Jetzt war er wirklich der Nordamerikaner mit dem vornüberfallenden Gang. Bei jedem Schritt bewahrten ihn seine Füße nur knapp davor, platt auf die Nase zu fallen.

Als er aus der Dunkelheit heraus war, hüpfte von links langsam ein anderer Mann auf Fletch zu und quer vor ihm vorbei.

Als er an Fletch vorbeikam, wandte sich der verkehrt herum auf den Schultern sitzende Kopf des Mannes um und lächelte. Seine Augen und Zähne strahlten selbst in dieser Beleuchtung.

In einem unmöglichen Winkel zu seinem Kopf hob sich einer seiner Arme und deutete auf Fletchs rechte Seite.

Ganz nah bei Fletch stand ein alter Mann in einem übergroßen Mantel. Die Haare des Mannes waren dünn und grau, seine Augen matt.

Er streckte Fletch die Arme entgegen.

Fletch wich zurück.

Aus den Ärmeln des Mannes kamen nur Haare heraus, keine Hände oder Handgelenke.

Erneut explodierte Fletchs Kopf.

Irgend jemand trat ihn hart in den Muskel an der oberen linken Seite seines Rückens.

Den alten Mann mit den Haaren statt Händen beiseite stoßend, drehte sich Fletch auf dem hartgestampften Erdboden langsam um die eigene Achse.

Er sah den zweiten Schlag auf seine Brust zukommen, aber er wußte nicht, wie er einem solchen Fußtritt ausweichen sollte. Er konnte ihn nicht abducken. Obwohl er langsam und benommen zur Seite wich, traf ihn der Schlag immer noch mit voller Wucht.

Seine Füße fingen ihn gerade noch auf, als er rückwärts taumelte.

Ein Mann, ein drahtiger alter Mann, führte vor seiner Nase einen Kampftanz vor. Halb betäubt bewunderte Fletch die perfekt ausgeführte Pirouette.

Und gerade als das Gesicht des Mannes sich ihm zuwandte, brach ein Lichtstrahl durch die Tribünen und schien voll auf das Gesicht eines Ziegenbocks. Starre braune Augen schimmerten durch die Sehschlitze der Maske.

Der Fußspann des Mannes traf Fletch an der Seite des Kopfes.

Fletchs Kopf fühlte sich an, als reiste er allein durchs Weltall.

Torkelnd entdeckte Fletch den kleinen Jungen, der nicht allzuweit entfernt auf seinem Holzbein dastand.

»Janio!« schrie Fletch. Blut blubberte aus seiner Kehle auf seine Lippen.

Bei all diesem Lärm konnte er nicht einmal seine eigene Stimme hören.

Mit unnatürlich pumpenden Schultern lief der kleine Junge davon.

Der *capoeirista* war echt. Er war vor Fletch, hinter ihm, rund um ihn herum. Seine Fußtritte waren echt.

Der Mann hinter der Ziegenbockmaske trat Fletch zu Tode.

Fletch versuchte, seine Beine zusammenzuhalten, noch nicht umzukippen. Er versuchte, den Mann hinter sich zu halten, was jedoch unmöglich war. Zusammengekauert versuchte er, seine Hände über den Kopf zu halten und die Rippen dabei mit den Ellbogen zu schützen. Mal nach der einen, mal nach der anderen Seite fallend, versuchte er auszuweichen. Doch der *capoeirista* war überall zugleich. Jeder seiner Fußtritte öffnete Fletchs Körper für einen weiteren Tritt.

Ein harter Tritt traf Fletchs Kehle, vielleicht ein tödlicher.

Dann ein weiterer Tritt Fletchs Hinterkopf.

Er lag mit dem Gesicht im Dreck.

Das Bewußtsein kam und ging wie ein altes Lied bei starkem Wind. Blut strömte aus seinem Gesicht, vor allem wieder aus seiner Nase, aber er konnte sie mit der Hand nicht erreichen.

Seine Beine würden ihn nicht hochstemmen, würden ihm den Dienst versagen, waren längst über den erforderlichen Impuls, sich aufzurichten und davonzurennen, erhaben.

Der Mann mit der Ziegenbockmaske packte Fletchs Haar und drehte seinen Kopf zur Seite und hoch. Fletchs ganzer Körper rollte zur Seite. Er lag auf einer Hüfte.

Der Mann kniete über Fletch.

Eine Sekunde lang lag die Hand des Mannes direkt vor Fletchs Nase flach auf dem Boden. In einem der seltsamen Lichtblitze erkannte Fletch flüchtig einen Ring am Finger des Mannes. Einen Ring mit einem schwarzen Zentrum, aus dem sich ineinander verschlungene Schlangen emporwanden.

Weiter weg sah Fletch ein Stück Holz, das, wieder und wieder auf den Erdboden stoßend, näher kam. Zu dem Stück Holz gehörte das Bein eines Jungen.

Mit der einen Hand an Fletchs Haaren ziehend, drehte der Mann mit der Ziegenbockmaske Fletchs Kopf hin und her.

Mit der anderen Hand tat er irgend etwas unter Fletchs Kinn.

Fletch spürte eine angenehme Wärme an der Seite seines Halses.

Die angenehme Wärme von Blut.

Der Mann schnitt Fletch die Kehle durch.

Dann, als werde er von einer Sturmbö erfaßt, wurde der Mann beiseite gefegt und neben Fletch in den Dreck geschleudert.

Viele Beine waren plötzlich über ihnen, Beine von starken Männern.

Mit einer einzigen, unglaublich federnden, geschmeidigen Bewegung war der Mann hoch und auf den Füßen, auf einem Fuß. Der andere Fuß wirbelte an einem gestreckten Bein durch die Luft. Vom Boden aus sah Fletch, wie all die anderen Beine, die Beine seiner Retter, zurückwichen.

Dann gruben sich die Zehen des Mannes mit der Ziegenbockmaske wie bei einem Sprinter in den Erdboden. Und waren in einer Staubwolke verschwunden.

Stampfend liefen die anderen Füße hinter ihm her.

Das Holzbein steckte immer noch nahebei im Boden, neben dem nackten Bein des Jungen.

»Janio, ich brauche Hilfe.« Fletch schaffte es, eine Hand an die Kehle zu führen. Er steckte einen Finger in das Messerloch. *»Janio! Socorro!«*

Fletch wußte, daß er nicht gehört wurde. Er konnte nicht einmal sich selbst hören.

Es war nicht Schlaf, in den Fletch daraufhin sank.

30

Er war bei Bewußtsein, als das Telefon auf dem Nachttisch zu läuten begann. Es läutete fünf- oder sechsmal, bis er imstande war, sich herumzuwälzen, den Arm danach auszustrecken und den Hörer abzunehmen.

»*Bom dia*«, sagte Fletch ins Telefon, ohne ein Wort davon zu glauben.

»Fletch! Geht es Ihnen besser?«

Mittlerweile erkannte Fletch Toninhos Stimme am Telefon. »Besser als was?«

»Besser, als es Ihnen ging, als wir Sie fanden.«

Fletchs Erinnerungsvermögen wies noch beachtliche Lücken auf. Erst kurz vor Mittag hatte sein Gehirn sich zu lichten begonnen. Noch schmeckte er Blut.

Er erinnerte sich, ganz aus der Nähe Toninhos oder Titos Bauchfalten gesehen zu haben, als er bei der Karnevalsparade auf dem Erdboden unter den Tribünen gelegen hatte.

Er erinnerte sich, daß man ihn getragen hatte, kilometerweit, wie ihm schien, unter den Tribünen entlang. Der Himmel war voller Menschenfüße und -beine gewesen, die im Rhythmus stampften. Der Lärm setzte sich nicht mehr aus Gesang und dem Stampfen der Sambatrommeln zusammen. Er war nur noch ein einziges Gebrüll.

Dann waren sie unter den Tribünen hervorgekommen, und er wurde immer noch einen weiten, weiten Weg getragen. Die Geräusche ebbten ab. Die Luft wurde klarer. Der Himmel war hoch und schwarz.

»Wir bekommen Übung darin, Leichen herumzuschleppen«, sagte Tito. Warum sprach er Englisch?

»Begrabt mich auf See«, wies Fletch sie an. »Die Fische werden sich über einen Nachtisch freuen.«

Als sie ihn dann vorsichtig auf den Rücksitz des viertürigen schwarzen Galaxie betteten, bemerkte Fletch den zehnjährigen Jungen neben dem Wagen. Seine Augen waren weit aufgerissen.

»Hey, Janio«, sagte Fletch. *»Obrigado.«*

Während der Autofahrt hatte er wieder das Bewußtsein verloren und bekam nichts mehr davon mit.

Er erinnerte sich, daß er in die Halle des Hotels Yellow Parrot geführt wurde und Orlando ihn stützte.

Der Portier und der Empfangschef liefen aufgeregt herum und fragten Toninho und Tito auf portugiesisch aus. Toninho und Tito redeten beruhigend auf sie ein.

Die Fahrt im Lift dauerte ewig.

Doch endlich lag Fletch auf seinem eigenen Bett. Auf seinem eigenen Bett zu liegen, war ein so unerwartetes, so wunderbares Ereignis, daß er vor lauter Wonne eine Unmenge Luft schluckte. Und erneut in Ohnmacht fiel.

Er erinnerte sich, daß Toninho seinen nackten Körper von oben bis unten bearbeitete, knetete, abtastete, nach Knochenbrüchen suchte.

»Mein Hals«, sagte Fletch. »Sitzt mein Kopf noch gerade drauf?«

Orlando kam mit feuchten Handtüchern aus dem Badezimmer. Er und Toninho wuschen ihn ab, wozu sie ihn sogar behutsam herumdrehten.

Während sich die Handtücher mal Fletchs Blickfeld näherten, mal daraus entschwanden, wurden sie erst rosa und dann rot.

Der vorschriftsmäßig gekleidete Empfangschef brachte Verbände und Flaschen mit Antiseptikum und trug die feuchten, blutigen Handtücher und Fletchs blutgetränkte Kleider weg.

»Nicht meine Schärpe«, jammerte Fletch. »Nicht meine wunderschöne rote Schärpe.«

»Ihre blutrote Schärpe«, korrigierte Toninho.

»Diese blutrote Schärpe hat mir Laura geschenkt«, sagte Fletch. »Sie hat sie aus Bahia mitgebracht.«

»Er sagt, daß er Ihre Kleider verbrennen wird«, sagte Tito. »Als ein Opfer an die Götter. Sie haben nur wenig von Ihrem Blut bekommen. Sie leben.«

»Au.«

Toninho war dabei, hundert Stellen an Fletchs Körper mit Antiseptikum zu behandeln. Er drückte den mit Antiseptikum getränkten Waschlappen fest in den kleinen Schnitt an Fletchs Kehle.

Erneut verlor er das Bewußtsein.

Sie wälzten Fletch hin und her, um ihm ein frisches, sauberes Laken unterzuziehen. Der Empfangschef war wieder im Zimmer. Er versuchte, ein feuchtes, blutiges Laken zusammenzufalten, ohne es mit seinem Anzug in Berührung kommen zu lassen.

Mit den Fingern entdeckte Fletch, daß etliche Teile seines Körpers mit Pflastern beklebt waren: seine Schienbeine, seine Rippen, sein Gesicht, sein Hals. Er hatte nicht bemerkt, wie sie dort angebracht worden waren.

»Soll ich bei ihm bleiben?« fragte Tito.

»Er wird sich bald erholt haben«, sagte Toninho. »Er braucht nur ein paar Stunden Meditation. Es ist ihm nichts Ernsthaftes passiert.«

»Außer, daß jemand versucht hat, ihn zu töten«, sagte Orlando.

»Ja«, sagte Toninho. »Sieht ganz danach aus.«

»Es ist ihm aber nicht gelungen«, verkündete Fletch vom Bett aus.

»Nein«, sagte Toninho. »Es ist ihm nicht gelungen.«

Tito sagte leise: »Aber es wäre ihm beinahe gelungen.«

Der Raum war schwarz. Fletch erinnerte sich nicht, daß sie weggegangen waren.

Durch die dunkle Nacht lauschte er den Sambatrommeln. Die Klänge kamen nicht von der Straße. Sie kamen aus verschiedenen Fernsehapparaten überall im Hotel, in der Nachbarschaft. Die Stimme eines Ansagers übertönte das Geräusch der Trommeln und Gesänge und verstummte wieder. Rio de Janeiros Parade der Sambaschulen ging weiter.

Er schlief nicht. Eine Bewußtlosigkeit, die mit Schlaf nichts gemein hatte, kam und ging in dem dunklen Zimmer wie ein Geist, der erschien und sich wieder in Nichts auflöste.

Er bewegte sich nicht. Kein Teil seines Körpers verspürte den Wunsch, sich zu bewegen. Jeder Muskel seines Körpers war mindestens einmal getreten worden. Die Haut und das Gewebe an seinen Knochen pochten. Eine Zeitlang konzentrierte er sich auf seine schmerzenden Oberschenkel; dann auf seine schmerzenden Schultern, dann auf seinen schmerzenden Rücken und die obere Spitze seines Magens, genau unterhalb seiner Rippen. Sogar seine Finger und Zehen schmerzten. Aber alles war besser, als über die Schmerzen in seinem Kopf nachzudenken. Sein Kopf fühlte sich an, als wäre sein Inhalt von der Außenschale losgetreten worden und klapperte nun.

Laura würde zurückkommen. Irgendwann im Laufe des Morgens. Oder vielleicht innerhalb einer Stunde, nachdem die Parade vorüber war, so gegen zwei oder drei Uhr nachmittags. Wie konnte sie denn auch bei der Parade erfahren haben, daß man ihn fast zu Tode getreten hatte? Sie wußte ja lediglich, daß er die Loge verlassen hatte, um mit den Tap Dancers einen Spaziergang zu machen. Sie würde zurückkommen.

Tageslicht fiel durch die Balkonvorhänge. Dann schien die Sonne voll auf das Zimmer. Die Fernsehübertragung des Karnevalsumzugs ging weiter. Im Zimmer wurde es heiß.

In seinem Bett probierte er, erst den einen Arm zu bewegen. Dann den anderen. Dann ein Bein. Er bohrte die Finger in sein linkes Bein, damit es sich bewegte. Behutsam rollte er seinen Kopf auf dem Kissen hin und her.

Sein Kopf wurde allmählich klarer. Er war jetzt lange Zeit nicht mehr bewußtlos gewesen.

Es war beinahe Mittag, als er es nicht länger aushielt.

Langsam wälzte er sich zum Bettrand. Schwerfällig hievte er sich hoch. Minutenlang schwankte der halbdunkle Raum vor seinen Augen. Er machte einen Schritt vorwärts. Es gab keine Stelle an seinem Körper, die nicht weh tat.

Nachdem er die Toilette benutzt hatte, schaltete er die Badezimmerbeleuchtung ein und betrachtete sich im Spiegel. Zu seinem Bedauern saß sein Kopf richtig herum auf dem Hals und starrte zu ihm zurück. Verschwollene Augen, blutunterlaufene Wangenknochen und Kinnbacken. Ein Ohr war entzündet. In seinem Haar klebte immer noch Blut. Wenn er duschte, würden sich seine Verbände lösen. Als er zurückwich, bemerkte er die Blutergüsse auf seinen Oberarmen, seiner Brust. Der obere Teil seines Magens war purpurrot.

Als er sich behutsam die Zähne putzte, spuckte er Blut ins Waschbecken.

Dann kehrte er ins Bett zurück und wartete.

Laura würde kommen, und dann würden sie etwas zusammen essen. Er würde ihr erzählen, was ihm zugestoßen war. Aber würde sie sich überhaupt anhören, was er erzählte? Würde sie sich überhaupt dafür interessieren, oder wäre das eine Realitätsebene, die sie nicht sonderlich interessierte? Würde sie, während er erzählte, vielleicht etwas anderes hören? Als er die Loge verlassen hatte, war ihr Gesicht unerforschlich gewesen. Hatte die Tatsache, daß ihnen der Junge mit dem Holzbein auf der U-Bahn-Fahrt gefolgt war, eine Bedeutung für sie, die ihm nicht aufgegangen war?

Als Toninho anrief, war Laura noch nicht zurückgekehrt.

»Es muß Ihnen besser gehen«, sagte Toninho. »Sie hatten fast zwölf Stunden Zeit zu meditieren.«

»Ich brauche zwölf Jahre.«

»Wer hat versucht, Sie zu töten?«

»Ich denke darüber nach.«

»Ach ja, der Karneval«, sagte Toninho.

»Er trug eine Ziegenbockmaske«, sagte Fletch. »Ein Mann in den Sechzigern, würde ich sagen. Er hat versucht, mich totzutreten.«

»Höchstwahrscheinlich hat er sich in den Charakter eines Ziegenbocks versetzt. Im Karneval kommt so was vor.«

»Kein Ziegenbock hat soviel Übung in *capoeira.*« Fletch hätte gern den Telefonhörer an das andere Ohr gehalten. Doch dann erinnerte er sich, daß sein anderes Ohr den Charakter einer Tomate angenommen hatte.

»Die große Neuigkeit ist, daß Norival aufgetaucht ist.«

»Prima! In einem Stück?«

»Ja. Er kam weit unten an der Küste an Land, hundert Kilometer weiter südlich, als wir angenommen hatten.«

»Ich war schon immer der Meinung, daß dieser Junge es noch weit bringen würde.«

»Offensichtlich ist er von einer Strömung erfaßt worden, die ihn erst nach Süden und dann an Land trieb. Heute morgen lag er am Strand. Ein Jogger fand ihn. Sie bringen gerade seine Leiche herauf.«

»Gut. Prima. Jetzt seid ihr ja alle Sorgen los.«

»Offiziell heißt es bis jetzt, er wäre ertrunken. Daß sein Boot auseinanderbrach und er ertrank.«

»Das ist gut. Demnach ist Norival auf See gestorben. Das wird seine Mutter aber sehr freuen. Admiral Passarinho wird entzückt sein.«

»Wir treffen Sie also in etwa einer halben Stunde beim Bestattungsunternehmen.«

»Was? Ausgeschlossen. Toninho, ich kann mich nicht rühren.«

»Natürlich können Sie das.«

»Weshalb sollte ich denn auch zu diesem Bestattungsunternehmen kommen?«

»Um uns dabei zu helfen, die Beamten abzulenken.« Toninhos Stimme nahm einen verschwörerischen Klang an. »Sie von dem Gedanken an eine Autopsie abzulenken. Wir müssen einträchtig beieinanderstehen und sagen, ja, er ist ertrunken. Wir sahen, wie er wegsegelte, und er ist ganz bestimmt ertrunken. Ihnen sind sie eher bereit zu glauben, verstehen Sie. Sie kennen sie nicht so gut wie uns.«

»Ich glaube nicht, daß ich mich bewegen kann.«

»Sie müssen. Wenn Sie sich jetzt nicht in Bewegung setzen, werden Sie steif wie Norival und können sich tagelang nicht rühren.«

Fletch zögerte. Er erinnerte sich an frühere Verletzungen. »Wahrscheinlich haben Sie recht.«

Er hatte immer noch nicht richtig geschlafen.

»Natürlich habe ich recht. Das Bestattungsunternehmen Job Pereira. An der rua Jardim Botánico. Der Teil der Straße, wo die Geschäfte sind.«

»Ich werd's schon finden.«

»Ich werde Ihre Spielgewinne mitbringen.«

»Sie brauchen mich nicht zu bestechen.« Fletch versuchte, sich im Bett aufzurichten. »Aber andererseits vielleicht doch.«

31

Als er das Bestattungsunternehmen Job Pereira erreicht hatte, suchte Fletch nach einer Türklingel, an der er läuten, oder wenigstens eine Tür, an die er klopfen konnte. Beides vergeblich.

Es war ein großes Stuck- und Steingebäude, das tief im Schatten von Bäumen lag.

»Hallo?« rief er. »Ist da jemand?«

Die Stille aus dem Innern des Gebäudes war gruftähnlich.

Er trat in das kühle Foyer. Es gab keine Empfangstheke und immer noch keine Klingel, an der er hätte läuten können.

»Hallo?« rief Fletch.

Die einzige Antwort war ein schwaches Echo seiner eigenen Stimme.

Er hatte länger als die versprochene halbe Stunde gebraucht, um vom Hotel Yellow Parrot zum Bestattungsunternehmen Job Pereira zu gelangen.

Auf der Bettkante sitzend, hatte er beim Zimmerservice etwas zu essen bestellt.

Da er den Telefonhörer noch in der Hand hielt, rief er auch gleich beim Hotel Jangada an und fragte nach Zimmer 912.

Niemand meldete sich.

Nein, Mrs. Collins Stanwyk hatte den Umschlag, den Mr. Fletcher in ihrem Fach hinterlassen hatte, noch nicht abgeholt.

Jeder Schritt, jede Bewegung, und mochte sie noch so gering sein, verursachte ihm Schmerzen. Er zog die Vorhänge zum Balkon auf. Der Mann gegenüber strich das Zimmer an. Vielleicht hatte er es sich zur Lebensaufgabe gemacht, dieses Zimmer anzustreichen. Fletch öffnete die Tür zum Balkon. Die Luft war warm, trocken und angenehm. Aus den Fernsehgeräten plärrten immer noch die Neuigkeiten von der Karnevalsparade.

Das Leben geht weiter.

Das Rasieren war, als liefe er barfuß über ein mit Glassplittern gespicktes Feld. Als er fertig war, mußte er sein Gesicht mit einem weiteren Verband versehen.

Allein, mit brennenden Lippen und wunden Kiefern, verzehrte er sein Frühstück.

Jede Minute, glaubte er, konnte Laura zurückkommen.

Als er endlich ein Paar saubere Shorts und ein T-Shirt, Socken und Tennisschuhe angezogen hatte, fuhr er im Aufzug hinunter. Der Empfangschef und die wenigen anderen Leute in der Hotelhalle warfen ihm einen kurzen Blick zu und sahen sofort wieder weg. Woraus er folgerte, daß er trotz seines an diversen Stellen verklebten Gesichts und Körpers nicht mehr wie ein Weihnachtspaket aussah.

Die *avenida* vor dem Hotel war menschenleerer, als er sie je zuvor erlebt hatte. Die Bürger sahen entweder immer noch der Karnevalsparade zu oder lagen erschöpft in ihren Betten.

Endlich las ihn ein Taxi auf. Alle Straßen waren menschenleer. Auf dem ganzen Weg zu jenem Bestattungsunternehmen quakte aus dem Taxiradio eine überschwengliche Beschreibung der letzten *escola* in der Parade.

»Hallo? Ist da jemand?«

In dem Bestattungsunternehmen rührte sich nichts. Nicht einmal das Geräusch eines Radios oder Fernsehers, die über die Parade berichteten, war zu hören.

Fletch humpelte in einen großen Raum auf der linken Seite der Eingangshalle. Schwere, geraffte Samtvorhänge an den Fenstern verdunkelten den Raum.

In dem Raum waren mehrere offene Särge ausgestellt. Jeder stand auf seiner eigenen kunstvollen Stellage. Er sah in einen hinein. Er war leer. Ein Verkaufsraum für Särge. Er ging von Sarg zu Sarg und sah in jeden hinein. Die Särge reichten von poliertem Kiefernholz bis zu messingbeschlagenem Mahagoni.

Er hörte ein Geräusch hinter sich.

Eine scheinbar müde, träge Stimme sagte: »Hallo?«

Fletch drehte sich um.

In der Tür des Raumes, weiß wie Meerschaum, hinter ihm das hellere Licht aus der Eingangshalle, das seine Konturen milderte, stand eindeutig Norival.

Norival Passarinho.

In weiße Schuhe, weiße lange Hosen, weißes Hemd gekleidet. Sein Bauch quoll über seinen Gürtel. Feuchtes Haar klebte auf seiner Stirn. Sein Gesicht war aufgedunsen.

Norival Passarinho.

Fletch zwinkerte.

Norival zwinkerte.

Fletch zog tief die kühle Luft des Sargausstellungsraumes ein.

»Ah, Janio Barreto.« Norival schlurfte auf Fletch zu. Norival streckte sogar den Arm aus, um Fletchs Hand zu ergreifen. »Endlich lerne ich Sie mal richtig kennen!«

Der Raum bäumte sich auf.

Fletch fiel zu Boden.

32

Fletch wußte, daß er sich an einem kleinen, dunklen Ort befand.

Als er zu sich kam, konnte er keine natürlichen Geräusche hören, außer dem Geräusch seines eigenen Atems. Die Luft war schal.

Er lag auf dem Rücken. Sein Kopf ruhte auf einer Art Kissen.

Erst als er seine rechte Hand bewegte und sofort an den Rand des Raumes, eine weiche Wand stieß, wurde ihm bewußt, wie klein der Raum war. Das gleiche traf zu, als er die linke Hand bewegte.

Der Raum, in dem er sich befand, war zweifellos nicht breiter als ein langes, schmales Bett. Er ließ seine Hände über die seidenen Wände gleiten. Die Decke des Raumes war unmittelbar über ihm, nur ein paar Zentimeter oberhalb seiner Brust, seines Kinns, seiner Nase.

Wirklich ein sehr kleiner Raum.

Seine Finger strichen über etwas anderes. Papier, ziemlich steifes Papier. Beide Hände tasteten den Gegenstand ab, der neben ihm in dem kleinen Raum lag. Seine Finger verrieten ihm, daß es sich um eine mit Zetteln gefüllte Papiertüte handelte.

Fletch versuchte sich zu erinnern, wo er sich zuletzt aufgehalten hatte, was er erlebt, worauf er geblickt hatte, als ... Särge!

»Aaaaaaaaarrr!« Fletchs ohrenbetäubendes Gebrüll überraschte ihn selbst. »Bin ich etwa nicht tot?«

Er versuchte, in diesem schrecklichen Gehäuse seine Hände zu heben, sie gegen den Deckel des Sarges zu drücken, ihn hochzustemmen. Sein Herz hämmerte wie das eines Lebenden. Sein Gesicht verströmte Schweiß.

»Heda, ihr da draußen!«

Voller Entsetzen wurde ihm klar, daß er vielleicht versuchte, durch zwei Meter Erdboden hindurchzubrüllen.

»Heda, ihr da oben! Ich bin noch nicht tot! Ehrenwort!«

Er schaffte es nicht, seine Arme und Hände so abzuwinkeln, daß er den Deckel hochstemmen konnte. Der Sargdeckel war zu schwer. Seine angeschlagenen Muskeln zitterten und schmerzten, vermochten jedoch wenig auszurichten.

»Aaaaaaaaarrr! Ihr da! Irgendwer! Hört doch! Ich bin doch nicht tot!« Die Luft im Sarg war fast unerträglich heiß geworden. »*Socorro*! Verdammt noch mal!«

Wie von selbst öffnete sich der Sargdeckel.

Augenblicklich wurde die Luft frisch und süß.

Er blinzelte benommen ins Tageslicht.

Lauras Kopf beugte sich über den Sarg, sah hinein. »Ach, da bist du«, sagte sie.

Fletch lag einfach nur flach ausgestreckt da, zog gierig die gute Luft ein und sagte nichts.

»Was tust du denn in einem Sarg?«

Fletch keuchte.

»Du siehst aus, als gehörtest du in einen Sarg.«

»Ich habe Norival gesehen«, sagte er, »Norival Passarinho.«

»Norival ist tot«, sagte sie.

»Das weiß ich doch!«

»Offensichtlich ist er nachts allein segeln gegangen. Sein Boot rammte einen Felsen oder so ähnlich, und er ist ertrunken.«

»Das weiß ich doch!«

»Seine Leiche wurde heute morgen angeschwemmt. Sehr traurig. Armer Norival.«

»Das weiß ich doch alles, Laura. Aber hör zu! Ich kam zu diesem Bestattungsunternehmen. Toninho hatte mich darum gebeten. Ich war allein, in diesem Raum.« Fletch linste über den Rand seines Sarges und vergewisserte sich, daß er sich immer noch in dem Sargausstellungsraum befand. »Und als ich mich umdrehe, wer steht da in der Tür? Norival! Norival Passarinho! Und zwinkert!«

»Norival?«

»Er spricht mich an! Er sagt: ›Janio Barreto‹. Er kommt näher, kommt quer durch den Raum auf mich zu. Er will mir die Hand schütteln!«

Laura zog ihre Nase kraus. »Norival Passarinho?«

»Ja! Zweifellos!«

»Nachdem er tot war?«

»Ja! Ich weiß, daß er tot war!«

»Das kann nicht Norival Passarinho gewesen sein.«

»Aber es war Norival Passarinho. Weiß gekleidet. Ganz in Weiß.«

»Du hast Norival Passarinho herumlaufen sehen, nachdem er tot war?«

»Er sagte, Norival sagte: ›Ah, Janio Barreto.‹« Fletch flüsterte mit Grabesstimme. »›Endlich lerne ich Sie mal richtig kennen.‹«

»Du hast Adroaldo Passarinho gesehen.«

»Was? Wen?«

»Adroaldo. Norivals Bruder. Sie sehen sich sehr ähnlich.«

Fletch überlegte einen Moment. »Adroaldo?«

»Ja. Adroaldo war sehr überrascht, als er den Arm ausstreckte, um dir die Hand zu schütteln, und du in Ohnmacht fielst.«

»Ich bin in Ohnmacht gefallen?«

»Nun ja, du fielst zu Boden ohne erkennbare – wie nennt ihr das? – Absicht.«

»Adroaldo Passarinho?«

»Wußtest du denn nicht, daß Norival einen Bruder hatte?«

»Doch. Natürlich. Aber er war so bleich!«

»Er ist den ganzen Winter über in der Schweiz zur Schule gegangen.«

»Laura...«

»Fletch, ich glaube, daß du den Karneval nicht überleben wirst. Dein Verstand beginnt darunter zu leiden.«

»Warum liege ich in einem Sarg?«

Laura zuckte die Achseln. »Ich vermute, daß dich die Tap Dancers da hineingelegt haben. Nachdem du in Ohnmacht gefallen warst.«

»Warum?«

»Einer ihrer kleinen Scherze.« Sie kicherte.

»Sehr witzig!« Steif begann er, sich hochzuziehen, sich in seinem Sarg aufzusetzen. »Mein Gott! Und ich dachte...«

»Es ist doch witzig.«

Er griff nach der Papiertüte und schaute hinein.

»Was ist das?« fragte sie. »Dein Mittagessen? Reicht es, um dich auf dem Weg ins Jenseits über Wasser zu halten?«

»Meine Pokergewinne.«

»Ah, sie haben dich mit all deinen weltlichen Gütern bestattet. Mit all deinen unrechtmäßig erworbenen Einkünften. Damit du Charon ein Trinkgeld geben kannst, nachdem er dich über den Styx gerudert hat.«

Sein Aufenthalt in dem Sarg hatte seine Muskeln erneut steif werden lassen. »Wie kommst du hierher?«

»Toninho hat mich im Hotel angerufen. Sagte, du wärst in Ohnmacht gefallen. Ich sollte mit dem Wagen kommen und dich abholen. Adroaldo und die anderen müßten Norival in seinem Sarg zum Haus der Passarinhos begleiten.«

Fletchs Herz hatte sich beruhigt, aber er schwitzte immer noch. »Was, wenn du nicht gekommen wärst? Ich hätte ersticken können...«

»Warum hätte ich denn nicht kommen sollen?«

»Angenommen, der Wagen wäre zusammengebrochen, oder...«

»Du hättest dich selbst daraus befreien können.«

»Ich hätte an einem Herzschlag sterben können.«

»Hast du dich denn so gefürchtet?«

»In einem geschlossenen Sarg aufzuwachen, zählt nicht gerade zu den Dingen, die man erwartet – unter welchen Umständen auch immer.«

Sie musterte sein Gesicht. »Du siehst verheerend aus.«

»Man hat mich fast zu Tode getreten.«

»Das haben sie mir erzählt. Siehst du am ganzen Körper so aus?«

»Im Moment bin ich nicht gerade eine umwerfende Erscheinung.«

»Weißt du, ob es irgendeinen Grund dafür gab? Ich meine, daß man dich angegriffen hat?«

»Ich denke schon, ja. Hilf mir aus diesem verdammten Sarg raus, falls es dir nichts ausmacht.«

»Im Hotel war übrigens noch eine Nachricht für dich.« Sie hielt seine Hand fest, damit er das Gleichgewicht nicht verlor. »Ein Sergeant Paulo Barbosa von der Polizei in Rio de Janeiro möchte gerne, daß du ihn anrufst.«

»Was sagte er?«

»Er hat lediglich eine Nachricht hinterlassen. In wie vielen Schwierigkeiten steckst du eigentlich?«

»O mein Gott.« Einen überall lädierten Körper aus einem hochstehenden Sarg herauszuhieven und auf zwei Füße auf den Fußboden zu stellen, ist eine schmerzhafte Angelegenheit.

»Du siehst wirklich verheerend aus«, sagte Laura. »Der Wagen steht direkt vorm Haus.«

»Besser, wenn du fährst.«

»In Anbetracht dessen, daß das letzte Vehikel, das du zu fahren versuchtest, ein Sarg ist . . .«

»Nicht aus freien Stücken, danke.«

»Wir werden ins Hotel zurückkehren. Die Parade ist vorbei. Sie war wirklich wunderbar. Du hast das meiste versäumt.«

»Das tut mir leid.«

»Fletch, du scheinst immer irgendwo zu sein, wo du eigentlich nicht sein solltest, und irgendwas zu tun, was du eigentlich nicht tun solltest.«

»Hast du sonst noch irgendwelche Neuigkeiten für mich?«

»Ja.« Sie gingen gerade durch das weite, kühle Foyer des Bestattungsunternehmens Job Pereira auf das gleißende Sonnenlicht jenseits des Eingangs zu. »Paul Bocuse ist zur Zeit Küchenchef im Le Saint-Honoré. Ich habe für heute abend einen Tisch bestellt, in deinem Namen. Hast du etwa den Ball im Regine's vergessen? Der ist heute abend. Morgen, dachte ich, könnten wir in die Berge fahren und im *Floresta* einen ruhigen Lunch einnehmen.«

»Du meinst, der Karneval ist immer noch nicht vorbei?«

»Morgen abend ist er vorbei. Aber ich bin mir keineswegs sicher, ob du es bis dahin durchhalten wirst. Und ich werde schon bald mit den Vorbereitungen für meine Konzerttournee beginnen müssen. Aber halb so schlimm. Wir werden jetzt ins Hotel zurückfahren und uns ausruhen.«

»Nein.«

»Nein? Willst du jetzt etwa Fußballspielen gehen?«

»Ich will jetzt in die *favela* Santos Lima fahren.« Über das Dach des kleinen gelben Cabrios hinweg bedachte sie ihn mit einem langen Blick. »Ich werde erst dann Ruhe finden, wenn ich's getan habe. Das hast du selbst gesagt.«

»Ich glaube kaum, daß ich den Weg weiß.«

»Aber ich.« Er ließ sich behutsam auf den heißen Beifahrersitz sinken. »Folge nur meinen Anweisungen.«

33

Geplagt von seinen Wunden, benommen vor Schlaflosigkeit betrat Fletch die *favela* Santos Lima wie eine *Figura de Destaque*. Die Sonne brannte, blendete.

Laura trottete ein paar Schritte hinter ihm her.

Die Kinder aus der *favela* folgten ihm natürlich auch, aber mit einigem Abstand und schweigend. Als sie den Hügel hinaufstiegen, schlossen sich ihnen Erwachsene aus den kleinen Häusern und den kleinen Läden an.

Bis sie vor Idalina Barretos Haus ankamen, waren sie zu einer großen Menschenmenge angewachsen.

Die hochgewachsene alte Frau erkannte Laura sofort wieder. Die Hände in die Hüften gestemmt, stand sie in der Tür ihres kleinen Hauses und begann auf Laura einzureden, noch bevor Laura vor dem Haus angelangt war. Die alte Frau fragte, wiederholte irgendeine Frage von Laura.

Die Menschenmenge draußen vor dem Haus verhielt sich still. Sie wollten Fletchs Antwort hören.

Laura sagte: »Sie möchte wissen, ob du hergekommen bist, um deinen Mörder zu identifizieren.«

Fletch sagte: »Ich denke schon. Sag ihr das.«

Laura runzelte die Stirn. »Meinst du das ernst?«

»Ist denn überhaupt irgendwas ernst gemeint?«

»Wie gedenkst du das anzustellen?«

»Ich gedenke, langsam durch die *favela* zu gehen und jedem in die Augen zu sehen. Ich werde meinen Mörder identifizieren.«

»Einfach so?«

»Einfach so.«

»Ich glaube nicht...« Sie sah sich zu all den Leuten um, die schweigend auf Fletchs Antwort warteten.

»Was glaubst du nicht?« fragte er. »Was glaubst du?«

Fletch wartete lange auf eine Antwort von ihr. Er fragte: »Möchtest du gerne glauben, daß ich im Begriff bin, Zauberkunststückchen vorzuführen? Daß ich im Begriff bin, einen Bluff zu landen?«

Laura antwortete immer noch nicht.

»Möchtest du, so wie einige dieser Leute hier, gerne glauben, daß ich Janio Barreto bin, der nach siebenundvierzig Jahren von den Toten auferstanden ist, um seinen Mörder zu entlarven?«

»Ich glaube ...« Laura holte tief Luft. »Ich glaube nicht, daß du mit diesen Leuten spielen solltest.«

»Spiele ich denn?«

»Zumindest einige dieser Leute glauben an diese Geschichte. Weil die alte Dame will, daß sie daran glauben. Die anderen sind lediglich neugierig. Sie lieben jede Geschichte.«

»Jeder kann eine Geschichte erfinden und behaupten, sie sei die Vergangenheit. Richtig?«

»Jemanden als deinen Mörder zu identifizieren, als den Mörder von Janio Barreto, wäre eine sehr ernste Angelegenheit für diese Leute.«

»Das hoffe ich.«

»Du hast keine Ahnung, was sie dieser Person antun könnten.«

»Ich kann's mir vorstellen.«

»Fletch, du mußt mir erzählen, was du weißt.«

»Du möchtest also ein Indiz?«

»Ich möchte irgend etwas.«

»Na schön, Laura, hier ist ein Indiz: Die Person, die vor siebenundvierzig Jahren Janio Barreto ermordete, ist fest davon überzeugt, daß ich der wiederauferstandene Janio Barreto bin.«

»Woher willst du das wissen?«

»Sieh mich doch an.«

»Ich meine, daß du nicht mit der – wie heißt das Wort? – Aufrichtigkeit dieser Menschen spielen solltest.«

»Ich mache mir nur die Ahnungslosigkeit eines einzigen dieser Menschen zunutze.«

»Jemand glaubt ...«

»Jemand glaubt entweder wirklich, daß ich der wiederauferstandene Janio Barreto bin, oder hat sich zumindest, um ja kein Risiko einzugehen, entschlossen, so zu handeln, als glaubte er, daß ich der wiederauferstandene Janio Barreto bin.«

Laura seufzte.

Mittlerweile hatten sich noch mehr Leute vor dem Haus von Idalina Barreto versammelt, die auf seine Antwort warteten.

Das Kind Janio Barreto war aufgetaucht. Von allen Menschen in der *favela* stand er am dichtesten bei Fletch.

»Bitte, teile der alten Frau mit, daß ich hier wäre, um meinen Mörder zu identifizieren.«

Laura fing an, zu Idalina zu sprechen, brach dann jedoch ab.

Statt dessen sagte sie zu Fletch: »Deine Vorwürfe richten sich auch gegen mich, nicht wahr?«

»Teufel noch mal, Laura, wir haben uns ja noch nicht einmal richtig kennengelernt.«

»Dies wird dir alles im Kopf herumspuken« sagte sie.

»Prima. Mein Kopf ist im Moment so wund, daß es darauf auch nicht mehr ankommt.«

Mit lauter Stimme, als wolle sie etwas ankündigen, antwortete Laura der alten Frau.

Die Menge klatschte. Viele machten das Daumen-hoch-Zeichen.

Die alte Frau stellte eine weitere Frage.

Laura sagte: »Hast du wirklich vor, einfach durch die *favela* zu laufen, die Straßen rauf und runter, bis du auf jemanden zeigst?«

»Ich möchte mich umsehen, möchte jedem in der *favela* in die Augen sehen. Sag ihr, daß ich den Mörder finden werde, wenn er hier ist.«

Laura übersetzte mit weniger kräftiger Stimme.

Idalina Barreto trat aus dem Schatten ihres Hauseingangs in die Sonne hinaus.

Sie nahm Fletchs Arm.

Gemeinsam, Laura hinter ihnen, die Leute aus der *favela* überall um sie herum, begannen Fletch und Idalina Barreto durch die *favela* Santos Lima zu schreiten.

»Ich habe deinen Bluff durchschaut«, sagte Laura schließlich leise zu Fletch, nachdem sie schon eine lange Zeit herumgelaufen waren. Ihre Frisur hatte vor der feuchten Hitze kapituliert. »Du läufst durch die ganze *favela* und zeigst auf niemanden.«

»Vielleicht«, antwortete Fletch. »Darf ich dann schlafen?«

Die *favela* Santos Lima war sehr viel weitläufiger, als er gedacht hatte, durchzogen von einem undurchschaubaren Gewirr von Straßen und Alleen und Fußwegen. Die zusammengehämmerten, zusammengeklebten Schuppen schienen aus einer Laune des Augenblicks oder irgendwelchen verborgenen Bequemlichkeitsgründen heraus hingestellt worden zu sein. Auf einigen der Pfade konnten nur Idalina und er nebeneinander hergehen. Hinter ihnen schlängelte sich der einen Kilometer lange Strom ihrer Begleiter irgendwo hindurch.

»Wir veranstalten unseren eigenen Karnevalsumzug«, sagte Fletch zu Laura.

»Das soll wohl ein Witz sein.«

Schwitzend tauchte Janio Barreto Filho auf und fragte, was da vor sich ging. Seine Mutter erzählte ihm, daß *Janio Barreto* jedem in der *favela* in die Augen sehen möchte. Er wolle seinen Mörder identifizieren.

Janio Barreto Filho trommelte Buben und Männer zusammen, die vor Fletch und Idalina herlaufen und alle Leute aus ihren Behausungen holen sollten, damit Fletch ihnen in die Augen sehen konnte, wenn er vorüberkam.

Es war der Nachmittag nach der Parade der Sambaschule, und die meisten der Bewohner der *favela* schliefen. Barretos Truppe rief durch die Fenster ihrer Behausungen, trat ein, weckte die Leute und bat sie höflich, nach draußen zu kommen. *Nein, nein, es ist nicht die Polizei. Es handelt sich um eine wichtige Sache. Damit eine alte Sache aufgeklärt werden kann, die mit der* favela *zu tun hat. Wir sind dabei, herauszufinden, wer vor langer Zeit Janio Barreto ermordet hat.* Notdürftig bekleidet, mit schlafverquollenen Gesichtern standen die Leute an ihren Türen und rieben sich die Augen im Sonnenlicht.

Vielleicht begriffen sie, daß ihnen gleich ein Bravourstück der Zauberkunst vorgeführt werden sollte: eine Stimme, die aus dem Jenseits sprach. Vielleicht begriffen sie gar nichts, außer, daß jemand sie gebeten hatte, aufzuwachen und sich für einen Moment vor die Tür zu stellen, weil etwas Interessantes vorbeikäme. Ob schlaftrunken oder neugierig, sie spielten mit.

Fletch fragte Laura: »Beschließt du gerade, was du als nächstes glaubst?«

»All diese Leute.« Laura blickte zurück auf den Menschenstrom, der ihnen folgte. »Viele von ihnen lachen über dich.«

»Das möchte ich auch hoffen«, sagte er.

»Aus der ganzen Sache hier eine Komödie inszenieren, ist das deine Absicht?«

»Ist es etwa keine Komödie?«

»Du führst sie im Kreis herum, und dann sagst du, daß keiner der Anwesenden als dein Mörder in Frage kommt.«

»Vielleicht.«

Die Bewegung tat Fletchs steifen Gliedern gut. Er war durstig. Die Sonne ätzte seine diversen Gesichts- und Armwunden. Sein Kopf hämmerte wie eine Sambacombo. Ein paarmal verdunkelte sich das helle Sonnenlicht unnatürlich vor seinen Augen. Er stolperte. Doch Idalina Barreto hatte ihn fest am Arm gepackt.

Natürlich wußte er nicht, ob er jeden Pfad in Santos Lima hinauf und hinunter ging. Das mußte er seinen Führern überlassen. Ihm kam es allerdings so vor, als ob er jeden Pfad hinauf und hinunter ging, jeder Person in Santos Lima in die Augen sah.

»Ich gehe zurück«, sagte Laura. »Hier sind die Wagenschlüssel. Ich werde ein Taxi nehmen.«

»Nein«, sagte Fletch. »Bleib bei mir.«

»Ich habe keine Lust, mir diese Show, die du hier abziehst, bis zum Ende anzusehen.

»Es ist keine Show.«

Fletch betrachtete die Menschen der *favela* Santos Lima. Betrachtete die Männer und Frauen, die Alten und Jungen, die Großen und Kleinen, die Schönen und die Häßlichen, die Krüppel, die Gesunden und Kranken, die Tattergreise, die Hochnäsigen, die Beschämten...

Er bemerkte, wie vor ihm auf einem schmalen Pfad ein schlanker, grauhaariger, nur mit Shorts bekleideter Mann ein Haus verließ, den Pfad überquerte und in einem anderen Haus verschwand.

Mit schnelleren Schritten ging Fletch auf dieses Haus zu.

Vor Erregung packte Idalina Barreto seinen Arm noch fester. Sie hielt mit ihm Schritt.

Klein Janio Barreto schaute hoch in Fletchs Augen. Dann, andere herbeirufend, rannte er voraus und in das Haus hinein.

Fletch betrat das Haus. Es war leer. Eine türlose Öffnung führte hinter das Haus.

Von der Rückseite des Hauses waren die lauten Rufe des jungen Barreto zu hören. Als Fletch durch das Haus ging, beschleunigte der nachfolgende Mob das Tempo. Sie liefen durch das Haus und um das Haus herum.

Jetzt witterten sie eine Fährte.

»Was tust du da?« sagte Laura. »Wahnsinniger!«

Fletch schaute zurück. Eine Wand des kleinen Hauses, durch das sie gerade gegangen waren, fiel flach in den Staub. Die anderen drei Wände kippten vornüber, stürzten jedoch nicht ein. Das verbogene Blechdach hielt sie aufrecht.

»Du bist ja von Sinnen!« sagte Laura. »Das ist unfaßbar!«

Oberhalb des kleinen Hauses traf er auf einen breiteren Weg. Links von ihm, den Weg hinunter, hielt der junge Janio Barreto die schwarzen Shorts des grauhaarigen Mannes fest, von dem er wußte, daß Fletch ihn verfolgte. Andere Jungen und Männer umringten den Mann.

Als er näher kam, sagte einer der jungen Männer zu dem grauhaarigen Mann: »Laß ihn nur mal in deine Augen sehen, Gabriel.«

»Gabriel Campos!« kreischte Idalina Barreto mit ihrer höchsten Altweiberstimme. *»Gabriel Campos!«*

Daß der Mann am liebsten davongelaufen wäre, war nicht zu übersehen. Mittlerweile hatten ihn zwanzig junge Männer und über dreißig Kinder umzingelt. Und über einhundert Mitbürger seiner *favela* näherten sich ihm.

Hoch erhobenen Hauptes stand er da und rührte sich nicht vom Fleck. Sein Körper bestand überwiegend aus geschmeidiger, sehniger Muskulatur. Sein Brustkasten hob und senkte sich heftig. Der Mann war nicht so weit, nicht so schnell gelaufen, um derart außer Atem zu sein. Nicht bei seiner Kondition. Ein verschlagenes Lächeln spielte um seine Lippen.

»Gabriel Campos!« gellte Idalina. Dann schrie sie etwas über Janio Barreto.

Dicht neben ihm stehend, schaute Fletch in die Augen von Gabriel Campos. Diese Augen hatte er schon einmal gesehen.

Gabriel Campos' Augen flackerten. Sie huschten über die Menschenmenge und wieder zurück zu Fletch.

Sein Lächeln kam und verschwand wie ein Blitzlicht.

Langsam hob Fletch die Hand.

Er richtete seinen Zeigefinger auf Gabriel Campos' Nase.

Fletch hatte den Ring, den der Mann trug, bereits überprüft. Er hatte ein schwarzes Zentrum, aus dem sich ineinander verschlungene Schlangen emporwanden.

Blitzschnell duckte sich Gabriel Campos, riß die Ellenbogen nach hinten und schoß wie ein Pfeil rückwärts durch den Kreis der jungen Männer und Kinder, wobei er ein Kind zu Boden stieß.

Idalina Barreto schrie gellend auf.

Andere begannen zu brüllen, drängten vorwärts.

Zwei der jungen Männer versuchten Gabriel Campos zu packen.

Campos trat einem in den Magen, dem anderen ins Gesicht.

Es schien, als versuche jeder, Campos zu ergreifen. Sich duckend, tänzelnd und um sich tretend, befreite er sich mit ungeheurer Geschicklichkeit aus der Menge, wirbelte herum und jagte den Weg hinauf.

Schreiend rannten die jungen Männer hinter ihm her. Übereinander stolpernd, beteiligten sich fast alle Männer und Kinder, die Fletch begleitet hatten, an der Verfolgung. Auch viele der Frauen rannten, einige mit gerafften Röcken, kreischend hinter Gabriel Campos her.

Inmitten dieses Marathons, immer wieder *Gabriel Campos! Gabriel Campos!* kreischend, eilte die hochgewachsene alte Idalina Barreto mit ihrem raschen, energischen Gang hinter ihm her, konnte mit den anderen jedoch nicht Schritt halten.

Fletch setzte sich auf einen nahe gelegenen Felsen.

Dor de estomago... de cabeça... febre... náusea.

Ein paar Meter entfernt stand Laura Soares in einer Gruppe von Frauen aus der *favela*. Alle sprachen auf einmal. Die meisten von ihnen waren schwanger und konnten sich deshalb nicht an der Verfolgung von Gabriel Campos beteiligen.

Laura stellte Fragen, wobei sie ständig zu Fletch herübersah.

Weiter oben in der *favela* war die Jagd immer noch in vollem Gange. Fletch sah, wie Gabriel Campos auf einer Straße, die auf einem Hügelkamm entlangführte, zwischen den Häusern hindurchrannte. Gut hundert Leute strömten hinter ihm her. Er hatte einen guten Vorsprung.

Die hohen, schrillen Schreie Idalina Barretos übertönten alle anderen Geräusche. *»Gabriel Campos! Gabriel Campos!«*

Irgendwoher aus den Tiefen der *favela* war eine Sambatrommel zu hören.

Nach einer Weile kam Laura zu Fletch herüber und stand einen Moment schweigend vor ihm.

Fletch sagte: »Ich bin schrecklich müde. Und ich muß immer noch Sergeant Barbosa bei der Polizei von Rio anrufen.«

Laura sagte: »Er heißt Gabriel Campos.«

»Ich hab's gehört.« Er sah dort hinauf, wo sich Idalina Barreto befand. Die alte Dame war bereits ein gutes Stück weiter hinaufgeklettert. »Ich hör's.«

»Die Frauen sagen, er wäre dein Freund gewesen, als ihr Buben wart. Er, ein weiterer Junge und die Gomes-Brüder. Wer sind die Gomes-Brüder?«

»Idalinas Brüder.«

»Siehst du?« sagte sie. »Du weißt doch Bescheid.«

»Man hat's mir erzählt, Laura. Gestern. Man hat's mir erzählt.«

»Du hast ihnen die Kunst des *capoeira* beigebracht. Gabriel war der beste Schüler von allen. Nachdem man dich umgebracht hatte, war er Lehrmeister bei der *capoeira*-Gruppe der *Escola* Santos Lima.

Jahrelang war er berühmt dafür. In einem Jahr war er sogar *Mestre Sala*.«

»Ich verstehe. Er wollte Janio – seinen Lehrer – aus dem Weg haben.«

»Er wurde in den Verwaltungsrat der Sambaschule berufen.«

»Solche Ehren wären ihm nie zuteil geworden, wenn Janio gelebt hätte.«

Laura zeichnete mit der Spitze ihrer Sandale irgendein Zeichen in den Staub.

»Ich muß unbedingt schlafen.« Hoch oben in der *favela* ging die Verfolgung, das Schreien weiter. Fletch sagte: »Ich frage mich, was sie mit ihm machen werden.«

»Ich will es gar nicht wissen. Wie, warum hast du Gabriel Campos herausgegriffen? Das mußt du mir erzählen.«

»Du meinst, ob Gabriel vor siebenundvierzig Jahren Janio Barreto ermordet hat?«

»Hat er?«

»Das weiß ich nicht.« Einem Zusammenbruch nahe, erhob sich Fletch von dem Felsen. »Aber ich weiß, daß er gestern nacht, als Ziegenbock verkleidet, versucht hat, mir die Kehle durchzuschneiden.«

34

»Haben Sie mir eigentlich schon gesagt, ob Sie jemals in New Bedford, Massachusetts, gewesen sind?« fragte Sergeant Barbosa.

»Nein«, sagte Fletch ins Telefon. Er hockte erschöpft auf seinem Bett im Hotel Yellow Parrot. »Ich bin noch nie in New Bedford, Massachusetts, gewesen.«

Laura hatte Sergeant Barbose an den Apparat bekommen. Das Gespräch selbst anzumelden, war Fletch in seinem übermüdeten Zustand zu schwierig erschienen.

»Es ist sehr schön in New Bedford, Massachusetts«, erzählte ihm Sergeant Barbosa erneut. »Für mich natürlich viel zu kalt. Wenn Sie in Ihr Heimatland zurückkehren, müssen Sie sich New Bedford, Massachusetts, unbedingt mal ansehen.« Fletch entging die dahinter versteckte Unterstellung nicht, daß jeder Mensch früher oder später in sein Heimatland zurückkehren wird. Das gleiche hatte Idalinas Vater Janio Barreto unterstellt. »Sie müssen unbedingt den Souvenirladen meiner Cousine in New Bedford, Massachussetts, besuchen. Sie hat alles in ihrem Souvenirladen, was jeder andere Souvenirladen auch hat.«

»Na schön.« Fletchs Kopf nickte. »Versprochen.«

»Das wäre sehr nett. Nun zu dieser Nordamerikanerin, die Sie verloren haben ...«

Fletchs Augen sprangen auf. »Ja?«

»Ich glaube nicht, daß wir sie gefunden haben.«

»Oh.«

»Allerdings haben wir einen Telefonanruf vom Bürgermeister einer sehr kleinen Stadt an der Küste, dreihundert Kilometer südlich von hier, erhalten. Die Stadt heißt Botelho. Sehr hübsch da unten. Richtiges Küstenstädtchen. Liegt am Meer. Sollten Sie sich auf alle Fälle mal ansehen.«

»Ja«, sagte Fletch schläfrig. »Werd' ich mir auch mal ansehen. Versprochen.«

Laura zog die Vorhänge gegen die Sonne zu. Sie hatte sich bereits fürs Bett entkleidet.

»Der Bürgermeister von Botelho sagte, daß am Wochenende, am Samstag, glaube ich, eine Nordamerikanerin in Botelho aufgekreuzt wäre.«

»Vielleicht hat ihr auch jemand empfohlen, sich's mal anzusehen.«

»Sehr wahrscheinlich. Ist ja auch wirklich ein hübsches Fleckchen Erde. Ich war mal mit meiner Frau und den Kindern da.«

»Haben Sie sich gut amüsiert?«

»Glänzend.«

»Freut mich.«

»Der Bürgermeister sagte, daß die Frau einfach nur den ganzen Nachmittag allein am Strand herumgewandert wäre und so weiter, wenn Sie wissen, was ich meine.«

»Eine amerikanische Touristin ...«

»Als es dunkel geworden war, ging sie in dieses ganz ausgezeichnete Fischrestaurant, das es da gibt. Ich bin mit meiner Frau und den Kindern mal zum Essen dort gewesen.«

Vor ihm kniend, zog Laura Fletch die Tennisschuhe und Socken aus.

»War's gut?«

»Ausgezeichnet. Diese Frau hat dort zu Abend gegessen.«

»Eine Nordamerikanerin fährt in einen kleinen Badeort ...«

»Botelho.«

»Botelho, richtig. Verbringt den Nachmittag am Strand und ißt dann in einem Fischrestaurant zu Abend.«

»Ja, ganz recht. Nach dem Essen sprach sie kein Wort. Anstatt zu bezahlen, ging sie schnurstracks in die Küche und fing an, Geschirr zu spülen.«

Laura gab Fletch einen Schubs, daß er auf den Rücken fiel, und begann seine Shorts auszuziehen.

»Das ist nicht Joan Collins Stanwyk.«

»Seitdem ist sie dort. Seit zwei Tagen. Spült Geschirr. Ißt. Der Mann, dem das Restaurant gehört, hat ihr eine kleine Bettkammer zur Verfügung gestellt.«

»Joan Collins Stanwyk hat noch nie in ihrem Leben auch nur einen einzigen Teller gespült. Sie wüßte gar nicht, wie das geht.«

»Sie ist eine blonde Nordamerikanerin oder Engländerin. Sie spricht kein Wort Portugiesisch.«

»Wie alt ist sie?«

Über ihm auf dem Bett kniend, zog Laura ihm das Hemd aus. Die Telefonschnur wanderte durch den Ärmel.

»Ziemlich jung, sagt der Bürgermeister. Schlank. In den Zwanzigern. Mitte Zwanzig vielleicht.«

»Hört sich für mich an wie irgendein weibliches Wrack aus Florida Keys, das an einen brasilianischen Strand geschwemmt wurde.«

»Bothelo. Der Strand dort ist sehr hübsch.«

»Davon bin ich überzeugt.« Laura schob Fletchs Beine unter das Laken. »Warum hat der Bürgermeister von Botelho wegen dieser Dame die Polizei von Rio angerufen?«

»Samstags hält ein Ausflugsbus von den Copacabana-Hotels in Botelho. Der Bürgermeister meinte, daß sie möglicherweise aus diesem Bus gestiegen ist. Darum hat er dieses Polizeirevier angerufen. Er fragte, ob wir nach einer Mörderin suchen, auf die ihre Beschreibung paßt.«

»Eine Mörderin?«

»Ehrlich gesagt, er weiß nicht, woher sie kam. Oder warum. Botelho ist eine kleine Stadt. Er ist ein kleiner Bürgermeister.«

Fletch, der nun endlich im Bett lag, um zu schlafen, überlegte einen Moment. Dann sagte er. »Ich kann mir das nicht vorstellen, Sergeant. Joan Collins Stanwyk hatte zwar keinerlei Bargeld bei sich, aber sie ist eine reiche, verantwortungsbewußte Dame, eine sehr vornehme Dame. Ihr stehen viele Möglichkeiten offen. Alle Möglichkeiten der Welt. Ich kann mir nicht vorstellen, daß sie jemals in einen Badeort fahren und sich als Tellerwäscherin in einer Fish-and-Chips-Kneipe verdingen würde.«

»Fish-and-Chips? Ah, sie sprechen Londoner Englisch.«

»Wie auch immer, Joan Collins Stanwyk ist über dreißig.«
»Ich hab' mir schon gedacht, daß dies nicht Ihre Lady ist.«
»Ich bin sicher, daß sie es nicht ist.«
»Kuddelmuddel. Erinnern Sie sich, was ich über Kuddelmuddel gesagt habe?«
»In der Tat.«
»Diese Welt ist der reinste Kuddelmuddel. Seit siebenundzwanzig Jahren stehe ich im Dienst der Polizei von Rio. Glauben Sie mir, ich hab' schon viel Kuddelmuddel erlebt.«
»Davon bin ich überzeugt. Danke, daß Sie mich informiert haben, Sergeant.«
Laura lag neben Fletch im Bett.
»Demnach«, sagte sie, »haben sie die Frau, nach der du suchst, nicht gefunden.«
»Nein. Es ist lediglich irgendeine englischsprechende Frau aufgekreuzt, die in irgendeinem Fischrestaurant unten an der Küste Geschirr spült.«
In die Dunkelheit sagte Laura: »Die Polizei will dir nur zu verstehen geben, daß sie etwas wegen der verschwundenen Lady unternimmt.«
»Wahrscheinlich.« Er knipste die Nachttischlampe an.
»Was hast du vor?«
»Nur das Hotel Jangada anrufen«, sagte Fletch. »Hören, ob sie zurückgekommen ist.«
»Soll ich dir helfen?«
»Diesen Anruf kann ich selbst erledigen«, sagte er. »Den hab' ich trainiert.«
Zimmer 912 im Hotel Jangada meldete sich nicht.
Der Empfangschef sagte, Mrs. Joan Collins Stanwyk habe sich nicht abgemeldet.
Auch die Nachricht, die Fletch für sie hinterlassen habe, hätte sie nicht abgeholt.

35

Fletch...
Ich konnte Dich nicht wach bekommen.
Ich hab's immer wieder versucht. Ein paarmal dachte ich, Du wärst wach, weil Du gesprochen hast. Was Du sagtest, ergab keinen Sinn. Wußtest Du, daß Du im Schlaf sprichst?

Du sagtest, Du wärst auf einem großen weißen Riverboat, und der Himmel hinge voller Popos.

Du sagtest, Du hättest einen Ziegenbock, oder daß irgendwer gerne Deinen Ziegenbock hätte. Du schienst Dich vor einem um sich tretenden Ziegenbock zu fürchten. Dann hast Du, was bemerkenswert ist, etwas von einer alten brasilianischen Sagengestalt gemurmelt, der tanzenden Ziege.

Woher kennst Du diese Dinge? Ab und zu, wenn Du im Schlaf gesprochen hast, waren Deine Augen offen, weshalb ich dachte, ich hätte Dich endlich aufgeweckt. Du sagtest etwas über einen Mann, dessen Füße nach hinten gedreht waren, eine andere Sagengestalt, und als ich Dich fragte: »Fletch, meinst Du die *capoeira*?«, hast Du in die Ferne gestarrt wie eine Art *almapenada*, eine gepeinigte Seele. Du hast auch noch andere brasilianische Schreckgespenster erwähnt, den Mann mit dem verkehrtherum sitzenden Kopf, den kopflosen Maulesel und den Kobold, der Haare anstelle von Händen hat. Du sprachst davon, daß Dich ein einbeiniger Junge verfolgt, und als ich Dich fragte: »Fletch, meinst Du den *saci-perêrê*«, starrtest Du lange vor Dich hin, bevor Du sagtest: »Janio Barreto ... Janio Barreto ...«

Das Verblüffende ist, daß Du keinen der Namen dieser brasilianischen Greuelgestalten wußtest. Du schienst sie in einer Art Alptraum zu erleben. Du hast ungeheuer geschwitzt. Meinst Du, daß Du Fieber hattest? Ich bin erstaunt, daß Du wie ein brasilianisches Kind derart schlechte Träume von solchen Schreckgespenstern hattest, obwohl Du, soweit ich weiß, noch nie von ihnen gehört oder gelesen hast.

Später, als ich wieder versuchte, Dich zu wecken, sagtest Du: »Laß die Toten in Ruhe!«

Vielleicht hast Du mich erschreckt. Ein wenig jedenfalls.

Ich sagte unsere Reservierung zum Dinner im Le Saint-Honoré ab. Ich schenkte Marilia unsere Karten für den Ball im Regine's, die sie an irgendwelche Leute aus Port Alegre weiterschenkte.

Dein Körper ist das reinste Schlachtfeld.

Ich kam zu dem Schluß, daß Du nichts weiter als Ruhe brauchst.

Ich bin nach Bahia zurückgefahren. Der Karneval ist fast vorüber, für dieses Jahr jedenfalls. Ich muß mit den Musikvorbereitungen für meine Konzerttournee beginnen.

Vielleicht möchtest Du ja nach Bahia kommen, um mir bei der Programmauswahl zu helfen.

Möglicherweise wird mein Vater jetzt daran interessiert sein, sich mit Dir zu unterhalten – wo er nun doch weiß, daß Du Dich eingehend mit Dingen wie dem *boi-tatá* und *tutu-marambá* beschäftigt hast.

Ciao
Laura

Als Fletch erwacht war, hatte hell die Sonne geschienen. Er war sehr hungrig und sehr steif. Und sein Körper klebte vor Schweiß.

Einige Augenblicke lang dachte er, es wäre immer noch Montagnachmittag und die Sonne wäre noch nicht untergegangen.

»Laura?« Das Hotelzimmer war vollkommen still. Aus dem Badezimmer drang kein Laut. »Laura?«

Vom Bett aus bemerkte er, daß alle ihre Kosmetiksachen, alle diese Fläschchen, die für Wohlgeruch, wenn nicht gar für Schönheit sorgen, von der Kommode verschwunden waren. Keins ihrer Kleider lag im Zimmer herum. Ihr Koffer stand nicht mehr auf dem Gestell.

Seine Uhr lag auf dem Nachttisch. Sie zeigte fünf Minuten nach elf. Selbst in einer Kuddelmuddel-Welt schien nicht montags nachts um fünf Minuten nach elf die Sonne.

Langsam dämmerte es ihm, daß es fünf Minuten nach elf am Dienstagmorgen sein mußte.

Er hatte siebzehn Stunden geschlafen.

Nachdem er jeden Teil seines Körpers einzeln gebeten hatte, sich in Bewegung zu setzen, erhob er sich aus dem Bett und durchquerte das Zimmer.

Anstatt Lauras Kosmetika lag Lauras Brief auf der Kommode.

Er las ihn zweimal.

Hatte er wirklich soviel im Schlaf gesprochen, Laura all diese Dinge erzählt? Was ist ein *boi-tatá*, was ein *tutu-marambá*? Kein Wunder, daß er sie erschreckt hatte.

Vage erinnerte er sich daran, schlecht geträumt zu haben. Der Junge, Janio Barreto, war ihnen auf dieser belebten, dunklen, schmutzigen Straße zur Karnevalsparade gefolgt. Von gleißenden Flutlichtern angestrahlt, hatte Fletch in einer wirbelnden Masse von Leibern gekauert, braune Augen, die sich vor Überraschung weiteten, als sie ihn dort sahen, Füße, die ihn von allen Seiten traten. Wieder war er beim Karneval unter den Tribünen gewesen, wo er nicht hingehörte, hatte durch sein eigenes Blut hindurch einen vorüberschlendernden Mann mit verkehrtherum sitzendem Kopf gesehen, der sich umwandte und ihn anlächelte...

Im Badezimmer riß er sich die Verbände herunter. Auf den

Wunden hatte sich ansehnlicher Schorf gebildet. Die roten Flecken hatten sich purpurrot, die purpurroten Flecken schwarz verfärbt.

Hatte Laura denn nicht das große weiße Riverboat gesehen, das geruhsam durch den Strom wirbelnder Kostüme getrieben war? War das denn nicht Realität gewesen?

Ganz behutsam, ohne seinem Gesicht noch mehr Schnitte zuzufügen, rasierte sich Fletch.

Daß ihnen Janio Barreto in der U-Bahn zur Karnevalsparade gefolgt war, hatte für Laura irgendeine Bedeutung gehabt, die er nicht hatte nachvollziehen können. Was stand in ihrem Brief? *Saci-perêrê*. Was ist ein *saci-perêrê*?

Das warme Duschwasser war eine Wohltat für seinen Körper, die Seife für einige seiner Wunden dagegen weniger.

Genaugenommen hatte Laura ihn gar nicht richtig gefragt, was ihm bei der Karnevalsparade unter den Tribünen zugestoßen war. Sie glaubte, daß jeder eine Geschichte erzählen und behaupten könne, dies sei die Vergangenheit. Selbst als er Gabriel Campos in Santos Lima entlarvt hatte, hatte sie nicht richtig gefragt. Sie fragte nur, wie und warum er auf Gabriel Campos gekommen wäre.

Nach dem Duschen trocknete er sich nicht ab, sondern wickelte sich nur ein Handtuch um die Hüften. Die Luft auf seinem feuchten Körper war wie Balsam.

Mit einem Wirrwarr von Gedanken trat er auf den Balkon hinaus. Eine kleine Sambacombo spielte, wahrscheinlich vor einem nahe gelegenen Café. Der Mann von gegenüber strich immer noch das Zimmer an.

Laura hatte es witzig gefunden, daß ihn die Tap Dancers mit einem Sack voll Geld in einem geschlossenen Sarg zurückgelassen hatten. Er hatte erlebt, wie Norival Passarinho nach seinem Tod herumgelaufen war. Gestützt von Besenstielen, die Knöchel an Toninhos und Orlandos Knöchel gebunden. Dann hatte er erlebt, wie Norival Passarinho nach seinem Tod wirklich herumgelaufen war, wirklich gesprochen hatte. Adroaldo Passarinho. Na schön, dann war es eben witzig.

Fletch war tot. Er war vor siebenundvierzig Jahren gestorben. In Dona Juremas Bergrefugium hatten die Tap Dancers versucht, vielleicht als Ulk, ihm eine Leiche zu besorgen. Irgendwelche Leute glaubten, daß er eine Frage beantworten könnte, die älter war als er selbst. Wer hatte Janio Barreto ermordet? Und er hatte die Frage beantwortet. Offensichtlich hatte Fletch Sagengestalten gesehen, die in seiner eigenen Kulturwelt nicht vorkamen. Aber das sind sicher nur kostümierte Trunkenbolde unter den Tribünen gewesen. Oder vielleicht doch nicht? In einem verrückten, im Rausch ausgeheckten Komplott hatte er mitgeholfen, den toten Norival Passarinho zum Laufen zu bringen. Dann hatte er geglaubt, Norival Passarinho tatsächlich laufen zu sehen, ihn sprechen zu hören. Fletch war ins Leben zurückgekehrt. Er lag in einem geschlossenen Sarg.

Für Fletch war die Grenze zwischen Leben und Tod schmaler geworden. Sie war so schmal, daß man es wirklich witzig finden konnte.

Der Mann von gegenüber, der das Zimmer anstrich, sah zu Fletch hinüber.

Fletch war sich nicht bewußt gewesen, daß er den Mann angestarrt hatte.

Fletch winkte.

Grinsend winkte der Mann zurück und schwenkte dabei seinen Pinsel.

Fletch zwinkerte. *Wenn er in einem Zimmer, das er seit Tagen anstrich, ohne Zögern diesen Pinsel schwenkte, dann konnte er nur verdammt wenig Farbe dranhaben*!

Fletch lachte.

Der Mann schwenkte erneut seinen Pinsel.

Über den Wirtschaftshof hinweg lachten sich die beiden Männer an.

Fletch machte das Daumen-hoch-Zeichen und ging dann in sein Zimmer zurück.

Er rief das Hotel Jangada an.

Zimmer 912 meldete sich nicht.

Mrs. Joan Collins Stanwyk war nicht ausgezogen.

Ja, in ihrem Postfach wartete eine Nachricht auf sie.

Während er aus einer Plastikliterflasche Mineralwasser trank, las er Lauras Nachricht ein drittes Mal.

Dann rief er Teodomiro da Costa an und verabredete sich mit ihm für den folgenden Abend. Es würde spät werden, sagte Fletch, da er die Absicht hätte, nach Botelho und wieder zurück zu fahren.

Teo empfahl das dortige Fischrestaurant.

Nur widerstrebend kniete sich Fletch auf den Fußboden. Seine Wunden und Blutergüsse protestierten, als er sich soweit vornüberbeugte, bis sein Kopf nur wenige Zentimeter vom Fußboden entfernt war.

Er spähte unters Bett.

Der kleine, behauene Steinfrosch war nicht mehr da.

»Was tust du hier?«

Joan Collins Stanwyk, bekleidet mit Shorts, die zu groß waren, und einem T-Shirt, auf das irgendein protugiesischer Spruch gedruckt war, stand Fletch an dem groben Restauranttisch gegenüber.

»Ich esse.«

»Aber wieso bist du hier?«

»Ich hatte Hunger.« Er aß weiter.

»Im Ernst«, sagte sie. »Wie hast du mich gefunden?«

Ihre Augen waren weit aufgerissen vor Verblüffung.

»Die brasilianische Polizei ist offensichtlich nicht immer so nachlässig, wie sie sich gerne den Anschein gibt.«

Das Restaurant war ein überdachter Patio am Strand.

»Kannst du dich zu mir setzen?« fragte Fletch. »Oder ist es dem Personal nicht gestattet, sich zu den Gästen zu setzen?«

»Ich kann dich zu einer Tasse Kaffee einladen«, sagte sie.

In Sandalen ging sie durch das Restaurant zu den Serviertischen.

Er hatte die Fahrt durch Rios Vororte, durch die brasilianische Landschaft entlang der Küste genossen. Er hatte es genossen, die gute Luft einzuatmen und die natürlichen Dinge der Landschaft zu betrachten, natürliche Felsen und Bäume, natürliche Kühe und Ziegen. Im Hinblick auf den Tag, an dem Brasiliens Vergangenheit seine Zukunft einholen würde, hatte man gute Straßen angelegt. Je weiter er fuhr, um so weniger Autos und um so mehr Fußgänger begegneten ihm.

Er hatte nicht lange gebraucht, den Ort Botelho zu besichtigen. Eine kurze Mole stieß in einen langen Ozean. Die Fischverkaufshalle war nicht mehr als ein Schuppen. In der winzigen Kirche stand ein mächtiges, primitives Kruzifix. Weniger als ein Dutzend Fischerhäuschen dösten dem Meer zugewandt im Schatten ihrer Hecken.

Am Eingang zu dem Freiluft-Fischrestaurant erspähte er Joan. Joan Collins Stanwyk, Mrs. Alan Stanwyk, stand mit dem Rücken zu ihm in der Küche und stellte Teller und Gläser in einen Bottich mit dampfendem Wasser. Er sah zu, wie sie ihre Hände abtrocknete und saubere Teller in ein Bord zu räumen begann.

Es war früh fürs Dinner. Die einzigen anderen Gäste in dem Restaurant waren fünf Fischer, die sich an einem Tisch bei *chopinhos* unterhielten. Ein junger Kellner gab Fletch eine Speisekarte und verstand, als Fletch auf eine Suppe und eine Fischvorspeise deutete.

Die braune Papiertüte neben sich auf der Bank, starrte Fletch über den Strand hinauf aufs Meer. Früher oder später würde sich Joan Collins Stanwyk umdrehen, durch die Küchenluke hindurchschauen und ihn entdecken. Er ließ ihr die Möglichkeit, seine Anwesenheit zu ignorieren. Und er würde ohne ein Wort wieder weggehen, wenn sie es so wollte.

Der Fischeintopf war der beste, den er je gegessen hatte.

Er hatte seine Fischvorspeise gerade zur Hälfte verzehrt, als Joan das Restaurant durchquerte und ihn ansprach.

Jetzt saß sie ihm an dem langen, groben Tisch gegenüber. Sie hatte vor jeden von ihnen eine Tasse Kaffee gestellt.

»Ich bin froh, daß du wohlauf bist«, sagte er immer noch essend.

»Soll ich dir ein Messer bringen?«

»Nein danke. Mein Bedarf an Messern ist gedeckt.«

Sie lachten beide nervös.

»Du siehst aus, als hätte dich jemand ordentlich verprügelt.« Ihr Blick blieb vor allem an der kleinen Narbe an seiner Kehle hängen.

»Ich bin mit einer wildgewordenen Ziege zusammengestoßen.« Sie setzte eine geduldige Miene auf. »Meine Version der Geschichte, der Vergangenheit.«

Joans Gesicht sah besser aus als am Samstagmorgen. Ihre Haut hatte eine gesunde Farbe angenommen, und ihre Augen waren klar. Bis jetzt hatte sie noch keine Zigarette angezündet, was ungewöhnlich für sie war. Sie trug keinerlei Make-up, und offensichtlich war auch ihrem Haar in den vergangenen Tagen wenig Aufmerksamkeit zuteil geworden.

»Wirklich anständig von dir, daß du mich hast suchen lassen«, sagte Joan. »Habe ich viele Unannehmlichkeiten bereitet?«

»Ich habe mir Sorgen um dich gemacht. Zum Dinner bin ich ja schon mal versetzt worden, aber zum Frühstück bisher selten.«

»Nicht sehr nett von mir.«

»Nicht so tragisch. Ich habe trotzdem gefrühstückt.«

»Gut.« Sie schaute in ihre Kaffeetasse.

»Das Essen hier ist wirklich sehr gut.«

»Nicht wahr? Ich finde es himmlisch.«

»Wirklich sehr gut. Du spülst Geschirr in diesem Etablissement?«

»Ja.«

»Hätte nicht gedacht, daß du weißt, wie das geht.«

»Dazu braucht man kein besonderes Talent.« Sie zeigte ihm ihre Hände. »Sind sie nicht wundervoll?« Sie waren rot und runzlig.

»Sie sehen ehrlich aus.«

Sie schwenkte ihre Hände und legte sie in den Schoß. »Ich komme mir wie ein Schulmädchen vor, das beim Schuleschwänzen erwischt worden ist.«

»Es ist einfach gut zu wissen, daß du am Leben bist.«

»Alle Fragen, die ich über dich und Alans Tod gehabt haben mochte ...« Sie blickte in Fletchs Gesicht, dann auf die Narbe an seinem Hals, dann in ihren Schoß. »... sind jetzt unwichtig. Das Geld ...«

»Ich bin gern bereit, mich nach besten Kräften um eine Klärung zu bemühen.«

In Wahrheit fragte sich Fletch, ob die sonst so außerordentlich geschäftstüchtige Joan mit ihm wohl eine Art Handel abschloß.

»Nicht nötig«, sagte sie. »Ich weiß alles, was ich wissen will. Ich habe dich aus einem gewissen Pflichtgefühl heraus nach Brasilien verfolgt.« Dumpf wiederholte sie: »Einem gewissen Pflichtgefühl.«

Als er seinen leeren Teller fortschob, wurde ihm bewußt, daß es Joan Collins Stanwyks Aufgabe war, ihn abzuwaschen.

Schweigend saß er da und starrte aufs Meer hinaus. Er wartete, bis sie begriff, daß er ihr keine Fragen stellte.

Aufrecht und ohne sich irgendwo anzulehnen, saß sie auf ihrer Bank. »Ich bin an jenem Morgen, jenem Samstagmorgen, von dir weggegangen, weg vom Hotel, um in mein Hotel zu gehen. Du hattest einige Dinge gesagt, die ich noch nie zuvor gehört hatte. Ich wurde auf eine Weise wütend, wie ich noch nie zuvor wütend gewesen war. Plötzlich kam mir zu Bewußtsein, daß ich, eine erwachsene Frau, heulend in der Morgensonne herumstolperte, weil mir irgendwer meine hübschen kleinen Broschen gestohlen hatte. Meine hübschen kleinen Ringe! Kleine Plastikkarten mit meinem Namen drauf!«

Fletch sagte: »Und obendrein unersetzliche Fotos von deinem Mann Alan und deiner Tochter Julie.«

»Ja. Das bekümmert mich zutiefst. Aber mir wurde auf einmal klar, was ich für ein verwöhnter Fratz war. Magere kleine Kinder tanzten um mich herum, während ich weiterlief, hatten bettelnd die Hände ausgestreckt, flüsterten auf mich ein. Ich wehrte sie mit dem Arm ab und zischte ärgerlich: *»Oh, schert euch doch weg*!« Konnten sie denn nicht begreifen, daß ich ein paar meiner Diamanten, meine Kreditkarten, eine für mich unbedeutende Summe Bargeld verloren hatte? Wie konnten sie es wagen, mich um sieben Uhr morgens wegen Geld für Nahrung zu belästigen?

Ich wurde richtig wütend auf mich selbst. Was für eine oberflächliche, hochnäsige Zimtziege ich doch war. Was für eine hohle Person. Da hatte ich die Nacht damit zugebracht, dem armen stellvertretenden

Hotelgeschäftsführer die Ohren vollzujammern. Da war ich in aller Herrgottsfrühe zu dir gerannt, um dir die Ohren vollzujammern. Und jetzt schlug ich wahrhaftig nach hungrigen Kindern.«

»Joanie Collins hat ein paar Broschen verloren«, fügte sie hinzu.

Fletch schlürfte seinen Kaffee.

»Dann kam mir ein zweiter Gedanke, der auf dem beruhte, was du gesagt hattest.« Ihr Zeigefinger strich über eine kleine Spalte im Tisch. »Auf höchst seltsame Weise war ich frei. Ich war von meiner Identität befreit worden. Man hatte mir meine Kreditkarten, meinen Paß gestohlen. Daß ich Joan Collins Stanwyk war, hatte nahezu keine Bedeutung mehr. Zumindest konnte ich es niemandem sofort beweisen. Ich konnte mich vor niemanden aufbauen, in einem Laden oder sonstwo, und sagen: ›Ich bin Joan Collins Stanwyk.‹ Wie du gesagt hattest, bestand ich nur aus Armen und Beinen: eine Person mehr, die nackt durch die Welt lief.

Mir gefiel dieser Gedanke. Plötzlich gefiel mir die Vorstellung, all diesen Ballast los zu sein.«

Ein hochgewachsener, schlanker Mann spähte durch die Küchendurchreiche zu ihnen hinaus. Er blickte mit offensichtlicher Besorgnis von Joan zu Fletch und wieder zu Joan.

Fletch sagte: »Du bist immer noch Joan Collins Stanwyk.«

»Oh, ich weiß. Aber zum ersten Mal in meinem Leben schien das nicht viel zu bedeuten. Ich erkannte, daß es nicht zwangsläufig viel bedeuten mußte.«

Wieder ließ Fletch seine Frage ungefragt.

»Als ich beim Hotel Jangada ankam, wartete dort ein Ausflugsbus. Ich hatte keine Ahnung, wohin er fuhr. Ich schloß mich einfach den Leuten, den Frauen in ihren kurzen Seidenkleidern, den Männern in ihren buntkarierten Shorts an und stieg ein. Niemand verlangte eine Fahrkarte oder Geld von mir. Offensichtlich gehörte ich zu einer Gruppe aus dem Hotel Jangada. Ich war mit diesen Leuten zusammen. Ich habe mir eine Busfahrt hierher gestohlen.«

Fletch grinste. »Diebstahl ist ansteckend.«

»Der Bus machte hier Mittagspause. Ich aß nichts. Ich konnte nicht dafür bezahlen. Eine völlig neue Erfahrung! Ein völlig neues Gefühl! Ich wanderte am Strand entlang, ließ den Bus ohne mich abfahren.

Ich wollte wissen, wer ich war. Wirklich war. Wirklich bin. Ich wollte wissen, ob ich einen ganzen Tag ohne Bargeld, ohne Kreditkarten, ohne meinen Ausweis überstehen konnte. Ich wollte wissen, nur ein paar Augenblicke lang, wie das Leben wäre, wenn ich nichts aus meiner Handtasche ziehen und sagen konnte: ›Hier bin ich, jetzt tun

Sie bitte, was ich verlange; geben Sie mir . . .‹« Sie lächelte vor sich hin. »Es wurde dunkel. Darum ging ich hierher und aß zu Abend. Ich saß da drüben.« Sie deutete auf eine Bank neben der Tür. »Ich hatte entsetzliche Schuldgefühle.« Sie stützte ihre Ellbogen auf höchst unfeine Weise auf den Tisch und legte ihr Kinn auf die Hände. »Dann ging ich und spülte ihnen das Geschirr.«

»Macht dir das Spaß?«

»Es ist anstrengender als Tennisspielen. Tagsüber träume ich von einer anständigen Massage. Und gestern abend, mein Gott, wie habe ich mich da nach einem Martini gesehnt!« Sie zuckte die Achseln. »Ich kann kein einziges Wort dieser Sprache verstehen. Sie ist so weich, so zischend.«

Joan sah glücklich aus. Sie sagte: »Heute mittag kam ein gutgekleidetes Paar zum Lunch her. Deutsche, vermute ich. In einem Mercedes mit uniformiertem Chauffeur. Ich ertappte mich dabei, wie ich sie über meinen Stapel schmutzigen Geschirrs beobachtete. Irgendwie machte es mich wütend, daß sie nur in ihrem Essen herumstocherten. Ich wußte natürlich, warum. Sie mußte auf ihre Figur achten . . .«

Der Mann stellte sich hinter Joan und sah Fletch an. Er legte ihr die Hand auf die Schulter.

Sie legte ihre Hand auf seine.

»Fletch, das ist Claudio.«

»Bom dia, Claudio.«

Fletch erhob sich halb, und sie gaben sich die Hände.

»Claudio gehört dieses Lokal, glaube ich«, sagte Joan. »Zumindest führt er sich so auf, als ob ihm das Lokal gehörte. Er führt sich auf, als ob ihm die ganze Welt gehörte. Vielleicht ist das aber auch nur ein Ausdruck brasilianischer Männlichkeit.«

Nachdem sie ihn, ohne ein einziges englisches Wort miteinander zu wechseln, davon überzeugt hatte, daß es ihr gutging, legte Claudio für einen Moment seinen Handrücken gegen Joans Wange und ging dann in die Küche zurück.

»Willst du für immer hierbleiben?« fragte Fletch. »Hast du dich für eine Karriere als Tellerwäscherin entschieden?«

»O nein. Natürlich nicht. Ich liebe Julie. Ich liebe meinen Vater. Ich muß zurückkehren. Ich habe Verpflichtungen. Gegenüber Collins Aviation. Ich bin die beste Spendenauftreiberin, die das Symphonieorchester hat.«

Fletch stellte die braune Papiertüte auf den Tisch.

»Laß mich nur eine Weile hierbleiben«, sagte Joan leise. »Laß mich für kurze Zeit das Leben schwänzen, das Leben als Mutter, als Tochter, als Joan Collins Stanwyk. Laß mich ich sein.«

»Klar.« Er schob ihr die Papiertüte über den Tisch zu.

»Was ist das?« fragte sie.

»Das Geld, das ich dir am Samstag bringen wollte – angereichert um Pokergewinne. Für den Tag, an dem du dich zur Rückkehr entschließt.« Sie schaute in die Tüte. »Sicherlich genug, um dich nach Rio zurückzubringen, ein paar Hotelübernachtungen, Telexe zu bezahlen.«

»Wie überaus lieb von dir.«

»Es ist leichter, in die Armut hinunterzusteigen«, sagte Fletch, »als aus ihr herauszuklettern.«

Sie langte über den Tisch und ergriff seine Hand. »Wieso bist du so klug?«

»Das sind nur Binsenweisheiten. Außerdem«, sagte er, »müßtest du immer noch den Schlüssel zu deiner Suite im Hotel Jangada haben.«

»Bestimmt. Er müßte in einer Tasche des Hosenanzugs sein, den ich trug.«

»Bring ihn mir. Ich werde deine Hotelrechnung bezahlen. Dein Gepäck hinterlasse ich beim Empfang, für den Fall, daß du es haben willst.«

»Ich werde es haben wollen«, sagte sie. »Ganz bestimmt.«

Während Fletch den Kellner bezahlte, erzählte Joan ihm, wie schön es war, im warmen Ozean zu baden, wie heiß die Sonne mittags war, wie sehr sie den Fischgeruch mochte, weil er so wirklichkeitsnah wäre, und wie sie den nächtlichen Geräuschen lauschte, die nach ihrer Meinung von Laubfröschen kämen.

»Du hörst dich an, als wärst du in einem Sommercamp«, sagte er.

»Nein. Im Sommercamp spülten andere das Geschirr. Und außerdem«, sie lächelte, »gab's da nur Mädchen.«

Fletch wartete am Wagen, während sie den Schlüssel zu ihrer Suite im Hotel Jangada holte. Es war immer noch hell. Die ersten Dinnergäste trafen ein.

Als Joan über den kleinen Parkplatz auf ihn zukam, starrten einige Gäste verblüfft hinter ihr her.

»Tu mir noch einen Gefallen, ja?« bat sie.

»Klar.« Fletch hatte gewußt, daß dem ersten Teil des Handels noch ein zweiter folgen würde. Jeder Handel bestand aus zwei Teilen.

»Wenn du in die Staaten zurückkehrst, nach Kalifornien, zurück in deine eigene Realität, erzähle bitte nie jemandem, daß mir diese verrückte Geschichte passiert ist, daß ich so etwas Verrücktes getan habe. Daß du mich entdeckt hast, wie ich in einer Fischkneipe in irgendeiner namenlosen kleinen Stadt in Südbrasilien Geschirr spülte.«

»Die Stadt hat einen Namen.«

Sie lachte. »Weißt du, daß ich keine Ahnung habe, wie sie heißt?«

»Botelho.«

»Versprichst du mir das?«

»Klar.«

»Ich meine, jeder braucht mal Urlaub vom Leben. Meinst du nicht auch?«

»Urlaub von der Realität.«

Sie reichte ihm den Schlüssel. »Da bezahle ich nun für eine Suite im Hotel Jangada und schlafe mehr oder weniger am Strand von Botelho.«

»Kuddelmuddel«, sagte Fletch.

37

»Nun, wie war Ihr Dinner in Botelho?« fragte Teodomiro da Costa.

»Ausgezeichnet«, antwortete Fletch.

»Ja, das ist wirklich ein gutes Restaurant. Allerdings bin ich mir nicht sicher, ob es die weite Fahrt lohnt...«

Es war schon spät, als Fletch wieder in Rio und schließlich bei Teo da Costas Haus an der Avenida Epitacio Passoa eintraf.

Als der Diener Fletch die Treppen hinunter in den privaten Wohnraum führte, fand er dort einen schläfrig aussehenden Teo vor, der, mit einem Morgenmantel bekleidet, in einem bequemen Sessel unter einer Leselampe saß und das Buch *1887 – Das Jahr, in dem in Brasilien die Sklaverei endete* las. Teo ließ seinen Blick über die diversen sichtbaren Wunden Fletchs schweifen, enthielt sich jedoch jeglichen Kommentars.

»Möchten Sie einen Schlummertrunk?«

»Nein, danke. Solange werde ich nicht hierbleiben.«

Steif vom Karneval, von seinen Wunden, von der langen Fahrt, ließ Fletch sich behaglich in das zweisitzige Sofa sinken.

In dem kleinen Salon hing ein ansehnliches neues Gemälde von Mirabel Pedrosa.

»Und wie hat es Laura in Botelho gefallen?«

»Laura ist nach Bahia zurückgefahren. Gestern bin ich endlich eingeschlafen. Sie konnte mich nicht wach bekommen. Sie mußte zurück, um mit den Vorbereitungen für ihre Konzerttournee zu beginnen.«

»Ja«, sagte Teo gemächlich, »ich habe mir bereits zusammengereimt, daß Sie vermutlich den geheimnisvollen Mord von Janio Baretto vor siebenundvierzig Jahren aufgeklärt haben. Heute morgen war da eine sehr sonderbare Meldung im *O Globo*. Eine kleine Notiz, in der stand, daß man Gabriel Campos, einen ehemaligen Lehrmeister der *Escola* Santos Lima, mit durchschnittener Kehle am Strand gefunden hätte. Eine Frau aus der *favela*, Idalina Barreto, hilft der Polizei bei ihren Nachforschungen.«

»Die Polizei tut mir leid.«

»Offensichtlich fand man sie am Strand, als sie gerade versuchte, den Leichnam von Gabriel Campos in Brand zu stecken.«

»Ist es ihr gelungen?«

»Das ist ja das Sonderbare an der Meldung im *O Globo*. Da heißt es, daß es einer Legende zufolge seit nahezu fünfzig Jahren niemandem je wieder gelungen sei, an eben dieser Stelle ein Feuer anzuzünden.«

»Teo, ich möchte gerne etwas von dem Geld, das Sie für mich investiert haben, lockermachen, um etwas für die Ausbildung der jungen Nachkommen von Janio Barreto zu tun.«

»Kein Problem.«

»Insbesondere für den jungen Janio. Er hat ein Holzbein. Ohne eine Ausbildung wird es ihm schwerfallen, seinen Lebensunterhalt zu verdienen.«

»Ja.«

Fletch befingerte die Wunde an seiner Kehle. »Ich glaube, er hat mir das Leben gerettet.« Dann lachte er in sich hinein. »Vielleicht denkt er ja sogar daran, Buchhalter zu werden.«

Teo legte das historische Werk auf den Tisch neben seinem Sessel. »Und haben Sie Ihre Lady aus Kalifornien gefunden? Wie hieß sie noch, Stanwyk?«

»Ja. Es geht ihr gut.«

»Was ist ihr zugestoßen?«

»Sie ist aus ihrer Wiege gefallen und freut sich, daß sie jetzt für kurze Zeit auf dem Boden herumkrabbeln darf.«

Sichtlich müde richtete Teo sein Klappauge auf Fletch.

»Brasilien ist die Zukunft«, sagte Fletch. »Und wer kann schon in die Zukunft blicken?«

»Und Sie?« fragte Teo und räkelte sich bequem in seinem Sessel. »Haben Sie den Karneval genossen?«

»Ich habe einiges gelernt.«

»Ich würde gerne erfahren, was?«

»Oh, daß sich die Vergangenheit durchsetzt. Daß die Toten laufen können.« Fletch dachte an den kleinen behauenen Steinfrosch, der unter seinem Bett gelegen hatte. »Daß das Fehlen von Symbolen genausoviel bedeuten kann wie ihr Vorhandensein.«

Als ob er dies alles verdaute, blinzelte Teo mit seinem Klappauge, stellte jedoch keine Fragen.

»Teo, während dieser langen Fahrt heute durch diese unglaubliche brasilianische Landschaft habe ich, glaube ich, einen Plan gefaßt.«

»Sie brauchen mir nicht zu sagen, was für ein Plan das ist«, sagte Teo. »Das sollten Sie lieber Ihrem Vater erzählen. Hauptsache, Sie haben einen Plan.«

»Ich habe mich zu dem Versuch entschlossen, eine Biographie über den nordamerikanischen Westernkünstler Edgar Arthur Tharp jr. zu schreiben. Das scheint eine Gelegenheit zu sein, mal ein paar Dinge über die Einstellung des Nordamerikaners zum Künstler, zum Intellektuellen, zur nordamerikanischen Gesinnung auszusprechen.«

Teo wiederholte: »Hauptsache, Sie haben einen Plan.«

»Wichtig ist doch, welche Gesinnung hinter den Dingen steckt, oder?«

Teo sagte: »Norival Passarinhos Begräbnis ist heute. Werden Sie teilnehmen?«

Fletch zögerte. »Ja.« Er stand auf. »Warum nicht?«

Teo stand ebenfalls auf. »Und werden Sie in Bahia vorbeifahren, ehe Sie uns verlassen?«

An der Tür sagte Fletch: »Um auf Wiedersehen zu sagen?«

Einen Augenblick lang saß Fletch regungslos im Dunkel seines kleinen gelben Cabrios vor Teo da Costas Haus.

Ein paar Häuser weiter war eine letzte Karnevalsparty im Gange. Es war Fastnachtsdienstagabend.

Ein Paar, als Herzkönig und Karodame gekleidet, stieg aus einem Taxi und huschte über das Trottoir ins Haus.

Gelächter drang aus dem Haus. Gesang. Und alles übertönend die Musik einer Sambacombo, die *schlugen Rhythmus um Rhythmus, nebeneinander, übereinander, untereinander. Von allen Seiten, jede Minute, Tag und Nacht war das Schlagen der Trommeln zu hören.*

»Bum, bum, paticum bum.« Fletch ließ den Motor an. *»Prugurundum.«*

Die meisten Menschen auf der Welt, die Fletch kennengelernt hatte, hörten die Melodien der Trommeln nicht mehr.